JETTE MARTENS

Der Strandrosenhof

ROMAN

PENGUIN VERLAG

FSC www.fsc.org MIX Papier | Fördert gute Waldnutzung FSC® C014496

Klimaneutral* Druckprodukt ClimatePartner.com/14044-1912-1001

Penguin Random House Verlagsgruppe FSC® N001967

1. Auflage 2023

in der Penguin Random House Verlagsgruppe GmbH,
Neumarkter Straße 28, 81673 München.
Dieses Werk wurde vermittelt von Dorothee Schmidt,
Literaturagentur Hille & Schmidt.
Das Zitat auf S. 152 stammt aus dem Album *Bis nach Toulouse*
von Philippe Poisel, Grönland Records (Rough Trade), 2010.
Redaktion: Hanne Reinhardt
Umschlaggestaltung: bürosüd GmbH
Umschlagabbildung: Arcangel/Nicole Matthews;
mauritius images/Udo Bernhart
Satz: Uhl + Massopust, Aalen
Druck und Bindung: GGP Media GmbH, Pößneck
Printed in Germany
ISBN 978-3-328-10932-7
www.penguin-verlag.de

1. Kapitel

Es duftete nach frisch gemähtem Gras. Sophia schloss die Augen und atmete tief ein. Sie blieb stehen, ließ den Moment in sich nachwirken und spürte, wie sie sich langsam entspannte. Ihr Kopf wurde leichter, und das unsichtbare Gewicht, das auf ihren Schultern gelegen zu haben schien, verschwand. Beschwingt lief sie weiter bis zu der kniehohen Wiese mit Wildblumen, auf der Jörg mit dem Trecker unterwegs war. Als er sie sah, hob er die Hand zu der abgewetzten Schirmmütze, die er jeden Tag trug. Seit mehr als zehn Jahren arbeitete er schon hier, jeden Morgen um sechs Uhr kam er angeradelt, pünktlich auf die Sekunde. Sophia erreichte den Verkaufsstand des Strandrosenhofs, der sich direkt neben dem Wildblumenfeld befand. Ulli war ebenfalls schon da. »Gut, dass du kommst«, grüßte ihre Chefin. »Es ist viel zu tun.« Sie strich sich mit dem Handrücken über die Stirn. »Da kommt man ganz schön ins Schwitzen.« Ulli reichte Sophia die grüne Arbeitsschürze. »Wir sehen uns später.«

Kurz blickte Sophia der schlanken Landwirtin hinterher, die sich eilig in Richtung Gutshof entfernte, wo mit Sicherheit eine Menge Arbeit auf sie wartete. Ihre Chefin war ein richtiges Energiebündel. Zu Beginn ihrer Tätigkeit als Pädagogin auf dem Hof vor über einem Jahr hatte Sophia sich oft von ihrem Tempo gestresst gefühlt. Mittlerweile hatte sie sich aber daran gewöhnt und empfand es als inspirierend, mit einer Frau zusammenzuarbeiten, die einen landwirtschaftlichen Hof fast komplett allein managte. Sophia betrat den Verkaufswagen, in dem es angenehm kühl war. Jetzt um die Mittagszeit stand die Sonne hoch am Himmel. Obwohl sie sich jeden Morgen das Gesicht und die Arme eincremte, bekam sie leicht Sonnenbrand. Auf dem Parkplatz gegenüber waren nur noch wenige Plätze frei. Gut so, dachte sie, nach der langen Winterpause konnte sie ein wenig Trubel gut gebrauchen. Besonders freute sie sich auf die Schulklassen, die an ihren bauernhofpädagogischen Angeboten teilnehmen würden. Sehr viele Termine waren schon fest vereinbart, obwohl es erst Ende Mai war, und Sophia hatte bereits Vorgespräche mit Lehrerinnen und Lehrern geführt. Wie im vergangenen Jahr würde es verschiedene Module geben, die einzeln gebucht, aber auch miteinander kombiniert werden konnten. Die Hofrunde war besonders beliebt. Dabei lernten die Kinder und Jugendlichen die verschiedenen Tiere kennen, die auf dem Strandrosenhof lebten: die Angler Sattelschweine, die Sundheimer Hühner, aber auch die frei lebenden Gänse und die Schafe.

»Wo geht's denn hier zum Gemüsegarten?« Ein junger Mann stand am Tresen und nestelte am Verschluss seines Fahrradhelms herum. Sein Gesicht war gerötet, Strähnen des schulterlangen Haares klebten ihm in der Stirn. »Puh, ist das eine Hitze«, stöhnte er.

»Ich will ein Eis!«

Sophias Blick wanderte tiefer, und sie entdeckte ein Mädchen im Grundschulalter, das seinen Fahrradhelm unter den Arm geklemmt hatte.

Ein warmes Gefühl durchströmte sie. »Leider bekommen wir erst morgen Nachschub«, erwiderte sie. »Aber wie wäre es mit einer Apfelschorle?«

»Ist die denn bio?«, fragte der Vater und runzelte die hohe Stirn.

»Aber selbstverständlich.« Sophia griff nach einer Flasche, auf deren Etikett das grüne Siegel abgedruckt war, und hielt es dem Mann entgegen.

»Okay«, erwiderte er und schob den Träger seines Rucksacks von der Schulter. »Dann bitte zwei Flaschen.«

Nachdem er bezahlt hatte, verließ Sophia den Verkaufsstand und begleitete die beiden zu dem Weg, der zum Gemüsegarten führte. »Schaut euch alles in Ruhe an«, sagte sie. »Wenn ihr eine Parzelle pachten wollt, meldet euch einfach.«

Sophia kehrte in den Verkaufswagen zurück, vor dem sich bereits eine kleine Schlange gebildet hatte. Zum Glück kam Ulli zehn Minuten später mit Nachschub. Während ihre Chefin sich um die Gäste kümmerte, sortierte Sophia die Gläser mit Wildblütenhonig und Marmelade ins Regal und stellte die Flaschen mit Rhabarber- und Apfelschorle in den Kühlschrank. Die Eisvitrine musste allerdings unbedingt aufgefüllt werden. Ulli bezog das selbst hergestellte Bio-Eis von einer Freundin, die eine Molkerei betrieb. Besonders das Schokoladen- und das Heidelbeereis waren unwiderstehlich und richtige Verkaufsschlager. Schon oft hatte sich Sophia nach der Arbeit einen Becher davon mit in ihre Wohnung genommen und sich damit den Feierabend versüßt.

Als es ruhiger geworden war, setzten sich die beiden Frauen nebeneinander auf eine der Stufen des Verkaufswagens. Sie stießen ihre Flaschen gegeneinander.

»Deine Idee mit den Gemüsegärten scheint gut anzukommen«, sagte Sophia. Sie wedelte mit der Hand und verscheuchte eine Hummel, die über ihre Köpfe hinwegflog.

»Ich bin auch total erstaunt«, erwiderte Ulli. »Ich glaube, dass der Artikel im *Schlei-Boten* ganz schön was gebracht hat.«

Vor einigen Tagen hatte ein Redakteur der Zeitung aus Kappeln einen Bericht über das neue Angebot des Strandrosenhofs geschrieben, und seitdem hatten sich viele Interessenten gemeldet. Einige Parzellen hatte Ulli bereits verpachtet. Die Mitarbeiter des Betriebs hatten zu Beginn des Jahres auf einem Acker des Strandrosenhofs über zwanzig verschiedene Gemüsesorten ausgesät, und nun wuchsen dort Kohl, Möhren, Salat, Porree, Pastinaken und Kürbisse, aber auch Petersilie, Rosmarin und Dill.

»Schaffst du es denn, dich noch um die Verpachtung zu kümmern, neben allem, was sonst so anfällt?«

»Auf jeden Fall, das macht doch Spaß.« Ulli knibbelte am Etikett. Sie blickte zum Himmel. »Hoffentlich hält das Wetter, damit wir die Heuernte trocken in die Scheune kriegen.«

»Laut Wetterbericht soll es erst einmal so bleiben.«

»Darauf kann man sich ja leider nicht immer verlassen. Wenn du willst, kannst du langsam Feierabend machen«, sagte Ulli. »Du hast doch heute schon um acht Uhr mit der Kindergartengruppe aus Kappeln angefangen, oder?«

»Ja, schon, aber die Zeit ist vergangen wie im Flug.«

Ulli, die bereits aufgestanden war, reichte ihr die freie Hand. »Trotzdem! Der Sommer ist noch lang genug.«

Sophia nickte. »Okay, aber ich mache hier noch klar Schiff.«

Nachdem sie alles aufgeräumt und die Kasse unter der Ladentheke verstaut hatte, schloss sie die Tür ab. Die letzten Gäste waren auf dem Weg zum Parkplatz, spätestens in einer halben Stunde würde der Trubel vorbei sein. Sie hatte nicht mehr viel in ihrem Kühlschrank, deshalb machte sie sich auf den Weg zu den Gemüsegärten, wo sie selbst eine kleine Parzelle bewirtschaftete. Sie schlenderte den Weg entlang, zu dem sie vor einigen Stunden den Vater mit der Tochter gebracht hatte. Die Kleine war entzückend gewesen, dachte sie und spürte ein schmerzhaftes Ziehen in der Brust. Seit sie denken konnte, hatte sie sich Kinder gewünscht, am liebsten fünf. Als Grundschülerin hatte sie fünf Puppen gehabt, mit denen sie nachmittags stundenlang Vater-Mutter-Kind gespielt hatte, zusammen mit ihrer Schwester Amelie. Oft sehnte sie sich in diese unbeschwerte Zeit zurück, besonders seit den Geschehnissen in Berlin. Ihr Puls ging sofort schneller, aber ehe sich die schlimmen Bilder in ihr Bewusstsein drängen konnten, visualisierte sie ein Stoppschild. Gleichzeitig atmete sie langsam ein, hielt für einen Augenblick die Luft an und atmete wieder aus. Sofort löste sich ihre innere Anspannung, wenn auch nicht vollkommen, etwas Dunkles ließ sich nicht vertreiben. Es quälte sie, dass es sich in ihrem Inneren nie richtig normal anfühlte – so wie früher.

Sophia erreichte die Gemüsegärten, blieb einen Moment stehen und ließ ihren Blick über die Parzellen gleiten, die mit Schnur und kleinen Holzpflöcken voneinander abgetrennt waren. Bunt bemalte Schilder zeigten, wer welches Stückchen Land beackerte. »Familie Lausen«, stand da in bunter Fingerfarbe, Tim und Sarah hatten ihr Schild mit Blumen bemalt, und Frederik hatte Holzbuchstaben ausgesägt und auf das Schild genagelt. Ihr eigenes kleines Reich befand sich am Rande des Feldes. Sophia steuerte den grün gestrichenen Holzschuppen an, in dem sich die Gartenutensilien befanden. Sie holte sich eine Harke, einen Weidenkorb und ein Messer aus dem Regal, in dem auch Scheren, Handschuhe in verschiedenen Größen, Schaufeln und Tüten mit Horndünger lagen. Einige Teile waren mit den Namen der jeweiligen Pächter beschriftet, andere nur mit dem Logo des Strandrosenhofs beklebt. Sophia war immer wieder erstaunt, wie gut das alles funktionierte, nur ganz selten kam irgendetwas abhanden oder ging kaputt. Manchmal vergaß jemand Utensilien auf den Feldern, aber dann brachte ein anderer Pächter sie zurück in den Schuppen. Sophia nahm noch eine Gießkanne, die sie mit dem Schlauch des Wassertankanhängers füllte, der neben dem Schuppen stand. Auf ihrem Beet inspizierte sie als Erstes die Pflücksalate und die Radieschen, die zwar noch recht klein waren, aber dafür besonders knackig. In Berlin hatte sie bereits Kräuter und Salat in Blumentöpfen auf ihrem Balkon gezogen und dabei schon ein Gespür für das Gärtnern entwickelt. Sie hatte gelernt, das Gemüse bereits zu ernten, wenn es noch etwas kleiner war, aber dafür umso zarter, und pflanzte dann Setzlinge als Nachschub ein. Vorsichtig schnitt sie zwei Salatköpfe ab, zupfte fünf Möhren und einige Radieschen aus der Erde und legte das Gemüse vorsichtig in den Weidenkorb. Die Ecke mit den Kräutern sah sehr gut aus, stellte sie fest, nur der Schnittlauch blühte, doch das war nicht weiter schlimm. Die Stängel waren etwas härter und bitterer im Geschmack, aber dennoch genießbar. Sie goss die Petersilie und den Rosmarin und harkte die Erde zwischen den Pflanzen. Ansonsten war der Boden gut durchfeuchtet, da es am Abend zuvor geregnet hatte. Für diesen Tag war ihre Arbeit damit beendet, und Sophia ließ einen letzten prüfenden Blick über ihr kleines Reich gleiten, bevor sie den Rückweg antrat. Die Sonne stand mittlerweile tief am Horizont, ihre Strahlen tauchten die umliegenden Felder des Strandrosenhofes in ein warmes goldgelbes Licht. Bestimmt lagen dort bereits einige Rehkitze, mutmaßte Sophia. Demnächst stand die Ernte an, und sie würde sich wieder daran beteiligen, die Jungtiere vorher aus dem Gras oder Getreide zu holen, denn ansonsten würden die Kleinen womöglich von den Dreschfahrzeugen erfasst und getötet werden. Sie freute sich auf diese sinnvolle Aufgabe, die zwar sehr zeitaufwendig war, ihr jedoch im vergangenen Jahr viel Freude bereitet hatte.

In diesem Moment bemerkte sie ein Geräusch, das wie Teppichklopfen klang. Sophia hob den Kopf und hielt die Hände schützend in die Luft. Ein Hubschrauber kreiste über den Gartenparzellen, verharrte für einen kurzen Moment und flog dann in einem weiten Bogen in Richtung Ostsee. Welchen Grund mochte es für den Piloten geben, den Strandrosenhof auf diese Weise unter die Lupe zu nehmen? Sie hatte gelesen, dass sich derzeit viele Investoren für die Schleiregion interessierten. Ein ungutes Gefühl machte sich in ihr breit. Hoffentlich hatten sie es nicht auf Ullis Land abgesehen.

2. Kapitel

Unter ihnen breiteten sich Wiesen und Getreidefelder aus, die bis an die Küste reichten. Christoph, der neben dem Piloten saß, spürte die Vibration des Hubschraubers im ganzen Körper. Sein Kopfhörer dämpfte die Fluggeräusche, und so konnte er sich trotz des Lärmes auf die Landschaft konzentrieren. Er war in Kappeln aufgewachsen, deshalb war ihm die Schlei vertraut, allerdings war es das erste Mal, dass er den Arm der Ostsee, der sich in sanften Bögen durch die Landschaft schlängelte, aus der Vogelperspektive betrachtete. Er drehte sich um, strich sich durchs Haar und nickte seinem Assistenten Jan auf dem hinteren Beifliegersitz zu, der den Daumen nach oben reckte. Mit seinen klassischen Gesichtszügen, dem durchtrainierten Körper und den blauen Augen wirkte sein Assistent auf Frauen wie ein Magnet. Christoph arbeitete schon fast fünf Jahre mit ihm zusammen, und in dieser Zeit hatte sich zwischen ihnen eine verlässliche Freundschaft entwickelt. Christoph blickte aus dem Fenster, denn nun überflogen sie den Strandrosenhof, der am Rande der Gemeinde Brodersby lag. Das letzte Mal war er mit seinen Eltern in der Gegend gewesen, sie waren spazieren gegangen, aber das war schon viele Jahre her. Er entdeckte das weiß getünchte Gutshaus und zwei längliche Wirtschaftsgebäude inmitten von Getreidefeldern und Wiesen, mehr konnte er aus dieser Höhe nicht erkennen. Auf jeden Fall war der Ort perfekt für ihr Vorhaben, das sagte ihm sein Bauchgefühl, und darauf hatte er sich in den zehn Jahren, die er für InVestim arbeitete, immer hundertprozentig verlassen können.

Kurze Zeit später erreichten sie Olpenitz, einen ehemaligen Marinestützpunkt an der Schleimündung. Christoph hatte sich zuvor ausführlich über das Urlaubsresort informiert, das dort entstanden war. Es sollte das größte Touristendorf an der Ostsee werden, aber die ersten Investoren waren pleitegegangen, andere hatten übernommen. Mittlerweile waren entlang des ehemaligen Hafenbeckens kleine Ferienhäuser, schwimmende Urlaubsdomizile und imposante Villen, aber auch kleinere Wohnungen entstanden. Von oben sah das alles eindrucksvoll aus, doch es gab viele, die das Projekt als nicht gelungen betrachteten, da die Infrastruktur nicht ausgereift war. Solche Fehler würden ihm und Jan mit Sicherheit nicht unterlaufen.

Nach der Landung verabschiedeten sie sich vom Piloten, stiegen ins Auto und fuhren zu ihrem Hotel, das sich direkt am Hafen von Kappeln befand. In dem siebenstöckigen Backsteingebäude mit den weißen Sprossenfenstern war früher Getreide gelagert worden, und zum Glück hatten die Architekten am äußeren Erscheinungsbild des Speichers nur sehr wenig verändert. Die dreigeteilte Bauweise mit dem hohen Mittelteil und dem flachen Dach war erhalten geblieben, nur das Innere des Gebäudes war komplett neu gestaltet. Die Bauherren hatten fast vier Millionen Euro investiert, aber das Geld war gut angelegt, das Hotel war fast immer ausgebucht.

Nachdem Christoph und Jan sich kurz frisch gemacht und umgezogen hatten, trafen sie sich im Restaurant. Sie saßen an einem Tisch am Fenster, durch das die Abendsonne schien. Christoph erkannte nur die Umrisse der Segelboote, die dort am Kai angetäut waren. Der Blick war fantastisch. Sie prosteten sich zu, und Christoph nahm einen tiefen Schluck. Das Light-Bier schmeckte schön frisch und war angenehm kühl. Er war noch immer stolz auf sich, dass er mittlerweile selten Alkohol trank. Im Nachhinein hatte in seinem Leben alles seinen Grund gehabt, auch das Ereignis, das ihn in seinen wilden Zeiten vollkommen aus der Bahn geworfen hatte. Seine Kehle wurde trocken, als die Bilder der Vergangenheit in seinem Kopf Gestalt annahmen. Zum Glück bemerkte Jan seinen Zustand nicht. Sein Assistent schilderte ihm gerade wortreich, wie er das erste Mal mit einem Fallschirm gesprungen war. »Ich sag dir, das Gefühl war einfach der Hammer! Das musst du unbedingt auch mal probieren.«

Christoph machte eine abwehrende Handbewegung. »Ich weiß nicht, ich habe es eigentlich nicht so mit der Höhe.« Innerlich musste er schmunzeln, Jan war ein richtiger Adrenalin-Junkie. In seiner Jugend hatte Christoph ebenfalls so einiges ausprobiert, aber mittlerweile war er ruhiger geworden, auch weil die Arbeit ihm wenig Zeit für Freizeitaktivitäten ließ. Nachdem ihr Essen serviert worden war – sie hatten sich beide für gebratene Scholle mit Salat entschieden –, besprachen sie das weitere Vorgehen. Die Planung eines Urlaubs-Luxusresorts war für sie Neuland, bislang hatten sie vor allem Gewerbeimmobilien-Projekte realisiert.

»Was hältst du von dem Standort?«, fragte Christoph.

Jan legte sein Besteck gekreuzt über dem Teller ab. »Einfach perfekt«, erwiderte er mit einem Augenzwinkern. »Das Grundstück liegt fast direkt am Meer, aber trotzdem in Alleinlage. Die Schlei und Kappeln sind nicht weit entfernt …«

»Dort befindet sich aber der Strandrosenhof«, unterbrach ihn Christoph. »Das könnte Probleme geben.«

Sein Assistent runzelte die Stirn. »Leicht wird das nicht«, sagte er schließlich. »Aber bisher haben wir doch immer eine Lösung gefunden, oder?«

»Ab und zu sind wir aber auch über das Ziel hinausgeschossen.«

»Das gehört nun mal dazu«, erwiderte Jan und fixierte ihn mit seinem Blick. »Was ist los mit dir?«

Christoph presste kurz die Lippen aufeinander. »Alles gut.«

Jan verschränkte die Arme vor der Brust. »Wir brauchen doch auch nicht gleich schwere Geschütze aufzufahren.« Er lehnte sich etwas nach vorne und sprach leiser weiter. »Vielleicht kann man sich dort einmieten? Dann könnten wir vor Ort die Lage peilen, was meinst du?«

Eine halbe Stunde später kehrten sie auf ihre Zimmer zurück. Für Christoph war das Leben im Hotel zur Normalität geworden, doch manchmal fehlte ihm seine Wohnung in Frankfurt. Die Suite, die er jetzt bewohnte, war komfortabel. Direkt am Fenster mit Blick auf die Schlei stand ein Doppelbett, gegenüber befand sich ein bequemes Sofa, auf das er sich jetzt fallen ließ. Mittlerweile war es draußen dunkel geworden, und durch das halb geöffnete Fenster drang frische Luft herein. Christoph verschränkte die Arme im Nacken. Die rechte Schulter schmerzte mal wieder, wahrscheinlich hatte sich die Muskulatur durch den Stress der vergangenen Tage verhärtet. Vielleicht sollte er sich eine Massage gönnen, überlegte er, während seine Gedanken, wie immer, wenn er zur Ruhe kam, zu dem Ereignis wanderten, das ihn bis heute nicht losließ. Damals hatte er sich Hilfe bei einer Psychologin gesucht. Die Gespräche hatten geholfen, zumindest was seinen Verstand anbelangte, aber die Gefühle waren geblieben, auch wenn sie sich mittlerweile nur noch in abgeschwächter Form bemerkbar machten. Dr. Mary Johnson hatte ihn jedenfalls durch die schlimmste Zeit begleitet, und noch heute suchte er hin und wieder ihren Rat, denn mittlerweile bot sie auch Online-Sitzungen an. Das Jahr in Charlotte als Real Estate Broker hatte sein Leben grundlegend verändert. Kurz nach dem Abitur hatte er sich zu dem Praktikum in North Carolina entschieden. Er hatte einfach rausgemusst aus der provinziellen Enge, die ihm außer einer schönen Landschaft kaum etwas geboten hatte.

Christoph sprang auf, ging zur Minibar und holte sich

eine Flasche Mineralwasser. Dann stellte er sich ans Fenster und blickte hinaus auf die dunkle Schlei. Der Abschied von seiner damaligen Freundin war ihm schwergefallen, aber schnell hatte er sich in Donielle verliebt, die wie er für Immobilienprojekte brannte. Die Erinnerung an ihre gemeinsame Zeit, die so abrupt geendet hatte, spulte wie ein Film in seinem Kopf ab. Monatelang hatte er sich Vorwürfe gemacht, zumal er immer noch nicht wirklich verstand, warum er damals so ausgeflippt war. Ungezählte Male hatte er die Szene rekapituliert, die sich in Donielles Haus abgespielt hatte. Er wusste nicht einmal mehr, was der Auslöser ihres Streites gewesen war. Vielleicht war er wieder einmal angetrunken zu ihr gekommen? Christoph presste die Lippen aufeinander. Er hatte sie abgewehrt, weil sie wie eine Furie auf ihn losgegangen war, dann war sie gestolpert und die Treppe hinuntergestürzt. Verdammt, was für ein Klischee! Christoph schüttelte den Kopf und stellte die leere Flasche auf den Tisch vor dem Sofa, wo er die ersten Entwürfe des geplanten Urlaubs-Luxusresorts abgelegt hatte. Er nahm den Ordner in die Hand und blätterte darin. Dann nahm er seinen Laptop und die Unterlagen mit ins Bett. Leider gab es keinen Schreibtisch, aber mittlerweile arbeitete er oft auf diese Weise. Er rückte sich das Kissen in seinem Rücken zurecht und schaltete die Lampe ein, die oberhalb des Kopfteils angebracht war. Dann rief er Google Maps auf und gab den Ort Brodersby, den sie am Morgen überflogen hatten, in die Suchmaske ein. Er scrollte mit dem Fingern über das Pad, bis der Strandrosenhof sichtbar wurde, und klickte den Pinmarker an. Adresse und Kontaktdaten erschienen an der linken Seite seines Browsers. Christoph notierte sich die Handynummer. Dann betrachtete er die Fotos – überwiegend Bilder von den Schweinen, Hühnern und Schafen, die auf dem Hof lebten, aber es gab auch einige Aufnahmen der Inhaberin. »Bingo!« Christoph klappte den Laptop zu. Es war eine gute Idee, sich dort einzumieten und die Stimmung vor Ort zu erspüren, dachte er euphorisch. Die dunklen Gedanken verflüchtigten sich endgültig. Stattdessen spürte er, wie sich ein erwartungsvolles Kribbeln in seinem Körper ausbreitete. Er freute sich auf das Projekt, er und Jan würden alles daransetzen, dass es ein Erfolg wurde. Mögliche Hindernisse waren sie gewohnt, bislang hatten sie noch jedes ihrer Ziele erreicht. Mit Geld ließ sich eben eine Menge bewegen, auch wenn man sich nicht immer an alle Vorgaben und Gesetze halten konnte. Die baurechtlichen Vorschriften waren in Deutschland oft ein Problem, aber darum kümmerten sich Top-Anwälte, mit denen ihre Firma InVestim eng zusammenarbeitete. In den vergangenen Jahren hatte es allerdings auch immer wieder Proteste von Naturschützern gegeben. Während es anfangs eher lokale Gruppierungen gewesen waren, formierten sich mit der Zeit immer mehr Bewegungen im Stil von Fridays for Future. Auch in der Schleiregion gab es Landstriche, die nicht bebaut werden durften, zum Beispiel eine Halbinsel östlich von Maasholm. Insofern war bei ihrem aktuellen Projekt Fingerspitzengefühl gefragt.

Am nächsten Morgen erwachte Christoph aus einem erholsamen Schlaf. Das war seit Längerem nicht mehr vorgekommen. Gut gelaunt sprang er aus dem Bett und zog die Gardinen beiseite. Die Sonne schien vom wolkenlosen Himmel, und vor dem Hotel waren schon Menschen unterwegs, obwohl es erst kurz nach sieben war. Nachdem er ausgiebig geduscht hatte, wickelte er sich ein weißes Handtuch um die Hüfte und griff nach seinem Handy. Frau Ulrike Petersen meldete sich bereits nach zweimaligem Freizeichen. Er schilderte kurz sein Anliegen. »Sie haben Glück«, erwiderte die Frau, die eine warme und angenehme Stimme hatte. »Eine Familie hat vor zwei Tagen kurzfristig abgesagt.«

Zwanzig Minuten später saß er am Frühstückstisch und nippte an seinem Kaffee. Jan schob sich gerade einen großen Löffel Müsli in den Mund und kaute andächtig. Normalerweise unterhielten sie sich morgens nicht viel, da jeder von ihnen lieber für sich in den Tag startete. Doch heute war das etwas anderes. Christoph erzählte von dem Gespräch, das er kurz zuvor mit der Chefin des Strandrosenhofs geführt hatte. Jan hielt einen Moment inne, legte seinen Löffel beiseite und strich sich durch die dunkelbraunen Locken. Er grinste breit. »Dann kann es ja losgehen.«

3. Kapitel

Sophia nahm zwei Gläser Honig aus dem Regal, wickelte sie in Seidenpapier und reichte sie einer älteren Dame, die das Paket mit strahlendem Lächeln entgegennahm. »Herzlichen Dank«, sagte sie. »Da wird sich mein Mann aber freuen.« Die Kundin steckte ihren Einkauf in einen Baumwollbeutel.

Sophia nickte ihr zu. »Schön, wenn es Ihnen schmeckt.«

Sie freute sich sehr, dass die Erzeugnisse des Strandrosenhofs so beliebt waren. Ulli machte nur wenig Werbung, viele Besucher kamen mittlerweile auf Empfehlung von Bekannten und Freunden. Außerdem wollten immer mehr Menschen nachhaltig leben und zogen deshalb Produkte, die in ihrer Region hergestellt wurden, Waren aus anderen Bundesländern und dem Ausland vor.

Sophia rückte die übrigen Honiggläser im Regal zurecht. Sie würde sich bald um Nachschub kümmern müssen, dachte sie, aber das war kein Problem, Ulli hatte genügend Vorräte. Als sie sich wieder umdrehte, stand Leonie mit vor der Brust verschränkten Armen vor dem Verkaufsstand. »Ich löse dich ab«, sagte Ullis Tochter mit einem schnippischen Unterton.

Sophia spürte, wie sich ihre Nackenhaare aufrichteten. »Ich habe erst in einer Stunde mit dir gerechnet«, erwiderte sie zögernd. »Hatten wir das nicht so verabredet?«

Leonie zuckte mit den schmalen Schultern. »Keine Ahnung«, erwiderte sie gedehnt. Sie fingerte ein Haargummi aus der Gesäßtasche ihrer Jeans. Dann betrat sie den Verkaufsraum und zwirbelte sich die schulterlangen blonden Haare zu einem Dutt zusammen. Sophia musste zur Seite treten, denn der Platz hinter dem Tresen war sehr beengt. Sie ließ ihren Blick über Leonies Gesicht gleiten. Auffallend waren ihre großen blauen Augen und die langen Wimpern, die sie immer mit Mascara betonte. Außerdem hatte sie einen hellen Teint, ganz anders als ihre Mutter, deren Haut fast olivfarben war. Wahrscheinlich kam sie mehr nach ihrem Vater, dachte Sophia. Sie hatte Ullis Ex-Mann bislang noch nicht kennengelernt, aber es gab ein gerahmtes Foto von der ganzen Familie, das auf dem Kaminsims im Wohnzimmer des Gutshauses stand. »In Ordnung«, sagte sie schließlich gedehnt. »Dann gehe ich mal.« Ihre Kehle brannte, als sie endlich draußen stand. Sie fragte sich, warum sie sich diesen unhöflichen Umgangston gefallen ließ. Leonie war die Tochter ihrer Chefin, und so musste sie mit ihr auskommen, aber trotzdem brauchte sie ja nicht alles hinzunehmen. Sophia konnte sich nicht erklären, warum sie mit der jungen Frau einfach nicht warm wurde. Leonie war nach dem Abitur direkt ausgezogen und hatte eine Ausbildung zur Bürokauffrau begonnen, nachdem sie ein Jahr durch Europa gereist war. Dann hatte sie sich jedoch mit ihrem Chef gestritten und alles hingeschmissen. Als das Geld knapp wurde, war sie schließlich wieder zu Hause eingezogen, allerdings nicht ins Gutshaus, das Ulli bewohnte, sondern in eine Ferienwohnung, die sich wie ihre eigene in einem der beiden früheren Wirtschaftsgebäude des Strandrosenhofs befand. Sie und Leonie waren also Nachbarinnen. Als sie sich das erste Mal begegneten, war Sophia gleich auf sie zugegangen und hatte sich vorgestellt, aber Leonie hatte schon damals sehr reserviert reagiert. Sophia fragte sich, ob Eifersucht im Spiel war. Vielleicht machte sie sich aber auch zu viele Gedanken – wie so oft. Sie war ein sehr harmoniebedürftiger Mensch und fühlte sich einfach nicht gut, wenn sie Probleme mit ihren Mitmenschen hatte, erst recht, wenn sie die Ursache dafür nicht nachvollziehen konnte.

Während die Gedanken in ihrem Kopf durcheinanderwirbelten, hatte sie den kurzen Weg bis zu ihrer Wohnung zurückgelegt. Mit einem Seufzen ließ sie die Tür hinter sich zufallen. Jetzt brauchte sie erst einmal einen kleinen Snack und eine Tasse Tee. Sophia durchquerte den schmalen Flur, auf dessen abgetretenen Holzboden sie einen bunten Flickenteppich gelegt hatte. Ihre Küche war klein, aber sehr gemütlich. Sie setzte sich auf einen der zwei Holzstühle am Tisch neben dem kleinen Fenster, ließ ihren Blick über die dicht bewachsene Wiese gleiten, auf der ein paar Gänse grasten, und verscheuchte die Vorstellung, dass diese Tiere am Ende des Jahres als Weihnachtsbraten enden würden.

Sophia griff nach dem *Schlei-Boten*. Eigentlich informierte sie sich über das aktuelle Zeitgeschehen nur online, aber Ulli hatte die Zeitung abonniert, deren Redaktion in Kappeln saß, und steckte ihr das Blatt nach dem Frühstück immer in den Briefkasten. Schmunzelnd las sie einen kurzen Bericht über ein Pony, das von der Koppel ausgebrochen war und die Möhrensäcke angeknabbert hatte, die im Eingangsbereich des Supermarkts in Fleckeby angeboten wurden. Die freiwillige Feuerwehr musste anrücken, hatte den Vierbeiner eingefangen und zu seiner Besitzerin zurückgebracht, einem fünfjährigen Mädchen aus Güby. Sophia stand auf und trat an die Arbeitsfläche. Ihr Magen knurrte, sie hatte den ganzen Tag so gut wie nichts gegessen. Aus dem frisch geernteten Gemüse machte sie sich einen kleinen Salat mit Essig-Öl-Dressing. Dann wandte sie sich ihrem fast leeren Kühlschrank zu. Stirnrunzelnd betrachtete sie den Inhalt: eine halbe Flasche Milch, Butter, ein Stück Käse, das in Papier eingewickelt war, und eine Flasche Wasser. Sie schüttelte den Kopf. Sie musste wieder besser für sich sorgen. In Berlin hatte sie fast jeden Abend gekocht. Sie war richtig kreativ gewesen, hatte immer neue Rezepte ausprobiert, aber zu der Zeit hatte sie auch noch mit Robert zusammengelebt. Sophia kehrte mit der Butter und dem Käse zurück an den Tisch. Dann holte sie sich einen Teller, Besteck und ein Glas aus dem Hängeschrank, der sich oberhalb der Holzarbeitsplatte befand. Sie griff nach dem Bio-Dinkelbrot, öffnete noch einmal den Kühlschrank und nahm die Wasserflasche heraus. Kurze Zeit später saß sie vor einem großen Teller mit Salat, biss mit geschlossenen Augen in ihre Stulle und nippte an ihrem Glas. Schon besser, dachte sie, obwohl sie sich in diesem Moment gern mit jemandem unterhalten hätte. Ihre Freundinnen aus Berlin fehlten ihr sehr. Zwar schrieb sie sich regelmäßig mit Moni, Klara und Swantje über ihre WhatsApp-Gruppe, aber sie vermisste die gemeinsamen Abende. Während Sophia aß, ließ sie die vergangenen Monate Revue passieren. Es war die richtige Entscheidung gewesen, nach dem *Vorfall* in Berlin wieder hierherzuziehen, auch wenn es sich zu Beginn wie eine Kapitulation angefühlt hatte. Die Arbeit auf dem Strandrosenhof mit den Kindern und Jugendlichen machte ihr Spaß. Die Tätigkeit in der Berliner Wohngruppe für psychisch beeinträchtigte Menschen hatte sie im Laufe der drei Jahre hingegen immer wieder an ihre Grenzen gebracht. Nach dem *Vorfall* hatte es Monate gedauert, bis sie überhaupt wieder arbeitsfähig gewesen war, aber auch dann war es unmöglich gewesen, wieder in der Wohngruppe anzufangen. Über eine Bekannte hatte sie schließlich davon gehört, dass hier in Brodersby eine Sozialpädagogin gesucht wurde. Das Bewerbungsgespräch war sehr positiv verlaufen, und als sie von Ulli die Zusage bekommen hatte, war ihre Entscheidung schon gefallen. Kurzerhand hatte sie Berlin – ihrer absoluten Lieblingsstadt – den Rücken gekehrt. Dass das auch das Ende ihrer Beziehung zu Robert bedeutete, war nicht beabsichtigt gewesen, aber im Nachhinein war sie tatsächlich froh, dass er nicht mitgekommen war. Ihre Liebe war ohnehin vorbei gewesen, auch wenn sie es sich zu dem Zeitpunkt noch nicht eingestanden hatten. Er hätte sich hier – »in der Provinz«, wie er sich auszudrücken pflegte – kaum wohlgefühlt. Anfangs hatten sie sich noch geschrieben und hin und wieder telefoniert, aber schon bald hatte er sich komplett von ihr abgewendet. Von ihren Freundinnen hatte sie erfahren, dass er sich schnell mit einer anderen Frau getröstet hatte.

Nachdem Sophia ihr Brot aufgegessen hatte, stellte sie den Teller in die Spüle und ließ das Besteck darauffallen. Das klirrende Geräusch ließ sie zusammenzucken. Verdammt, sie war noch immer ein Nervenbündel. Sie kehrte zum Tisch zurück und leerte ihr Glas in einem Zug. Dann nahm sie eine weitere Flasche Wasser aus der Kiste, die neben der Tür stand, und ging ins Wohnzimmer. Wie die Küche war der Raum nicht sehr groß, aber dafür supergemütlich. Durch die beiden Sprossenfenster mit Blick auf den Innenhof drang das Abendlicht und warf goldene Sprenkel auf die Wände. Sie ließ sich auf das Sofa fallen und streckte die Beine von sich. Sophia öffnete die Flasche, trank in kleinen Schlucken und stellte sie auf dem Holztisch ab. Dort lag auch ihr Wildblumenbestimmungsbuch. Lächelnd nahm sie es in die Hand und blätterte eine Weile darin herum. Dann stand sie auf und trug das Buch zu ihrem Schreibtisch, auf dem sich ein kleiner Stapel Löschpapier befand. Zwischen den Blättern trockneten Wildblumen, die sie auf dem Feld neben dem Verkaufswagen gepflückt hatte. Vorsichtig nahm sie den dicken Wälzer beiseite, mit dem sie alles beschwert hatte. Demnächst würde sie sich eine richtige Blumenpresse aus Buchenschichtholz kaufen, die sie in einem Online-Shop entdeckt hatte. Sophia schob die Blätter vorsichtig auseinander und betrachtete ihr Werk. Die Weiße Lichtnelke sah auf den ersten Blick schon einmal sehr gut aus. Sophia platzierte das Löschblatt mit der getrockneten Pflanze mittig auf der Schreibtischunterlage. Sie nahm das Vergrößerungsglas in die Hand und betrachtete die Blüten, die sich in der freien Natur nachts einrollten und dann wie verwelkt aussahen. Die gegenständigen, also genau gegenüberliegenden, Blätter glichen kleinen Lanzen. Die korrekte Bezeichnung dafür war »lanzettlich«, las Sophia in ihrem Bestimmungsbuch, das wirklich jeden Euro, den sie dafür gezahlt hatte, wert war. Sie holte einen Zettel aus der Schublade, auf dem sich im unteren, mit Blüten umrankten Bereich verschiedene Felder befanden, die sie gleich sorgfältig ausfüllen würde. Doch zunächst entfernte sie die Weiße Lichtnelke vorsichtig vom Löschblatt, legte sie auf das Papier und befestigte sie mit schmalen weißen Klebestreifen. Eine Zeit lang hatte sie die Pflanzen mit Uhu fixiert, aber diese Methode gefiel Sophia besser. Sie hielt das Blatt in die Luft: perfekt!

Sophia spürte ein Kribbeln in der Brust, als sie das Papier mit ihrem Füller beschriftete.

Name der Pflanze: Weiße Lichtnelke
Wissenschaftlicher Name: Silene latifolia
Pflanzenfamilie: Nelkengewächse (Caryophyllaceae)
Fundort: Strandrosenhof
Datum: 12. Juni

Lächelnd betrachtete sie ihr Werk. Dann legte sie das Blatt zu den anderen in der untersten Schublade, reckte die Arme in die Luft und drückte die Schultern gegen die

Lehne des Schreibtischstuhls. Wenn sie genügend Pflanzen gesammelt, getrocknet und aufgeklebt hatte, wollte sie ein schönes Deckblatt für ihr erstes Herbarium gestalten. Sie wunderte sich immer noch, dass sie so viel Freude mit ihren Pflanzen hatte. Eigentlich war sie eher ein ungeduldiger Mensch, dem es oft nicht schnell genug ging. Wenn sie sich aber mit ihren Funden beschäftigte, vergaß sie alles um sich herum, und genau das brauchte sie nach einem anstrengenden Arbeitstag. In Berlin hatte sie an ihren freien Tagen viel Zeit mit Robert verbracht. Sie hatten sich gut verstanden, und auch körperlich waren sie auf einer Wellenlänge gewesen, dachte sie wehmütig. Seufzend betrachtete Sophia die nächste Pflanze – ein Orangerotes Habichtskraut. Ihr gefiel die leuchtende Farbe, aber auch die Anordnung der Blüten, die wie kleine Körbchen aussahen. Der lange Stängel der Pflanze war innen hohl und außen abstehend behaart. Sophias Gedanken wanderten wieder zu Robert. Sie musste endlich damit aufhören, an ihre gemeinsame Zeit zu denken, und sich auf die Gegenwart und die Zukunft konzentrieren. Schon immer hatte sie sich eine Familie gewünscht. Dazu ein Häuschen im Grünen und einen Hund, am liebsten einen schokoladenbraunen Labrador, denn diese Rasse galt als besonders sanftmütig und ausgeglichen. Im kommenden Jahr würde sie bereits einunddreißig Jahre alt, sie musste also langsam aktiv werden. Wenn sie ehrlich war, hatte sie sich in ihrer heimeligen Komfortzone ganz schön eingeigelt. Gedankenverloren nahm sie ein altes Foto von Christoph in die Hand. Sie hatte das Bild zufällig beim Aufräumen in einem Schulordner gefunden. Immer wieder musste sie in letzter Zeit an ihre erste große Liebe denken. Sie hatte sogar seinen Namen in das Suchfeld von Google eingegeben, allerdings nicht viel über ihn gefunden, nur dass er jetzt für eine Frankfurter Firma arbeitete, die große Immobilienprojekte realisierte. Als sie ihn das letzte Mal gesehen hatte – auf dem Flughafen in Hamburg –, war er auf dem Weg in die USA gewesen, nach North Carolina, wo er ein Praktikum machen wollte. Damals waren sie ein glückliches Paar gewesen, und Sophia hatte fest daran geglaubt, dass sie ihr Leben lang zusammenbleiben würden. Ob er auch so empfunden hatte, wusste sie nicht. Jedenfalls hatte sie nach zwei Monaten eine Nachricht von ihm bekommen, dass er sich in eine andere Frau verliebt habe. Es täte ihm unendlich leid, und er wünsche ihr alles Gute für die Zukunft. Seine unpersönlichen Worte hatten sich wie ein Schlag ins Gesicht angefühlt. Ob er mittlerweile vielleicht sogar verheiratet war und Kinder hatte? Sie seufzte und ließ den Blick über die Wildblumen gleiten. Eigentlich war es auch egal, dachte sie wehmütig, denn sie würde ihn mit Sicherheit nie wiedersehen.

4. Kapitel

Die Ferienwohnung auf dem Strandrosenhof in Brodersby war gemütlich eingerichtet. Ulrike Petersen öffnete die Tür zu einem der beiden Schlafzimmer und zeigte Christoph und Jan das Boxspringbett, das sich neben einem mit bunten Blumen bemalten Bauernschrank befand. »Hier könnten natürlich auch zwei Personen schlafen«, sagte sie lächelnd. »Meistens wohnen hier Eltern mit Kindern.«

Sie war eine Frau, die sich von nichts aus der Ruhe bringen ließ, dachte Christoph, während er den Blick über die gleichmäßigen Züge ihres Gesichts gleiten ließ. Er schätzte sie auf Mitte fünfzig, auch wenn sie mit ihrer sportlichen Figur und dem frischen Teint eigentlich deutlich jünger wirkte.

Frau Petersen drückte Christoph die Schlüssel in die Hand. »Sie haben also jede Menge Platz.«

»Hervorragend«, erwiderte Christoph. »Gibt es sonst noch irgendetwas zu beachten?«

Die Hofchefin runzelte kurz die Stirn. »Eigentlich nicht. Bei uns läuft alles unkompliziert ab. Hier auf dem Flur wohnen noch meine Tochter Leonie und eine Mitarbeiterin von mir. Sie müssen sich selbst versorgen, aber in unserem Hofladen können Sie natürlich gern das Nötigste einkaufen.« Ihre Gastgeberin wandte sich zum Gehen, drehte sich dann aber noch einmal um. »Wenn Sie Fragen haben oder irgendetwas brauchen, melden Sie sich einfach.« Ein Lächeln huschte über ihr Gesicht. »Übrigens duzen wir uns hier alle.« Sie reichte ihnen nacheinander die Hand. »Ich bin Ulrike, aber alle nennen mich Ulli.«

Nachdem sie sich kurz eingerichtet hatten, stand auch schon der erste Termin auf dem Plan, und Christoph und Jan machten sich auf den Weg zum Ostseeresort Olpenitz in Kappeln. Sie wollten die Anlage besichtigen, mit der ihr Projekt konkurrieren müsste, wenn es realisiert werden würde. Zuvor hatten sie bereits einige Fakten recherchiert. Es gab Zeitungsartikel, aber auch Einträge in verschiedenen Online-Medien, unter anderem in Blogs von Umweltaktivisten. Auf dem rund 170 Hektar großen Gelände hatte ersten Planungen zufolge eine Anlage mit über tausend Ferienhäusern, mehreren Hotels und einem Jachthafen mit 2500 Liegeplätzen entstehen sollen. Allerdings hatte es Proteste gegeben, sodass nach einem Urteil des Oberverwaltungsgerichts in Schleswig der sogenannte Nordhaken nicht bebaut werden durfte und jetzt ein Naturschutzgebiet war.

Christoph lenkte den Mercedes vorsichtig über den Schotterweg. Jan neben ihm trommelte mit den Fingern auf seinen Oberschenkeln. Er hatte Stöpsel in den Ohren und hörte Musik über sein Handy. Für Christoph war das okay, im Auto musste er sich nicht unbedingt unterhalten, er konzentrierte sich ohnehin lieber auf die Straße. Gerade auf dem Land geschah oft Unvorhersehbares, zum Beispiel dass ein Traktor plötzlich aus einer Einfahrt zum Feld hervorgeprescht kam. Kurz nachdem er seinen Führerschein bestanden hatte, war ihm das einmal passiert. Zum Glück hatte er damals rechtzeitig auf die Bremse treten können. Auf dem Weg nach Kappeln bogen sie nach einer guten halben Stunde auf die Ostseestraße ab, bis sie einen Kreisverkehr erreichten, den sie in Richtung Olpenitz verließen. Christoph durchquerte die Einfahrt und hielt an der Hafenpromenade, wo sich eine der Firmen befand, die dort Ferienhäuser und -wohnungen bauten. Kaum hatte er den Motor ausgestellt, klopfte jemand an die Scheibe, und Christoph sah überrascht nach links. Ein schlanker Mann mit Brille nickte ihm zu, woraufhin Christoph den Fensterheber betätigte. »Moin«, begrüßte ihn der Geschäftsführer, mit dem sie verabredet waren. »Sie dürfen hier eigentlich nicht parken, aber ich denke, für die kurze Zeit wird es gehen.«

Christoph nickte, schloss das Fenster, stieg aus und zog den Reißverschluss seiner Jacke nach oben. Es schien zwar die Sonne, doch der Wind, der von der Ostsee kam, war trotzdem recht kühl. Jan gesellte sich zu den beiden Männern, und nachdem sie sich vorgestellt hatten, wies Klaus Hilberling ihnen den Weg. »Lassen Sie uns einfach mal Richtung Schleimündung gehen«, schlug er vor. Christoph und Jan folgten dem Geschäftsführer auf der Straße. Einen Fußgängerweg gab es nicht, sodass sie immer wieder anhielten, wenn sich ihnen ein Auto von hinten näherte. Hilberling deutete auf die Ferienhäuser und -wohnungen, die entlang des Hafenbeckens bereits errichtet waren. Vor ihnen erhob sich eine dreistöckige weiße Villa mit flachem Dach und bodentiefen Fenstern, dahinter standen drei Strandhäuser in skandinavischem Stil mit kleinen Vorgärten, die mit Schilf bepflanzt waren. An einem Steg auf der gegenüberliegenden Seite reihten sich mehrere schwimmende Häuser, deren Dachterrassen den Gästen einen exklusiven Blick über Ostsee und Schlei boten. Die besondere Lage des Resorts zwischen zwei Gewässern war wirklich etwas Besonderes, dachte Christoph, während er seinen Blick in die Ferne schweifen ließ. Bei so großen Projekten war es normal, dass hin und wieder etwas schiefging, allerdings wunderte es ihn doch, dass es keinen Weg für Urlauber gab, die zu Fuß unterwegs waren. Sie erreichten den Nordhaken, den sie bereits aus der Luft gesehen hatten. Dort befand sich das Naturschutzgebiet, das nicht betreten werden durfte. Salzwiesen und Dünen prägten die Landzunge, die von Ostsee und Schlei umgeben war. Die verschieden großen und unterschiedlich geformten Wasserflächen glitzerten in der Sonne, und der Schrei eines Vogels drang zu ihnen herüber. Christoph hatte gelesen, dass dort viele Arten lebten – zum Beispiel Küstenschwalben, Eiderenten, aber auch Seeadler – und sich ein Verein um dieses Gebiet kümmerte. Auf der anderen Seite, also im Inneren des Hafenbeckens, lag eine kleine Bucht, die zum Teil mit Sand aufgeschüttet worden war, sodass ein kleiner Strand entstand.

»Hier ist natürlich kein Platz für alle Gäste«, sagte Klaus Hilberling. Er deutete auf die andere Seite des Hafenbeckens. »Dort hinten ist aber noch der Weidefelder Strand, der zur Gemeinde Brodersby gehört und ebenfalls von den Gästen genutzt werden kann.«

Nachdem sie das gesamte Gelände umrundet hatten, erreichten sie eine Ladenzeile. Es gab einen Souvenirladen, einen Supermarkt und eine Pizzeria. Hilberling deutete auf die Geschäfte. »Das ist selbstverständlich erst der Anfang.« Er nahm die Brille ab, zog ein kleines Tuch aus der Tasche seines Sakkos und putzte die Gläser. »Demnächst soll es hier noch weitere Angebote geben.«

Sie standen jetzt im Halbkreis nebeneinander. »Wie schätzen Sie die derzeitige Situation hier denn ein?«, fragte Christoph absichtlich vage.

Hilberling verschränkte die Arme vor der Brust. »Wir sind sehr zuversichtlich, dass der neue Investor dieses Projekt weiter erfolgreich vorantreiben wird.« Er deutete mit dem Kopf zum Hafenbecken. »Die Lage ist fantastisch, und das Freizeitangebot soll auf jeden Fall noch besser werden. Planen Sie denn hier ebenfalls ein Investment?«

Der betont locker-leichte Tonfall ließ Christoph aufhorchen. »Wir haben noch keine konkreten Pläne«, erwiderte er ausweichend. Er reichte dem Geschäftsführer die Hand. »Vielen Dank, dass Sie sich Zeit für uns genommen haben.«

Christoph und Jan blickten Klaus Hilberling nach. Dann sagten sie wie aus einem Munde: »Hier ist aber einiges schiefgelaufen.«

❀

Die Tür zum Gutshaus war tagsüber immer offen, aber Sophia klingelte trotzdem. Zwar war ihr Verhältnis zu Ulli mittlerweile fast freundschaftlich, aber sie war nun einmal ihre Chefin. Für den Nachmittag hatte sich eine Grundschulklasse aus Kappeln angemeldet. Sophia hatte mit der verantwortlichen Lehrerin einen Rundgang über das Hofgelände mit Fütterung der Angler Sattelschweine, Schafe und Hühner geplant. Im Anschluss daran wollte sie mit den Kindern auf einer Gartenparzelle vorgezogenen Salat pflanzen und Schilder für das Gemüse malen. Sophia klopfte gegen die Tür. Vielleicht war Ulli schon auf dem Hof unterwegs, dachte sie, aber dann bewegte sich die Türklinke.

»Ach, du bist es.« Ulli öffnete in Jogginghose und weitem T-Shirt. Sophia bemerkte dunkle Ränder unter ihren Augen. Sie folgte Ulli in die Küche. In der Mitte des Raumes stand eine altmodische Kochinsel und davor ein langer Holztisch mit abgenutzten Stühlen. Die beiden Frauen setzten sich einander gegenüber. Ulli faltete die Hände und stützte die Ellenbogen auf den Tisch.

»Ist alles okay mit dir?«, fragte Sophia und trank einen Schluck Kaffee aus dem Keramikbecher, den Ulli ihr hingestellt hatte.

»Ja, alles gut … Ich habe bloß bis spät in die Nacht über den Büchern gesessen.«

Für eine kurze Weile war nur das leise Brummen des Kühlschranks zu hören, der sich in der Ecke des gefliesten Raumes befand.

»Dich bedrückt doch irgendetwas?«, setzte Sophia schließlich nach.

Ulli seufzte. »Ja, du hast recht …« Sie biss sich auf die Lippen. »Ich habe finanzielle Probleme«, sagte sie zögernd. Sie wedelte kurz mit der Hand. »Das kriege ich aber wieder hin.«

»Sind denn deine Ausgaben zu hoch?« Sophia spürte, wie die Röte in ihre Wangen schoss. »Zum Beispiel fürs Personal?«

Ulli runzelte die Stirn. »Nein, daran liegt es nicht. Es hat leider mit meinem Ex-Mann zu tun …«

Sie hielt inne, und Sophia spürte deutlich, wie Ulli mit sich rang.

Schließlich gab sie sich einen Ruck. »Er hat damals unsere gesamten Ersparnisse verspielt, und dann hat er einen Kredit aufgenommen, der mit einer Hypothek auf unseren Hof abgesichert war.«

»Aber – das konnte er doch gar nicht ohne deine Zustimmung, oder?«

»Leider schon, er war damals Alleineigentümer. Als wir geheiratet haben, habe ich mir nichts dabei gedacht, ich war mir ja sicher, dass wir ein Leben lang zusammenbleiben würden.«

Sophia hatte sich zwar noch nie mit dem Kauf von Immobilien beschäftigt, aber sie wusste, dass Banken einem das Leben schwer machen konnten, wenn man mit Zahlungen im Rückstand war.

»Hast du die Zinsen für die Hypothek nicht bezahlt?«

Ulli seufzte. »Schon, aber erst, nachdem mich Herr Winkelmann, mein Bankberater, dreimal angemahnt hatte.« Sie umfasste die Tasse mit beiden Händen. »Herr

Winkelmann hat gesagt, dass er noch einmal ein Auge zudrückt.« Ulli presste die Lippen aufeinander. »Das nächste Mal wird es aber nicht mehr so glimpflich verlaufen.«

»Was kann denn passieren?«

»Die Bank spricht dann von Zahlungsausfall und wird den Hof im schlimmsten Fall zwangsversteigern.«

Sophia lief ein kalter Schauer über den Rücken. »Das wird schon nicht passieren«, sagte sie trotzdem mit fester Stimme. »Ich würde dir gern helfen …«

»Das kommt gar nicht infrage«, unterbrach Ulli sie seufzend. »Ich finde einen Weg.«

Sophia erhob sich vom Stuhl und trug ihren Becher zur Spüle.

»Vielen Dank«, sagte Ulli, und für einen Moment standen sie sich wortlos gegenüber. »Ich bin froh, dass du bei uns bist. Ich glaube, dass das Thema Bauernhofpädagogik noch ausbaufähig ist. Wenn du willst, können wir mal in Ruhe darüber sprechen.«

Sophia nickte und verließ das Gutshaus. Sie schloss die Augen, reckte den Kopf nach oben, atmete tief ein und spürte die Wärme der Morgensonne auf den Wangen. Erst als sie den Weg zurück zu ihrer Wohnung antrat, fiel ihr auf, dass sie mit Ulli gar nicht über den Ablauf des Tages gesprochen hatte. Egal, das würde sie später nachholen. Ganz in Gedanken überquerte sie den Innenhof, der von dem Duft der Strandrosen erfüllt war, die in den Beeten blühten und denen der Hof seinen Namen verdankte.

Ein Motorengeräusch ließ sie aufhorchen. Ein Mercedes fuhr durch die Einfahrt, ein Auto mit Frankfurter

Kennzeichen. Zwei Männer stiegen aus, und als sie fast auf einer Höhe mit ihnen war, drehte sich der größere von ihnen plötzlich um. Sophias Herz machte einen kleinen Sprung. »Christoph?!«

5. Kapitel

»Sophia?«

Sie war es wirklich. Sophia hatte sich kaum verändert. Sie trug ihre kastanienbraunen Haare etwas länger, und sie war immer noch sehr schlank. Ihre dunklen Augen mit den langen Wimpern waren auf ihn gerichtet. *Bambi* hatte er sie früher immer genannt, und sie hatte diesen Namen gehasst, sie sei schließlich kein scheues Reh, sondern eine erwachsene Frau. Das hatte dann oft zu einem kleinen Ringkampf geführt, der wiederum …

»Was machst du denn hier?«, fragte Sophia und holte ihn damit aus seinen Erinnerungen in die Gegenwart zurück. Christoph ging mit geöffneten Armen einen Schritt auf sie zu, blieb dann aber stehen und ließ die Arme langsam wieder sinken. Er wollte etwas sagen, aber die Worte, die ihm durch den Kopf schossen, ergaben keinen Sinn.

»Ich habe beruflich in der Gegend zu tun«, antwortete er schließlich. Als er ihren skeptischen Gesichtsausdruck bemerkte, ratterten seine Gedanken wild durcheinander. »Dieser Hof liegt perfekt für uns«, schob er hinterher. »Von hier aus kommen wir überall schnell zu unseren geschäftlichen Terminen.«

Christoph bemerkte, wie sie errötete, als sich ihre Augen kurz begegneten. Sophia senkte die Lider, aber als sie ihren Kopf wieder hob, huschte ein Lächeln über ihr hübsches Gesicht. Christoph spürte, wie sich sein Herzschlag beschleunigte. Wie von selbst wanderte sein Blick über ihren Körper und die langen Beine. Sie war immer sehr sportlich gewesen. Joggen, Schwimmen, Tennis, aber auch Fußball – die Freude an diesen Disziplinen hatte sie verbunden. Oft hatten sie auch lange Fahrradtouren unternommen oder waren mit dem Kanu auf der Schlei unterwegs gewesen. Er blinzelte, denn er konnte noch immer nicht glauben, dass Sophia tatsächlich vor ihm stand.

»Es ist wirklich schön, dich zu sehen.«

»Dann seid ihr also die neuen Gäste?« Sophia deutete mit dem Kopf auf seinen Partner, der vor dem Eingang auf ihn wartete.

Er folgte ihrem Blick. »Genau, das ist Jan, wir arbeiten schon seit vielen Jahren zusammen.«

»Dann werden wir uns ja öfter begegnen. Ich wohne nämlich auch hier.«

Was für ein Zufall, schoss es Christoph durch den Kopf. Für ein paar Sekunden war er sprachlos, aber dann hatte er sich wieder gefangen. Small Talk gehörte zu seinem Job, und nach den vielen Jahren als Projektentwickler war er richtig gut darin. Schnell nahm er den Gesprächsfaden wieder auf. »Bist du von Kappeln aus direkt hierhergezogen?«

Sophia runzelte kurz die Stirn. »Nein«, sagte sie schließlich. »Ich habe lange Zeit in Berlin gelebt.«

»Großartige Stadt«, erwiderte Christoph aufrichtig.

»Hier ist es aber auch sehr schön.« Sie straffte die Schultern. »Ich muss jetzt leider los und mich umziehen.«

Sophia wandte sich zum Gehen, aber Christoph blieb an ihrer Seite. »Arbeitest du hier?« Er spürte Sophias Blick auf seinen Wangen.

Sie nickte. »Als Sozialpädagogin.«

Zeitgleich erreichten sie die Eingangstür des ehemaligen Wirtschaftsgebäudes. Christoph ließ ihr den Vortritt. »Auf einem Gut?«

»Wir haben hier verschiedene bauernhofpädagogische Angebote für Kinder und Jugendliche.«

»Klingt interessant«, sagte er. »So richtig vorstellen kann ich mir das aber trotzdem nicht.«

Sie stiegen nebeneinander die Treppe in den ersten Stock hinauf. Oben blieb Sophia stehen. »Komm doch einfach mal vorbei«, sagte sie schließlich. »Dann kannst du dir ein Bild davon machen.« Ihr Tonfall war neutral, fast geschäftsmäßig. »Wir sind meistens bei den Tieren oder auf den Gartenparzellen.«

»Das mache ich auf jeden Fall«, erwiderte er mit Nachdruck.

Sie gingen den Flur entlang, bis Sophia vor einer Tür stehen blieb. »Hier wohne ich.« Sie strich sich eine Strähne aus dem Gesicht. »Also …«

»Bis bald?«

Sie nickte lächelnd, dann war sie verschwunden. Für einen Moment blieb Christoph stehen. Sein Herz hämmerte gegen die Brust, obwohl er ruhig ein- und ausatmete. Verdammt! Er presste die Lippen aufeinander, bis er die Tür zu seiner und Jans Ferienwohnung erreicht hatte. Jan lag mit geschlossenen Augen auf dem Sofa, die Hände über der Brust gefaltet und mit Stöpseln in den Ohren. Er trug schwarze Shorts und ein weißes T-Shirt, sein typisches Freizeitoutfit. Wahrscheinlich hörte er einen Podcast, das war eine seiner Lieblingsbeschäftigungen, wenn er nicht gerade Sport machte. Christoph ging zu seinem Schlafzimmer, er wollte sich ebenfalls umziehen. Sein Puls hatte sich wieder beruhigt. Alles im grünen Bereich, dachte er, während er sein Hemd aufknöpfte. *Die erste Liebe vergisst man nie* – dieser Satz bildete sich plötzlich in seinem Kopf. Vor zwölf Jahren, kurz nach dem Abitur, hatte er Sophia das letzte Mal gesehen. Sie hatte ihn mit ihrem alten Golf zum Flughafen gebracht, als er in die USA geflogen war. Ob sie wohl noch böse auf ihn war? Damals hatte er sich keine Gedanken gemacht, aber im Nachhinein bereute er sein unsensibles Verhalten, er hatte sich immer seltener bei ihr gemeldet und schließlich den Kontakt ganz abgebrochen. Noch heute plagte ihn deswegen ein schlechtes Gewissen, und er nahm sich vor, Sophia um Verzeihung zu bitten, wenn sich die Gelegenheit dazu bieten würde. Mit nacktem Oberkörper ließ er sich auf das Bett fallen. Er verschränkte die Arme im Nacken und schloss die Augen. Das Projekt Strandrosenhof erforderte einen kühlen Kopf und eine Taktik, die nichts dem Zufall überließ, deshalb durfte er sich auf gar keinen Fall irgendwelchen Gefühlen hingeben. Sophia wohnte und arbeitete hier, er würde freundlich mit ihr umgehen, wenn er sie zufällig traf, und ihr ansonsten möglichst aus dem Weg gehen.

»Kannst du mir mal helfen?«

Ein blonder Steppke zerrte an Sophias Ärmel. Mit der anderen Hand hielt er ihr einen Salatsetzling unter die Nase. »Ich kriege das nicht hin.«

»Na klar …«, Sophia blickte kurz auf das Namensschild, das an seinem gestreiften T-Shirt befestigt war. »Anton«, erwiderte sie lächelnd und folgte ihm zu der Gartenparzelle, die sie am Tag zuvor für die Kinder der Grundschulklasse aus Kappeln vorbereitet hatte.

»Guck mal, du musst erst einmal ein Loch buddeln.« Sophia deutete auf eine freie Stelle im Beet. »Am besten gleich hier.« Sie kniete sich neben ihn, während Anton die kleine Schippe in die Erde bohrte. Da es einige Tage nicht geregnet hatte, war der Boden hart.

»Och«, schimpfte er, »das geht nicht.«

Sophia zog eine kleine Harke aus der Tasche ihrer grünen Arbeitsschürze. »Versuch's mal hiermit.«

Anton nickte. Er schob die Unterlippe nach vorn und machte sich ans Werk. Sophia stupste ihn an. »Das machst du super!«

Als das Loch groß genug war, reichte sie dem Schüler den Setzling. »Jetzt rein damit!« Ein Lächeln huschte über Antons Gesicht, als er die Pflanze entgegennahm. Er strich sich eine Strähne seines strubbeligen Haares aus der Stirn, dann platzierte er den Salat genau in der Mitte des Pflanzlochs und schob die Erde zusammen. Sophia nickte anerkennend. »Nun musst du nur noch gießen.« Gemeinsam gingen sie zum Wassertankwagen, vor dem ein blondes Mädchen mit einer Kanne stand. Schnell holte Sophia noch eine Gießkanne aus dem Werkzeugschuppen und drückte sie Anton in die Hand. Sie drehte den Hahn auf und nickte ihm zu. »Am besten nur halb volllaufen lassen.« Danach war seine Klassenkameradin an der Reihe. Sophia blickte den beiden nach, wie sie Schulter an Schulter zurück zur Gartenparzelle liefen. Frau Kolberg, die Klassenlehrerin, kam winkend auf sie zu. Sophia schätzte sie auf Anfang dreißig. »Frau Kröger …« Sie blieb stehen und japste nach Luft. Dann faltete sie die Hände über ihrem Bauch, der sich deutlich unter der weiten Bluse abzeichnete. Sophia schätzte, dass sie bestimmt im sechsten Monat schwanger war. »Ich würde mich gern noch mit Ihnen abstimmen.«

Die beiden Frauen besprachen den weiteren Verlauf der Veranstaltung: Namensschilder für die Pflanzen bemalen und danach ein Picknick am Verkaufswagen, direkt neben dem Wildblumenfeld. »Ihr Angebot ist wirklich super«, sagte die Lehrerin. Sie wischte sich mit dem Handrücken über die Stirn. »Bis zu dem Artikel hatte ich von dem Projekt für Schulklassen noch gar nichts gehört.«

»Eigentlich gibt es dieses Angebot schon sehr lange«, erwiderte Sophia. »Offenbar kennen es viele nicht.«

»Das wird sich ändern«, sagte die Lehrerin. »Ich werde jedenfalls ordentlich Werbung bei meinen Kolleginnen und Kollegen machen.« Sie schob die Schultern nach hinten und drückte die linke Hand auf ihr Steißbein. Dann widmete sie sich wieder ihren Schülern. Kurz flackerte die Erinnerung an die Begegnung mit Christoph durch Sophias Kopf, als sie einen Augenblick für sich hatte. Wenn sie damals ein Paar geblieben wären, hätte sie sich bestimmt irgendwann auch gewünscht, von ihm schwanger zu werden. Ihr Ex-Freund hatte sich in der langen Zeit kaum verändert, stellte sie fest, woraufhin sie ein leichtes Kribbeln im Nacken spürte. Er war noch immer sehr attraktiv, auch wenn er seinen jugendlichen Ausdruck von damals verloren hatte. Kräftiger wirkte er, wahrscheinlich trainierte er regelmäßig, mutmaßte sie, denn er war schon als Schüler sehr sportlich gewesen. Sie strich mit der Hand über die Narbe oberhalb ihres rechten Schlüsselbeins, während die Erinnerung an ihre letzte Begegnung am Flughafen von Hamburg in ihrem Kopf abspulte. Plötzlich überrollte sie der Schmerz, den sie damals empfunden hatte, und ihre Augen füllten sich mit Tränen, die sie aber schnell mit dem Handrücken wieder wegwischte. Dann folgte sie Frau Kolberg mit eiligen Schritten.

Nach der Mittagspause stand die Sonne hoch über den Feldern, und es war in der Zwischenzeit noch wärmer geworden. Gut, dass der nächste Programmpunkt im Schatten bei den Außengehegen stattfinden würde, dachte Sophia, als sie die Schüler um ihre Aufmerksamkeit bat. Die Kinder hatten die Reste des Picknicks in ihren Rucksäcken verstaut und schauten sie erwartungsvoll an. »Habt ihr noch Lust auf eine Runde zu den Tieren?«

»Jaaaa!«, brüllte die Horde wie aus einem Munde.

Schmunzelnd wies Sophia in Richtung des Weges, der entlang der Ausläufe und Weiden führte und links und rechts von hohen Laubbäumen beschattet wurde. »Dann mal los!«

Sophia und die Klassenlehrerin folgten den Schülern, und in Windeseile hatten sie die Angler Sattelschweine erreicht, die sofort grunzend mit ihren wedelnden Schlappohren angelaufen kamen.

»Wieso haben die solche Flecken?«, fragte ein Mädchen, das ihre Mitschüler um eine Kopflänge überragte.

»Dadurch waren sie besser getarnt, als sie noch wild lebten«, erwiderte Sophia.

»Solche habe ich noch nie gesehen.«

»Kein Wunder, in ganz Deutschland gibt es nur noch ungefähr zweihundert Tiere.«

Die Schüler blieben eine Weile stehen, kicherten und redeten wild durcheinander, während die grunzenden Vierbeiner sich durch den feuchten Erdboden wühlten. Sophia verteilte trockenes Brot aus der Gutsküche. »Das hier könnt ihr verfüttern.« Die Kinder warfen den Schweinen die Leckerbissen vor die Rüssel. Quiekend machten sich die Tiere über die Mahlzeit her. In wenigen Sekunden hatten sie alles aufgefressen. Sophia machte eine einladende Geste. »Dann lasst uns mal weitergehen.«

Kurze Zeit später erreichten sie das Freigehege der Hühner, in dessen Mitte ein Holzhaus mit Treppe stand, über die sofort drei schwarz-weiß gefiederte Hühner angerannt kamen. Eins von ihnen war besonders schnell und überholte die anderen. »Das sind Sundheimer Hühner«, erklärte Sophia. »Die sind sehr robust und ganz einfach zu halten.«

»Wieso denn?«, fragte eine Schülerin, die direkt neben ihr stand. Sophia deutete auf den nur hüfthohen Zaun. »Höher muss der nicht sein, die Hühner können nicht fliegen.«

Ein erstauntes Raunen ging durch die Kinderschar. »Echt?«

Sophia verschränkte schmunzelnd die Arme vor der Brust. »Na klar, ich lüge doch nicht.«

Die Kinder wirkten etwas unentschlossen, deshalb meldete sich die Klassenlehrerin zu Wort: »Ich werde euch im Unterricht noch einiges dazu erzählen.«

Zum Schluss erreichten sie eine Wiese, auf der Gänse in Freilandhaltung lebten. Die Tiere kamen angewatschelt, als sie die Gruppe bemerkten, aber als zwei Kinder direkt auf die Vögel zugingen, hoben sie die Köpfe und gaben zischende Laute von sich. Sophia hob die Hand. »Ihr müsst vorsichtig sein«, ermahnte sie die Kinder. »Gänse mögen es nicht, wenn man in ihr Territorium eindringt.«

Die beiden Schüler nickten und traten zwei Schritte zurück.

Da der Bus, der die Klasse zurückbringen würde, bereits auf dem Parkplatz wartete, forderte Frau Kolberg die Kinder zur Eile auf, woraufhin sie gleich losrannten. Seufzend blickte die Lehrerin der Schar hinterher. »Vielen Dank für Ihre Mühe«, sagte sie zu Sophia. Sie drückte wieder die Hand auf ihren Steiß. »Das war eine sehr schöne Aktion.«

Sophia lächelte und zog einen Handzettel aus der Tasche. »Vielleicht haben Sie Lust, privat zu unserem Mittsommerfest zu kommen?«

»Wann findet es denn statt?«

»Am 24. Juni.« Sophia reichte der jungen Lehrerin die Hand. »Ich würde mich jedenfalls sehr freuen.«

6. Kapitel

Christoph nickte Jan zu, der ihm gegenüber am Holztisch vor dem Laptop auf seinen Einsatz wartete. Er räusperte sich und blickte in die Runde. Vor ihm saßen zehn Vertreter der Gemeinde, unter ihnen auch der Bürgermeister Peter Lehmbecker, denen sie die Projektidee präsentieren wollten. Obwohl es für ihn Routine war, spürte er eine innere Anspannung. Mittlerweile hatte er das Lampenfieber akzeptiert, das ihn nach all den Jahren immer noch begleitete. Früher hatte er vor einer Veranstaltung wie dieser gern einen Grappa getrunken, jetzt begnügte er sich mit einem Schluck Wasser. Jan ließ die PowerPoint-Präsentation mit den Bauprojekten laufen, die InVestim in den vergangenen Jahren realisiert hatte. Christoph verfolgte dabei eine bewährte Strategie. Zunächst zeigte er kleine Projekte: ein Business-Hotel in Frankfurt, eine Apartmentanlage auf Mallorca. Dann folgten Urlaubsresorts in Dubai sowie der Schweiz und schließlich – ihr bisher größtes Projekt – der Umbau eines ehemaligen Schlosses in der Toskana zu einem Refugium der Luxusklasse. Als Jan die Fotos der mit edlen Holzmöbeln ausgestatteten Räume aufrief, von denen die Gäste durch bodentiefe Fenster über die umliegenden Weinberge blicken konnten, erfüllte ein kurzes Raunen den schmucklosen Sitzungssaal des Amtsgebäudes. Christoph wartete, bis wieder Ruhe eingekehrt war. Als alle Augen erneut auf ihn gerichtet waren, fuhr er fort: »Eine neue Vision hat uns nun hierher in Ihre schöne Gemeinde geführt. Wir sind auf der Suche nach einem Grundstück, auf dem wir unser nächstes Bauvorhaben realisieren wollen.« Auf der Leinwand erschien der Entwurf einer Anlage mit einem imposanten weißen Gutshaus als Mittelpunkt und verschiedenen beschrifteten Nebengebäuden: *Alte Scheune, Bootshaus*, *Backstube*, *Meierei*. Dazwischen waren Gärten und ein Teich mit Schwänen eingezeichnet.

»Dies ist natürlich nur ein erster Entwurf«, fuhr Christoph fort. »Brodersby inmitten der Schleiregion ist für unser Vorhaben perfekt. Ich kann Ihnen versichern, dass Ihre Gemeinde in jeder Hinsicht davon profitieren würde, und damit meine ich nicht nur die Steuern und Abgaben, die in der Gemeindekasse landen werden.«

Er blickte in die Runde und machte eine bedeutungsvolle Pause. »Meine Damen und Herren! Lassen Sie sich diese Chance nicht entgehen, sonst wird womöglich eine andere Gemeinde den Zuschlag erhalten.«

Nach einem kurzen Moment der Stille meldete sich ein hagerer Mann mit Brille zu Wort. »Sie können uns ja viel erzählen«, sagte er, während er sich vom Stuhl erhob. »Wir haben doch wirklich schon genug Touristen hier. Die laufen überall herum, auch durch unsere Naturschutzgebiete, und lassen ihren Müll einfach liegen.«

Eine füllige Frau, die in der ersten Reihe saß, hob die Hand. »Außerdem parken die ganzen Besucher direkt an unseren Feldern. Diese Leute marschieren einfach mit ihren Handys durch den Raps, um Fotos zu machen.« Sie schnappte nach Luft, sodass die geblümte Bluse über ihrer Brust spannte. »Die trampeln alles nieder!«

Die anderen Teilnehmer applaudierten, aber Christoph ließ sich dadurch nicht aus der Ruhe bringen. Er hatte mit solchen Einwänden und Reaktionen gerechnet und hob beschwichtigend die Hände. »Das ist ganz sicher ein Problem«, erwiderte er. »Deshalb hat sich unsere Firma schon vor vielen Jahren vom Massentourismus verabschiedet. Unsere Zielgruppe entscheidet sich bewusst für einen naturnahen Urlaub und folgt einem nachhaltigen Lebensstil.« Er ließ den Blick über die Teilnehmer gleiten. »Für InVestim ist Nachhaltigkeit kein leeres Versprechen, sondern unsere gelebte Firmenphilosophie.« Er deutete auf einen Stapel Broschüren auf dem Tisch, an dem Jan saß. »Herr Paasch hat hierzu eine Infobroschüre für Sie.«

Im Anschluss an die Präsentation standen Christoph und Jan den Anwesenden Rede und Antwort, bis sich ein Gemeindevertreter nach dem anderen verabschiedete. Einige ließen sich von Jan den Firmen-Flyer aushändigen, bevor sie den Sitzungssaal verließen. Schließlich blieb nur Peter Lehmbecker zurück, der Bürgermeister. Er hielt eine Packung Zigaretten in der linken Hand und wies mit der rechten zur Tür: »Auf ein Wort!«

Kurze Zeit später standen sie zu dritt vor dem Backsteingebäude, das sich direkt an der Dorfstraße befand, und blickten den Teilnehmern hinterher, die sich entweder zu Fuß oder in ihren Autos entfernten. Nur der hagere Mann mit der Brille bestieg ein Rennrad, das er an eine Straßenlaterne angeschlossen hatte. Er griff nach dem Helm, der am Lenkrad baumelte, und fuhr grußlos an ihnen vorbei. Achselzuckend blickte ihm der Bürgermeister hinterher. »Was hat der nun schon wieder?«

Christoph runzelte die Stirn. »Wer ist das denn?«

»Georg Steiner, unser Dorfquerulant.« Peter Lehmbecker seufzte tief. »Dieser Mann ist grundsätzlich immer gegen alles.«

»Solche Menschen gibt es wohl überall.«

Der Bürgermeister nickte bedächtig. »Da sagen Sie etwas.« Er hob die Hand. »Machen Sie sich mal keine Sorgen, den habe ich im Griff.«

Während sie das weitere Vorgehen besprachen, wanderten Christophs Gedanken ganz automatisch zu Sophia, woraufhin sein Herz plötzlich schneller schlug. Damals waren sie viel in der Natur unterwegs gewesen. Auf der Liebesinsel inmitten der Schlei hatten sie sich das erste Mal richtig geküsst, und später waren sie mit dem Kanu erneut dorthin gepaddelt, um …

»Herr Toneich, hören Sie mir überhaupt zu?«

Christoph schüttelte den Kopf. »Entschuldigen Sie bitte«, erwiderte er. »Sie wollen sich also für unser Projekt starkmachen?«

Der Bürgermeister fuhr sich durchs kurze Haar. »Das habe ich zwar so nicht gesagt, aber tatsächlich gedacht.« Er zog an der Zigarette und inhalierte tief. »Es wird nicht einfach sein, das passende Bauland zu finden, da unsere Kapazitäten begrenzt sind. Wir haben gerade erst ein Neubaugebiet verabschiedet.« Er blickte einer Rauchschwade hinterher.

Christoph nickte. »Das ist uns bekannt. Wir wären aber auch an einem bebauten Grundstück interessiert …«

Der Bürgermeister warf den beiden einen vielsagenden Blick zu. »Sie wohnen auf dem Strandrosenhof?«

Christoph nickte erneut.

»Reiner Zufall?«

Christoph schwieg, sodass Jan kurzerhand das Wort ergriff: »Das hat sich so ergeben.«

Zwanzig Minuten später waren die beiden auf dem Weg zurück zum Strandrosenhof. Sie hingen ihren Gedanken nach, während leise Musik aus den Lautsprechern klang.

»Ist doch ganz gut gelaufen«, sagte Christoph schließlich, woraufhin sein Partner die langen Beine von sich streckte und zögernd nickte. »Sie haben uns aber auch nicht gerade mit offenen Armen aufgenommen.« Er trommelte mit seinen schlanken Fingern auf den Knien. »Wie ist dein Plan?« Als Christoph nicht antwortete, hakte Jan nach: »Meinst du, dass der Bürgermeister ahnt, was uns vorschwebt?«

»Ich glaube, das war eher ein Schuss ins Blaue. Da du so gut darauf reagiert hast, wird er sich wohl erst einmal damit zufriedengeben.«

Christoph betätigte den Blinker und überholte einen Golf, der mit siebzig Stundenkilometern unterwegs war, obwohl hundertzwanzig erlaubt waren. Dann nahm er den Gesprächsfaden wieder auf. »Wir müssen natürlich weiterhin vorsichtig sein.«

»Woher kennst du eigentlich die Frau, die neben uns wohnt?«

»Eine ehemalige Schulkameradin«, antwortete Christoph knapp. Gleichzeitig überlegte er, was er Jan über Sophia erzählen wollte. Nur so viel wie nötig, das war sicher.

»Aha.« Jan blickte kurz aus dem Beifahrerfenster, dann ließ er seinen linken Fuß auf und ab wippen.

»Sie heißt Sophia, und wir waren mal ein Paar.«

»Gut zu wissen«, erwiderte sein Assistent grinsend. »Ich hoffe, dass du weiterhin einen kühlen Kopf bewahrst.«

Christoph presste die Zähne aufeinander. »Keine Sorge«, erwiderte er in betont ruhigem Tonfall, der nicht ohne Wirkung blieb. Jan war hin und wieder etwas übergriffig, und so hatte Christoph es sich angewöhnt, ihn in seine Schranken zu weisen, wenn das nottat.

Jan hob die Hände. »Du bist der Boss.«

Den Rest der Fahrt schwiegen sie. Christoph wusste, dass sein Assistent Schweigen hasste, aber eine kleine Strafe musste sein. Auch wenn sich zwischen ihm und Jan mittlerweile eine Freundschaft entwickelt hatte – sein Liebesleben ging ihn nichts an.

Als sie den Strandrosenhof erreichten, hatte er sich wieder im Griff. Er durfte nicht immer überreagieren, wenn es um persönliche Dinge ging. Schließlich war es normal, dass man sich mit anderen Menschen über Derartiges unterhielt, auch wenn er seine Gefühle am liebsten außen vor ließ. »Du brauchst dir wirklich keine Sorgen zu machen«, sagte er daher schließlich versöhnlich, als sie die Einfahrt zum Strandrosenhof durchfuhren. »Wir ziehen das Projekt hier professionell durch. Darauf kannst du dich verlassen.«

Sophia saß am Schreibtisch, als sie ein Motorengeräusch hörte. Sie stand auf, ging zum Fenster und sah, wie Christoph und sein Begleiter aus dem Wagen stiegen und in ein Gespräch vertieft den Innenhof überquerten. Als sie fast die Eingangstür erreicht hatten, blickte Christoph plötzlich nach oben. Schnell wich Sophia zurück – hoffentlich hatte er sie nicht entdeckt. Andererseits wohnte sie hier und konnte so oft aus dem Fenster blicken, wie es ihr gefiel. Sie kehrte zu ihrem Arbeitsplatz zurück und widmete sich wieder dem Text, den sie für den neuen Flyer des Strandrosenhofs verfassen sollte. Ulli hatte sie darum gebeten. Normalerweise fielen ihr immer schnell die richtigen Formulierungen ein, aber nun saß sie bereits über eine Stunde an ihrem Laptop und hatte bisher nur den Titel geschrieben:

Bauernhofpädagogik auf dem Strandrosenhof

Sie betrachtete den Bildschirm, ließ die Finger über die Tastatur gleiten und rang mit den Worten, die sich in ihrem Kopf zu Sätzen bilden sollten. Während ihres Studiums hatte sie sich ausführlich mit den Grundlagen der

Pädagogik befasst, wobei der Mensch in seinen verschiedenen Entwicklungsphasen – von der Kindheit bis zum Seniorenalter – im Mittelpunkt stand. In den vergangenen Jahrtausenden hatten sich die Ziele und Stile der Erziehung immer wieder verändert. In der Antike, im Mittelalter und in der Renaissance zum Beispiel forderten Erwachsene von Kindern vor allem Gehorsam, den sie oft mit dem Schlagstock einforderten. Erst Anfang des 20. Jahrhunderts plädierten Pädagogen für eine gewaltfreie und später sogar antiautoritäre Erziehung. Heute begegnete man Kindern auf Augenhöhe und förderte die individuelle Entwicklung der Heranwachsenden, jedoch nicht ohne auf Regeln und Verbote zu setzen.

Sie fragte sich, wie sie mit eigenen Kindern umgehen würde. Bestimmt würde auch sie an ihre Grenzen kommen. Wenn ein zweijähriger Steppke an der Supermarktkasse einen Wutanfall bekam und sich auf den Boden schmiss, konnte man als Mutter sicher schon einmal die Nerven verlieren. Sie hoffte inständig, dass ihr nie die Hand ausrutschen würde. Sie selbst war in ihrem Leben nur ein einziges Mal geschlagen worden, und zwar von ihrem Vater, als sie als Teenager nicht wie verabredet um Mitternacht, sondern erst um sechs Uhr früh nach Hause gekommen und noch dazu betrunken gewesen war.

Sophia trommelte mit den Fingern auf die Schreibtischplatte. Die Arbeit mit Kindern und Jugendlichen forderte sie jeden Tag aufs Neue, aber auch der Umgang mit Erwachsenen und Senioren war nicht immer leicht. Herausforderungen jedoch hatte sie sich für ihr Berufsleben immer gewünscht. Sophia hatte lange für ihren Traum kämpfen müssen, Pädagogin zu werden, in erster Linie, weil ihre Eltern in Kappeln einen Friseursalon betrieben und Sophia als Nachfolgerin des Familienunternehmens auserkoren hatten, zumal ihre jüngere Schwester Amelie ebenfalls die Familientradition nicht fortführen wollte. Dabei hatte Amelie wenigstens eine Ausbildung zur Friseurin gemacht und war mittlerweile sogar Meisterin.

Doch Sophia hatte sich durchgesetzt und war jeden Tag aufs Neue froh, dass sie ihren Wünschen gefolgt war, auch wenn sich das Verhältnis zu ihren Eltern dadurch für eine Weile sehr abgekühlt hatte. Seit sie wieder nach Schleswig-Holstein zurückgekehrt war, hatte sich das zum Glück alles wieder eingerenkt. Demnächst würde sie ihre Eltern mal wieder besuchen, das hatte sie sich jedenfalls fest vorgenommen.

Sie holte tief Luft und schrieb:

Bauernhoferlebnisse für Jung und Alt

Wir freuen uns auf:

Schulklassen, Kindergartengruppen, Senioren und Erwachsene, die sich für die Landwirtschaft interessieren, sowie Menschen mit Handicap.

Unser Angebot:

- *Erlebnisse mit unseren Hoftieren – Schafe, Schweine, Hühner, Gänse*
- *Säen und Ernten auf unseren Gartenparzellen*
- *Sammeln und Bemalen von Steinen*
- *Pflücken von Wildblumen*
- *Kindergeburtstage*

- *kreatives Arbeiten mit Naturmaterialien (Zweige, Steine, Filz)*
- *Getreidedreschen und Brotbacken*
- *Familientage*

Sophia richtete sich auf und drückte den Rücken gegen die Stuhllehne. Jetzt brauchte sie nur noch Fotos. Das Wetter würde sonnig bleiben, sodass es kein Problem sein sollte, ein paar schöne Aufnahmen zu machen. Dann konnte sie sich dem Layout des Flyers widmen und den Druck in Auftrag geben.

Als sie eine Stunde später nach einer ausgiebigen Dusche in ihrem Bett lag, drifteten ihre Gedanken erneut zu Christoph. Sophia zog die Decke bis unter ihr Kinn. Der Duft des frisch gewaschenen Bettbezugs stieg ihr in die Nase, und ein wohliges Gefühl durchströmte sie. Sie hatte ein wunderbares Leben hier. Doch wie um alles in der Welt sollte sie damit umgehen, dass der Mann, der ihr einst das Herz gebrochen hatte, plötzlich in diesem Leben aufgetaucht war? Die Szene kam ihr fast unwirklich vor, wie in einem dieser Liebesfilme, die im öffentlich-rechtlichen Fernsehen sonntags zur besten Sendezeit liefen. Was tat Christoph hier auf dem Strandrosenhof? Sophia glaubte nicht an Schicksal. Außerdem war sie auch nicht auf der Suche nach einem Partner, sondern sehr zufrieden mit ihrem derzeitigen Single-Dasein. Am besten, sie ging ihrer ersten großen Liebe einfach aus dem Weg. Irgendwann würde er wieder abreisen, so viel hatte sie bereits von Ulli erfahren. Sein Aufenthalt auf dem Strandrosenhof war zeitlich begrenzt, und sie würde mit Sicherheit nicht noch einmal den gleichen Fehler machen und sich in ihn verlieben. Kurzum: Christoph Toneich war für sie kein Thema mehr.

7. Kapitel

Es war stockdunkel und kalt. Sie fror erbärmlich. Wenn sie doch wenigstens ihre Arme bewegen könnte, aber er hielt sie fest. Ein stechender Schmerz durchzuckte ihren Körper, dann spürte sie, wie etwas Warmes von ihrem Hals auf die Brust rann. Sie musste überleben, alles andere war nicht wichtig. Es rauschte in ihrem Kopf. Wenn es doch nur endlich vorbei wäre …

Sophia riss die Augen auf. Ihr Herz klopfte bis zum Hals, das dünne T-Shirt klebte an ihrem nass geschwitzten Körper. Sie schlug die Bettdecke zur Seite, japste nach Luft, griff nach der Flasche Wasser, die auf dem Nachttisch stand, und stürzte den Inhalt in wenigen Sekunden hinunter. Dann ließ sie sich zurück aufs Bett sinken, atmete durch die Nase ein: »Eins, zwei, drei, vier.« Danach hielt sie für acht Sekunden die Luft an. Beim Ausatmen zählte sie langsam bis acht. Sie wiederholte alles mehrmals, bis sie sich beruhigt hatte. Sophia war froh, dass sie damals sofort eine Psychologin gefunden hatte, die ihr diese Technik gezeigt hatte, denn auf diese Weise konnte sie die meisten Panikattacken abwehren. Alles war gut. Es war ein Albtraum gewesen, nichts weiter. Draußen wurde es langsam hell, sie hörte einen Vogel zwitschern. Ein anderer antwortete aus der Ferne. Würde sie das Erlebte jemals ganz verarbeiten können? Sie strich mit dem Finger über die wulstige Narbe, die sich über ihrem rechten Schlüsselbein befand. Etwas höher, und sie wäre womöglich verblutet. Als sie im Krankenhaus aufgewacht war, hatte sie sich zunächst an nichts mehr erinnern können, erst später waren die Bilder zurückgekehrt, die sie bis heute verfolgten. Zum Glück hatte sie auf dem Strandrosenhof langsam wieder in ihr normales Leben zurückfinden können. Hier fühlte sie sich geborgen. Ein Leben in einer Stadt wie Berlin, Hamburg oder Frankfurt konnte sie sich gar nicht mehr vorstellen. Allein der Gedanke, in einer großen Stadt nachts allein durch die Straßen zu laufen, ließ sie erschaudern.

Sophia zog die Decke über ihren Körper und schloss die Augen. Sie musste noch nicht aufstehen, aber sie fand nicht mehr zurück in den Schlaf. Also sprang sie schließlich aus dem Bett, ging zur Kommode und zog an der obersten Schublade, die etwas klemmte. »Mist«, fluchte sie leise. Ein Fingernagel war abgebrochen, auch das noch. Sie griff nach einer kurzen Hose und einem ihrer Sport-T-Shirts. Ihre Joggingschuhe standen neben der Haustür. Innerhalb weniger Sekunden war sie startklar. Eine Runde Joggen am frühen Morgen würde ihr bestimmt guttun, dachte sie, während sie sich die Haare zu einem Pferdeschwanz hochband. Sie öffnete die Wohnungstür, betrat den Flur und ging schnell zur Treppe. Leise, damit sie niemand hörte. Vor allem nicht die beiden Männer, die jetzt leider ihre Nachbarn waren.

Die Luft draußen war klar und frisch. Sophia reckte den Kopf in den Himmel. Es roch nach feuchter Erde und etwas salzig. Langsam joggte sie in Richtung Wildblumenwiese. Sie ließ es ruhig angehen, setzte einen Fuß vor den anderen – das Tempo war ihr erst einmal egal. Sie erreichte den Verkaufsstand, dessen Luke natürlich noch geschlossen war. Auf dem Rundweg angekommen, hatte sie schließlich in einen guten Laufrhythmus gefunden. Die Angler Sattelschweine kamen grunzend angetrabt, als sie den Auslauf der Tiere passierte. Lächelnd lief Sophia weiter, vorbei an den Schafen, den Hühnern und den Gänsen, die auf der mit Tau bedeckten Wiese vor sich hin dösten. Schließlich bog sie in den unbefestigten Weg ein, der zwischen den Weizenfeldern und Wiesen verlief. Sie richtete ihren Blick nach vorn, der Wind strich kühl über ihre Wangen. Plötzlich schoss ein Reh nur wenige Meter vor ihr aus dem Feld, blieb stehen und reckte den grazilen Kopf in die Luft. Sophias Atem stockte, während sie ihren Lauf verlangsamte und schließlich stehen blieb. Das Reh blickte in ihre Richtung, und für einen klitzekleinen Moment trafen sich ihre Blicke. Ein glückliches Lächeln breitete sich auf Sophias Wangen aus, als sich das Tier kurz schüttelte und dann im gegenüberliegenden Feld verschwand.

Sophia joggte weiter, dankbar für diese kurze, aber intensive Begegnung. Vielleicht hatte die Ricke ein Junges, das jetzt in einer Kuhle im hohen Gras lag. Die Rehkitze hatten in den ersten Lebenswochen keinen Fluchtreflex und duckten sich bei Gefahr fest an den Boden. Die Folge: Viele von ihnen wurden beim Mähen getötet. Aus diesem Grund gab es seit vielen Jahren die Kitzrettung. In Brodersby kümmerte sich ein Verein darum, der durch Spenden finanziert wurde. Koordiniert wurde das alles über eine WhatsApp-Gruppe, der sie auf Einladung von Dr. Tobias Hittenbeck, einem engagierten Naturschützer der Gemeinde, beigetreten war. Am kommenden Sonnabend war der nächste Einsatz geplant, denn bei Landwirt Ulf Brogmus stand der erste Schnitt im Grünland an. Sophia fühlte ein leichtes Stechen in der Brust, sie atmete bewusst tief ein und wieder aus. Gleichzeitig reduzierte sie das Tempo und bog nach rechts auf einen weiteren Feldweg, der zum Strandrosenhof zurückführte. Sie hielt den Kopf gesenkt, und als sie wieder aufblickte, stieß sie fast mit einem Mann zusammen, der ihr entgegenkam. »Christoph!« Sie japste nach Luft. »Was machst du denn hier?«

Sie standen sich gegenüber, beide verschwitzt und außer Atem, und plötzlich hatte Sophia das Gefühl, als ob sich die Luft zwischen ihnen verdichtete.

»Ich laufe«, erwiderte er und schien genauso überrascht wie sie. Ihr Ex-Freund trug ein enges T-Shirt, unter dem sich seine Muskeln deutlich abzeichneten, und eine kurze Sporthose. Seine Beine waren kräftig und leicht gebräunt. Er war schon immer attraktiv gewesen, aber mit den Jahren war eine erwachsene Männlichkeit hinzugekommen, die ihr den Atem nahm.

»Was du nicht sagst«, erwiderte sie zwinkernd. »Aber um diese Zeit?«

»Ich bin heute schon um fünf Uhr aufgewacht und

konnte nicht wieder einschlafen.« Christoph trat auf sie zu, und unwillkürlich wich sie einen Schritt zurück. Ein Lächeln umspielte seine Lippen, als er ihr im selben Moment folgte und die Hand dabei ausstreckte. »Du hast da etwas«, murmelte er. Sophia spürte seine Wärme auf ihrem Haar. Er öffnete die geschlossene Hand vor ihren Augen. »Ein Rosenkäfer«, sagten beide wie aus einem Munde. Das goldgrün glänzende Insekt rührte sich nicht.

»Lebt er?« Christoph bewegte vorsichtig die Finger. Sophia beugte sich etwas nach vorne, fast berührten sich ihre Köpfe. »Der stellt sich tot, glaube ich.«

In diesem Moment entfaltete der Käfer seine Flügel, breitete sie aus und schwirrte davon. Die beiden blickten dem Insekt nach, bis es verschwunden war. Sophia merkte, wie intensiv dieser Augenblick war – und dass sie am liebsten die Zeit angehalten hätte. Christoph räusperte sich. »Wollen wir zusammen zurücklaufen?«

❀

Als sie zehn Minuten später die Haustür erreichten, stemmte Sophia die Hände in die Hüften und atmete ein paarmal tief durch. »Das ging auch schon einmal besser.«

Christoph fehlten die Worte, weil sein Blick über ihre geröteten Wangen glitt und sich in ihren dunklen Augen verfing. »Ich bin auch nicht in Höchstform«, brachte er schließlich hervor. Für einen Augenblick fühlte er sich auf den Schulhof zurückkatapultiert. Zu dem Moment, als er Sophia angesprochen hatte. Schon Wochen vorher hatte er Gefühle für sie entwickelt, sich aber nicht getraut, ihr diese zu gestehen. Damals war er ein schüchterner Heranwachsender gewesen, der mit sich und seinem Körper nicht im Reinen war, und er hatte sie zunächst nur aus der Ferne angehimmelt.

»Hast du Lust auf einen Kaffee?«

Sophias Worte drangen in Christophs Ohren, aber er war immer noch mit seinen Gedanken in der Vergangenheit, deshalb reagierte er nicht sofort. Die Worte hingen in der plötzlichen Stille zwischen ihnen. »Sehr gern«, brachte er schließlich hervor. »Bei mir oder bei dir?« Dieser Satz war ihm rausgerutscht. Was war nur mit ihm los? Sophia musste ihn für einen kompletten Idioten halten. Er atmete ein und hielt für einen Moment die Luft an. Kurz bevor er weitersprechen konnte, kam sie ihm zuvor. »Komm doch zu mir.«

Er grinste schief. »Ich dusche nur eben.«

Die Tür war bloß angelehnt, deshalb überlegte Christoph nicht lange und betrat den schmalen Flur, der von Strahlern aus Edelstahl indirekt beleuchtet wurde. An den in einem hellen Grau gestrichenen Wänden hingen gerahmte Fotografien. Da erklang auch schon Sophias Stimme: »Ich bin in der Küche.« Christoph ging den Flur entlang und schaute kurz in einen Raum, in dem ein cremefarbenes Sofa stand. Auf dem Buchenholztisch davor lag ein Stapel Magazine. Er verharrte einen Moment und betrachtete einen Schreibtisch, über dem ein Holzregal mit Büchern angebracht war.

»Kaffee ist fertig.«

Christoph ging weiter und entdeckte schließlich Sophia, die in Shorts und einem weiten T-Shirt barfuß am Herd in der Küche stand. Ihre noch feuchten Haare hatte sie zu einem Zopf zusammengebunden. Der Duft des Kaffees, den sie in einem Espressokocher aus Edelstahl zubereitete, drang in seine Nase. Sie drehte sich in seine Richtung, und für einen Moment hatte Christoph das Gefühl, als ob ein Faden zwischen ihnen gespannt war, der ihn langsam zu ihr zog. Er blinzelte irritiert, als Sophia auf ihn zukam, denn ihre Bewegung spulte sich für ihn in Zeitlupe ab. »Christoph?«

»Äh, ja …«

Sie stand direkt vor ihm. »Willst du dich nicht setzen?« Sophia deutete mit dem Kopf zum Tisch, der direkt vor dem halb geöffneten Fenster stand. Er nickte. Als er endlich die Sitzfläche unter seinem Hintern spürte, hatte er sich wieder gefangen. »Schön hast du es hier!«

Sie strich sich eine Strähne hinters Ohr. »Ich könnte es nicht besser haben.«

Ihre Worte versetzten ihm einen Stich. Wenn InVestim den Strandrosenhof erwarb, würde sie ihr Zuhause verlieren. Er schob den Gedanken schnell beiseite. Gefühle hatten in seinem Job keinen Platz, sondern einzig und allein Fakten und Zahlen. Deshalb liebte er seine Tätigkeit über alles, er konnte jedes Detail planen und, wenn es gut lief, Visionen in Bauprojekte umwandeln. Es gab keinen Job, der besser zu ihm passte.

Der Kaffee, den Sophia zubereitet hatte, schmeckte fantastisch. Sie sah ihn über den Rand ihrer Tasse hinweg an. »Was habt ihr hier eigentlich zu tun?«

»Wir sind auf der Suche nach einem möglichen Standort für ein Bauprojekt.«

»Doch hoffentlich nicht bei uns?«

Christoph schüttelte den Kopf. »Wir waren bei einer Gemeindesitzung und haben unsere Ideen vorgetragen, das ist alles.«

Einen kurzen Moment sahen sie sich in die Augen. Christoph bemerkte die Zweifel in ihrem Blick. Er hatte ihr schon damals nichts vormachen können und deshalb einfach immer die Wahrheit gesagt. Gelogen hatte er jetzt auch nicht, sondern ihr nur nicht alles erzählt, rechtfertigte er innerlich seine Halbwahrheiten. Das T-Shirt war ihr leicht von der Schulter gerutscht. Damals hatte er ihre Haut gestreichelt, vorsichtig und abwartend, bis sie schließlich die Arme hob und er …

»Wie lange wollt ihr bleiben?« Sophias Blick ruhte noch immer auf ihm.

»Auf jeden Fall bis Ende August«, erwiderte er. »Vielleicht müssen wir zwischendurch noch mal nach Frankfurt. Wir betreuen parallel weitere Projekte, aber das läuft derzeit verstärkt über Online-Meetings.«

»Du bist also ein richtiger Geschäftsmann geworden?«

»So kann man das wohl sagen.«

Ihre langen, schmalen Finger umfassten den Becher so fest, dass sich die Haut über den Knöcheln weiß verfärbte.

Christophs Kopfhaut kribbelte. Er hatte das Gefühl, als ob er sich selbst beobachtete. Coolness war für ihn unabdingbar – beruflich, aber vor allem privat. Plötzlich fühlte er einen Druck in der Brust, denn es stand so viel Unausgesprochenes zwischen ihnen, über das er nicht reden wollte, zumindest jetzt nicht. »Du, ich muss los«, entfuhr es ihm. »Ich will noch eine Präsentation vorbereiten.«

Er sah die leichte Enttäuschung in ihren Augen. »Kein Problem.« Sie erhob sich, obwohl sie ihre Tasse erst halb ausgetrunken hatte. »Ich möchte mich auch fertig machen …«

Sophia begleitete ihn bis zur Tür. Kurz standen sie sich gegenüber. Ihr Duft erinnerte ihn an eine Wildblumenwiese. Mit einem Lächeln im Gesicht schob er sich an ihr vorbei. »Bis bald.«

Als die Tür hinter ihm zufiel, atmete er tief durch. Er hatte sich wie ein kompletter Idiot verhalten. Sophia … Wieso musste er seine Ex-Freundin – seine erste große Liebe – unbedingt hier wiedersehen? Das konnte doch kein Zufall sein? Er schob diesen absurden Gedanken beiseite. Eine Romanze kam für ihn nicht infrage. Arbeit und Privatleben gehörten auf keinen Fall zusammen. Das hatte in der Vergangenheit immer Probleme verursacht – und die konnte er weiß Gott nicht gebrauchen. Er und Jan würden ihren Job erledigen und spätestens im August das nächste Projekt in Angriff nehmen. Insgeheim hoffte er, dass dieses Projekt ihn ans andere Ende der Welt führte.

8. Kapitel

Emma strahlte über das ganze Gesicht, als Sophia ihr die Pappkrone aufsetzte. »Du bist die Rallye-Königin!« Die Zehnjährige raffte ihren rosafarbenen Sommerrock und deutete einen Knicks an. Ihre Geburtstagsgäste, sechs Mädchen und zwei Jungs, klatschten Beifall. Die Mutter der Kleinen bedankte sich überschwänglich bei Sophia. »Wir kommen auf jeden Fall wieder.« Sie kräuselte die hohe Stirn, auf der sich kleine Schweißperlen gebildet hatten. »Unser Sohn wird im September zwölf.« Sie ließ den Blick zu den beiden Klassenkameraden ihrer Tochter gleiten, die auf ihre Handys starrten. »Oder vielleicht lasse ich die auch einfach wie letztes Jahr in unserem Keller am Computer daddeln.«

Sophia lachte. »Das ist ein schwieriges Alter.« Sie deutete mit dem Kopf auf den Verkaufswagen, vor dem sie standen. »Ich hole Ihnen mal unseren Flyer, okay?«

Sophia hatte die Exemplare morgens von der Druckerei abgeholt und sie gleich unter dem Tresen deponiert. Sie öffnete den Karton, und ein schwacher Duft, der an Zitronen erinnerte, drang ihr in die Nase. Sie nahm eine der Broschüren heraus, stieg die Stufen des Wagens wieder hinab und überreichte sie Emmas Mutter. »Wir haben auch noch andere Angebote«, sagte Sophia. »Zum Beispiel kooperieren wir mit einer Biologin, die mit Kindern und Jugendlichen verschiedene Lebewesen in der Schlei erkundet.«

»Das hört sich gut an.«

»Ja, das ist wirklich ein schönes Angebot. Die Schüler, die vergangene Woche daran teilgenommen haben, konnten sogar einen Knurrhahn aus dem Wasser ziehen.«

Als Sophia den fragenden Gesichtsausdruck von Emmas Mutter bemerkte, lächelte sie. »Das ist ein Fisch, der hier in der Ostsee vorkommt, aber er ist sehr selten.«

Eine halbe Stunde später verabschiedete Sophia die Geburtstagsgruppe. Sie sah den Kindern nach, die in einer Reihe in Richtung Parkplatz marschierten. Ihre Gedanken schwirrten wie von selbst zu Christoph, den sie seit ihrem zufälligen Treffen beim Joggen und dem Kaffee danach nicht mehr gesehen hatte. Wahrscheinlich steckte er bis über beide Ohren in diesem Projekt, über das er nicht sprechen wollte. Sie fragte sich, warum ihr Ex-Freund und sein Assistent nicht in einem der schicken Hotels in Eckernförde eingecheckt hatten. Dort war es mit Sicherheit sehr viel komfortabler als in einer Ferienwohnung auf dem Strandrosenhof. Außerdem hätten sie dort einen Frühstücksservice und einen schönen Wellnessbereich. Sophia seufzte. Das passte doch alles nicht zusammen.

Als die Geburtstagsgesellschaft den Hof verlassen hatte, folgte sie dem Weg zu den Gehegen. Hin und wieder kam es vor, dass Besucher die Tiere mit ihren Wurstbroten,

Süßigkeiten oder Eiswaffeln fütterten, deshalb kontrollierte sie regelmäßig die Ausläufe. Zwar gab es Verbotsschilder, aber die bewirkten leider nicht viel. Sophia hatte deswegen schon zahllose Gespräche geführt. Den Gästen war meist gar nicht bewusst, dass sie die Gesundheit der Tiere gefährdeten, sie meinten es nur gut. Die Angler Sattelschweine lagen in kleinen Gruppen dösend zusammen. Sophia blieb am Zaun stehen, verschränkte die Unterarme und stützte sie auf der obersten Holzlatte ab. Jetzt um die Mittagszeit blieben die Tiere am liebsten im Schatten. Seit sie auf dem Strandrosenhof lebte, hatte sie viel über das Sozialverhalten von Schweinen gelernt. Sie waren sehr intelligent und bevorzugten, wenn sie in einer Herde zusammenlebten, immer bestimmte Artgenossen. In der konventionellen Schweinehaltung wurden die Tiere auf engstem Raum zusammengepfercht, die Sauen sogar nebeneinander in Kastenständen. Sophias Magen zog sich zusammen, als sie an die Bilder einer Reportage dachte, die sie gesehen hatte. Wenn sie ein Tier leiden sah, verursachte ihr das körperliche Schmerzen. In einer Stadt wie Berlin war fleischlose Ernährung schon lange ein wichtiges Thema. Fast alle ihre Freunde und Freundinnen ernährten sich vegetarisch oder vegan. Sie aß Fleisch, allerdings achtete sie auf Qualität und Herkunft der Tiere. Am liebsten kaufte sie Produkte in Bioqualität, aber die waren natürlich teurer. Ein Motorengeräusch ließ sie aufhorchen. Sophia drehte sich um und sah, wie Jörg auf dem Traktor angefahren kam. Als er sie entdeckte, trat er auf die Bremse. »Moin!« Er grinste und schob sich die abgewetzte Schirmmütze zurück. »Allens kloor?« Sein Gesicht war von der Sonne gerötet, Schweißperlen hatten sich auf seinen faltigen Wangen gebildet.

Sophia nickte. »Jo …«, setzte sie an, aber bevor sie ihren Satz beenden konnte, hob er die Hand und trat auf das Gaspedal. Ullis ältester Mitarbeiter war alles andere als eine Plaudertasche. Sophia blickte Jörg schmunzelnd hinterher, wie er das Feld entlangfuhr. Gerade wandte sie sich zum Gehen, als sie ein knirschendes Geräusch alarmiert aufhorchen ließ. Sophias Atem stockte, als sie sah, wie sich plötzlich ein Vorderrad des Treckers löste und das Fahrzeug krachend zur Seite kippte, woraufhin Jörg von seinem Sitz geschleudert wurde und schließlich auf den Boden prallte. Sophia hatte das Gefühl, als ob alles in Zeitlupe ablief. Einen kurzen Moment erstarrte sie, aber dann schrie sie auf und preschte los.

»Was ist passiert?« Auch Ulli hatte den Krach gehört und kam von der Schafsweide aus angerannt. »Wo ist Jörg?«

»Ich habe gesehen, wie er runtergeflogen ist«, gab Sophia panisch zurück. Atemlos erreichten beide Frauen die Unfallstelle. Sophias Herz pochte bis zum Hals, als sie Jörgs leblosen Körper erreichten, der in einem unnatürlichen Winkel am Feldrand lag. Ulli zog ihr Handy hervor: »Ich rufe einen Krankenwagen.«

Als Christoph und Jan aus dem Auto stiegen, flog ein Rettungshubschrauber über ihre Köpfe hinweg in Richtung Eckernförde. Sie hatten den ganzen Tag mit Bürgermeister Peter Lehmbecker Grundstücke angeschaut, die für ihr Projekt infrage kommen könnten, und freuten sich auf den Feierabend. Die Männer tauschten einen kurzen Blick über das Dach des Autos hinweg. »Hoffentlich nichts Schlimmes«, sagte Jan schließlich.

Christophs Puls schoss in die Höhe. »Ich schau mal, ob ich Ulli finde«, erwiderte er. »Vielleicht gab es einen Unfall.«

Jan machte einen Schritt in seine Richtung, aber Christoph hob die Hand. »Du musst nicht mitkommen. Ich rufe dich an, wenn unsere Hilfe benötigt wird, okay?«

Christoph nickte Jan zu, dann lief er los, während Erinnerungsfetzen in sein Bewusstsein drangen. Donielles Sturz spulte sich in Sekundenschnelle in seinem Kopf ab. Nie würde er die Panik in ihren Augen vergessen, als sie ihr Gleichgewicht verlor. Christoph blinzelte die schmerzhaften Erinnerungen weg und konzentrierte sich auf das Hier und Jetzt.

Als er den Verkaufswagen vor dem Wildblumenfeld erreichte, rann ihm der Schweiß über den Rücken.

Sophia und Ulli saßen auf der kleinen Treppe. Erleichtert atmete er auf. Die beiden Frauen wirkten bedrückt und waren in ein leises Gespräch vertieft. Er blieb stehen, weil er sich auf einmal fehl am Platz fühlte. Als Sophia ihn bemerkte, erhob sie sich und trat ihm entgegen. Ihre dunklen Haare wippten im Takt ihrer Schritte, und als sie endlich vor ihm stand, spürte Christoph ein Ziehen, das von seiner Brust ausging und sich in seinem gesamten Körper ausbreitete. Er hob die Hand, zog sie dann aber wieder zurück. »Der Rettungshubschrauber …« Christoph rang nach Worten, während sein Blick an ihrem schön geschwungenen Mund hängen blieb.

Bevor sie antworten konnte, kam Ulli ihr zuvor. »Jörg, einer unserer Mitarbeiter, hatte einen Unfall mit dem Trecker, ein Rad hat sich gelöst. Darf ich dir Sophia vorstellen?«

Christoph zwinkerte Sophia zu. »Nicht nötig. Wir kennen uns.«

Ulli hob eine Augenbraue, und Sophia fügte erklärend hinzu: »Christoph und ich waren mal ein Paar.«

»Ach, wirklich? Das ist ja ein verrückter Zufall«, erwiderte Ulli. Neugierig sah sie zwischen Sophia und ihm hin und her, während sie sich erhob. »Ich würde gern mehr hören, muss jetzt aber dringend los. Sophia kann dir alles erzählen.«

Zusammen blickten sie Ulli hinterher, wie sie über das Feld davonging. Plötzlich verdunkelte sich von einer Sekunde auf die andere der Himmel. Wie auf ein Zeichen schauten sie nach oben. »Das gibt Regen«, sagten sie gleichzeitig. Sophia stand auf und ergriff Christophs Hand. »Komm mit, ich weiß, wo wir uns unterstellen können.«

Kurze Zeit später saßen sie auf zwei Strohballen in einem hölzernen Unterstand auf der Schafsweide. Die wolligen Vierbeiner grasten nur ein paar Meter von ihnen entfernt. Hin und wieder hob eines der Tiere den Kopf und blickte in ihre Richtung, während Sophia Christoph in Kurzfassung erzählte, was passiert war. Als sie Jörg am Fuße der Böschung entdeckt hatten, sei er bewusstlos gewesen. »Ich dachte erst, dass er tot ist, aber sein Puls ging ganz normal.« Sie hätten ihn nicht bewegt, sondern die Seitenlage nur mit Ullis zusammengerollter Jacke stabilisiert. »Der Arzt im Krankenwagen hat entschieden, dass es besser wäre, ihn direkt in die Klinik zu fliegen.« Sophia wischte sich eine Träne aus dem Augenwinkel. »Jetzt können wir nur noch abwarten.«

Christoph ergriff ihre Hände. »Ihr habt alles richtig gemacht, er wird nun bestimmt gut versorgt.«

Er spürte eine kurze Anspannung unter der Haut, als ob sie sich ihm entziehen wollte, aber dann atmete sie seufzend aus. »Es ist schön, dass du da bist.«

Plötzlich kam ein böiger Wind auf, und schon prasselte der Regen auf das Dach ihres Unterstands. In stillem Einvernehmen schauten sie nach draußen. Die Schafe standen in einer Gruppe zusammen und grasten weiter. »Die sind ja entspannt«, sagte Christoph, der das Bild, das sich ihm bot, wie ein ausgetrockneter Schwamm in sich aufnahm. »Irgendwie ist es beruhigend, den Tieren beim Fressen zuzuschauen.«

Sophia lächelte. »Es gibt sogar Studien, die dieses Phänomen beweisen.«

»Echt jetzt?«

»Forscher aus England haben das herausgefunden. Besonders wirkungsvoll sind Videos von Quokkas.«

Christoph runzelte die Stirn. Sophia verzog ihr Gesicht zu einem frechen Grinsen. »Das sind kleine Kängurus, die als die fröhlichsten Tiere der Welt bezeichnet werden. Ihre Mundwinkel sind nämlich immer nach oben gezogen, wenn sie ihr Maul öffnen.« Sie griff hinter sich und zog ihr Handy aus der Gesäßtasche ihrer Jeans. Sie tippte den Code zum Entsperren ein und strich über das Display. Sophia hatte schöne Hände und perfekt manikürte Fingernägel, die nicht zu lang, aber auch nicht vollkommen kurz geschnitten waren. Damals hatte sie – wie viele andere Mädchen aus seinem Jahrgang – auch mit verschiedenen Lacken und Designs experimentiert. Ihm hatte das immer sehr gut gefallen, vor allem wenn sie ihn gestreichelt hatte und dabei …

»Guck mal!« Sie hielt ihm ein Foto unter die Nase, auf dem ein Quakka in die Kamera grinste. Das Tier sah in der Tat lustig aus – wie ein zu groß geratenes Plüschtier. Christoph schloss die Augen und berührte mit beiden Händen seinen oberen Brustbereich. Dann sah er ihr mit einem betont dramatischen Gesichtsausdruck in die Augen. »Stimmt, ich bin plötzlich vollkommen entspannt.«

Sophia stieß ihn sanft mit dem Ellenbogen an. »Jetzt übertreibst du aber.«

Er grinste schief. »Vielleicht ein ganz kleines bisschen.«

Sophia runzelte die Stirn. »Jörg liegt im Krankenhaus, und wir gucken uns hier lustige Fotos an.«

»Ich kenne euren Kollegen zwar nicht näher, aber ich kann mir nicht vorstellen, dass er etwas dagegen hätte.«

»Wahrscheinlich hast du recht. Er mag jedenfalls auch

alle Tiere, die hier leben, sehr gern.« Sie seufzte. »Er ist ein besonders lieber Mensch.«

Ein Schaf löste sich von der Gruppe und trottete auf sie zu, blieb aber vor dem Eingang stehen. Es hatte als einziges Tier einen schwarzen Kopf und schwarze Beine. Sophia kramte ein Stück Möhre aus ihrer Hosentasche und legte es auf ihre flache, geöffnete Hand. »Na, Murmel, hat du Hunger?«

Die flauschigen Ohren des Tieres bewegten sich hin und her. Dann ging es noch ein paar Schritte auf sie zu, reckte den Hals nach vorne und umschloss den Leckerbissen mit den Lippen.

»Ich wusste gar nicht, dass Schafe Karotten mögen.«

Sophia kraulte die Stirn des Vierbeiners, der mit geschlossenen Augen weiterkaute. »Sie mögen auch Äpfel, getrocknetes Brot und Kartoffelschalen.«

Christoph betrachtete die anderen Schafe, die ein Grasbüschel nach dem anderen wegputzten.

»Haben die alle Namen?«

Sophias Mundwinkel zuckten amüsiert. »Natürlich.« Sie strich dem Schaf, das noch immer vor ihnen stand, mit der flachen Hand über die Stirn. »Murmel mag ich am liebsten.« Das Tier öffnete das Maul und entblößte eine Reihe quadratischer Zähne. Christoph wunderte sich, dass nur unten welche waren. Sophia war seinem Blick gefolgt. »Schafe sind Wiederkäuer. Eigentlich sind sie Steppentiere, die sich in der freien Wildbahn von schwer verdaulichen Gräsern ernährt haben, deshalb haben sie oben eine Kauleiste.«

»Ach, hier seid ihr!«

Christoph spürte, wie Sophia neben ihm kurz zusammenzuckte, sich aber sofort wieder entspannte, als sie Ulli sah. In Regenmantel und Gummistiefeln kam sie über die Wiese. »Jörg ist aufgewacht!«, rief sie. Sie stemmte die Hände in die Hüfte. »Puh, ich bin ganz außer Atem.«

Sophia sprang auf und nahm Ulli in den Arm. »Gott sei Dank! Das ist eine gute Nachricht.«

Christoph erhob sich ebenfalls. »Ist er schwer verletzt?«

Ulli schob sich eine feuchte Strähne aus der Stirn. »Zum Glück nicht. Er hat eine leichte Gehirnerschütterung und einen Oberarmbruch, den die Ärzte erst einmal konventionell behandeln wollen.«

»Er hat also richtig Glück gehabt«, stellte Sophia fest.

Ulli nickte. »Das auf jeden Fall.« Sie seufzte. »Er wird die nächsten Wochen allerdings nicht arbeiten können.«

9. Kapitel

Zimt, Zucker und ein Hauch von Hefe ... Sophia schloss die Augen und genoss den Geschmack des ofenwarmen Gebäcks, ein Vorbote des traditionellen Mittsommerfests, das nicht mehr lange auf sich warten lassen würde. »Lecker«, murmelte sie schließlich und biss ein weiteres Stück ab. Sie saß am Tisch in Ullis Gutshaus-Küche, ihre Chefin hatte kurzfristig eine Teambesprechung anberaumt. Leonie und Nicole, die schon seit vielen Jahren als Hauswirtschafterin auf dem Strandrosenhof arbeitete, kamen ebenfalls zur Tür herein. Nur Jörg fehlte, da er bis Ende der Woche im Krankenhaus bleiben musste.

»Ich bin auf der Suche nach einer Vertretung«, sagte Ulli. »Das ist mitten in der Saison gar nicht so einfach.« Sie ließ ihren Blick über ihre Mitarbeiterinnen gleiten. »Vielleicht habt ihr eine Idee?«

Nicole trommelte mit ihren pink lackierten Fingernägeln auf die Tischplatte. »Ich kann mich mal umhören.« Sie schnappte sich eine weitere Zimtschnecke aus der Keramikschale, die mitten auf dem Tisch stand, und brach ein Stück davon ab. »Oder wir geben eine Anzeige in der Zeitung auf.«

»Daran habe ich auch schon gedacht.« Leonie hielt die aktuelle Ausgabe des *Schlei-Boten* in die Luft. »Soll ich mich darum kümmern?«

Ulli nickte. »Das wäre super.« Sie nippte an ihrem Kaffee. »Am besten heute noch.«

Danach besprachen sie den Ablauf des Mittsommerfests, das immer mit zahlreichen Vorbereitungen verbunden war. Dennoch freute sich Sophia auf das Ereignis, weil sie ein großer Fan von Feiern war, die im Freien stattfanden. Ihre Tante Anja lebte mit ihrem Mann und den beiden gemeinsamen Töchtern in Stockholm. Die Sommersonnenwende hatte sie oft dort gefeiert, es waren ihr viele Momente in Erinnerung geblieben. Während Ulli über die Planung des Festes sprach, schweiften Sophias Gedanken immer wieder zu Christoph ab. Ihr Gespräch im Stall auf den Strohballen hatte die alte Nähe zwischen ihnen wieder entstehen lassen. Er war ein aufmerksamer Zuhörer, genauso wie früher, als sie noch ein Paar gewesen waren. Sie erinnerte sich, dass ihnen nie der Gesprächsstoff ausgegangen war – ob Ereignisse aus dem Freundeskreis, das politische Geschehen oder ihre Pläne für die Zukunft. Stundenlang hatten sie sich unterhalten, oft auch in der Natur. Ein Picknick im Sommer auf einer Lichtung im Wald kam ihr in den Sinn. Es war so still gewesen, fast als wären sie in einer anderen Welt gewesen. Nach dem Essen hatten sie sich nebeneinander auf die Decke gelegt, die Augen geschlossen und die Sonne auf ihrer Haut gespürt. Ganz selbstverständlich war seine Hand irgendwann unter ihr T-Shirt gewandert …

»Sophia?« Ullis weiche Stimme drang wie durch Nebel in ihre Ohren. »Du kümmerst dich um den Blumenschmuck, oder?«

Sie errötete leicht. »Natürlich, kein Problem.«

Als das restliche Team die Küche verließ, hielt Ulli Sophia für einen Moment zurück.

»Es hat mich überrascht zu hören, dass du und Christoph früher ein Paar wart. Ich hoffe, es ist in Ordnung für dich, dass er hier auf dem Hof wohnt? Wenn ich es geahnt hätte ....«

Sophia versuchte, Ullis prüfendem Blick standzuhalten. »Mach dir bitte keine Gedanken. Das mit Christoph ist lange her. Wir verstehen uns gut, aber mehr ist da nicht mehr.«

Als sie die Worte aussprach, spürte sie, wie sich ihre Kehle zuschnürte. Sie wollte nicht noch einmal von Christoph verletzt werden. Seit dem Gespräch im Unterstand war das zu einer beinahe körperlichen Gewissheit geworden. Und deshalb musste sie sich von ihm fernhalten, wenn es ihr auch noch so schwerfallen sollte.

Nach einem arbeitsreichen Tag fiel Sophia an diesem Abend vollkommen erschöpft ins Bett und schlief von einer Sekunde auf die andere ein. Mitten in der Nacht weckte sie ein fieses Piepen. Sie griff nach dem Handy, das neben dem Bett lag. »Mist!« Sophia zog sich die Decke bis über die Nase. Es war tatsächlich schon fünf Uhr morgens, draußen wurde es bereits langsam hell. Sie stellte den Wecker aus. Weshalb hatte sie sich nur dazu bereit erklärt, schimpfte sie leise mit sich, als sie die Füße über die Bettkante schwang. Es half nichts, da musste sie jetzt durch. Außerdem war es die Sache wert. Wie ferngesteuert tapste sie in die Küche, holte die Instantkaffee-Dose aus dem Schrank und stellte den Wasserkocher an. Schnell ging sie ins Bad, duschte kurz und war zehn Minuten später fertig angezogen. Sophia trank ein paar Schlucke Kaffee im Stehen, aber da kam auch schon Ulli in ihrem Jeep angefahren, deshalb stellte sie den Becher in die Spüle und machte sich auf den Weg. Sophia ließ sich auf den Beifahrersitz fallen, begrüßte ihre Chefin und drehte sich zur Rückbank, auf der Leonie saß. »Moin!« Ullis Tochter nickte kurz. Dann widmete sie sich wieder dem Display ihres Handys. Ulli gab Gas, fuhr in Richtung Verkaufsstand und von dort aus weiter zu den Tiergehegen, bis sie schließlich auf den Feldweg abbog. Am Rande der Wiese, die gemäht werden sollte, hatten sich bereits ein paar Leute versammelt. Sophia erkannte Sören Harms, einen Nachbarn, der Ulli unter die Arme griff, wenn Not am Mann war. Er saß auf einem Traktor, an den ein Mähwerk angekoppelt war. Sein rundes Gesicht war von der Sonne gerötet, denn er benutzte – wie fast alle Landwirte, die Sophia kannte – keine Sonnenschutzcreme. Ulf Brogmus, der Landwirt, dem das Feld gehörte, war ebenfalls vor Ort, er koordinierte die ganze Aktion. Auch einige Jäger waren erschienen, die aufklappbare Plastikkörbe für die Kitze mitgebracht hatten, die sie bereits am Rande der Wiese aufstellten. »Danke, dass ihr gekommen seid«, begrüßte Ulli die freiwilligen Helfer und Helferinnen. »Als kleines

Dankeschön haben wir wieder ein Frühstück im Gutshaus für euch vorbereitet.« Zustimmendes Gemurmel war zu hören, einige klatschten in die Hände. Sophia war immer wieder begeistert, dass hier auf dem Land Nachbarschaftshilfe selbstverständlich war. Es wurde nicht lange geredet, sondern einfach gemacht. Die Aufteilung der Aufgaben ergab sich dabei immer wie von selbst. Ulli blickte lächelnd in die Runde. »Dann kann es ja losgehen.«

Georg Steiner, den Sophia bei einer Veranstaltung der Naturschutzgruppe Schleiregion kennengelernt hatte, platzierte eine Drohne vor seinen Füßen und klappte die Rotorenblätter auseinander, die an den vier Armen angebracht waren. Dann nahm er die Fernsteuerung in beide Hände. Eine grüne Lampe leuchtete auf, woraufhin die Drohne sich mit einem zischenden Geräusch in die Luft erhob. Das Flugobjekt war mit einer Wärmekamera ausgerüstet, mit deren Hilfe die Kitze aufgespürt werden konnten. Im vergangenen Jahr hatten sie noch ohne technische Hilfe aus der Luft auskommen müssen.

Alle Helfer gingen an den Rand des Feldes und stellten sich mit Abstand nebeneinander auf. Sophia ließ ihren Blick über das hohe Gras schweifen, in dem bestimmt viele Kitze dicht an den Boden geduckt lagen. Die Jungtiere würden auch noch dortbleiben, wenn das Feld gemäht würde, es war ein angeborener Reflex, der sie vor Raubtieren schützte. Ein Motorengeräusch drang an Sophias Ohren, und als sie sich umblickte, sah sie, wie ein Mercedes auf dem Feldweg hielt. Ihr Herz machte einen kleinen Sprung, als sie erkannte, dass Christoph und Jan dem

Fahrzeug entstiegen. Die beiden wurden von Ulli herzlich begrüßt und nahmen gleich Kurs auf die Helfergruppe. Sophia seufzte. Warum musste ihr Ex-Freund immer ihren Weg kreuzen? Wenn sie ihm ständig begegnete, würde sie nie von ihm loskommen. Zum Glück rief Georg in diesem Moment ihren Namen und winkte ihr zu. Sophia zog sich Handschuhe über, griff sich einen der aufklappbaren Plastikkörbe und stiefelte los. »Hierher!« Georg deutete mit dem Zeigefinger auf eine Stelle schätzungsweise drei Meter vor ihr. Ihr Herz schlug schneller, als sie etwas Dunkles im tiefen Gras entdeckte. Sie verlangsamte ihre Schritte, dann hatte sie den Ort erreicht. Ein Kitz lag dort, fest zusammengerollt, und blickte sie aus großen, fast schwarzen Augen an. »Keine Angst«, wisperte sie. »Ich tue dir nichts.« Sie stellte den Korb auf dem Boden ab und riss mit beiden Händen Grasbüschel aus. Sophia umfasste damit den schmalen Körper des kleinen Tieres, was dies fast regungslos über sich ergehen ließ, und trug es mit ausgestreckten Armen zum Korb. Es war wichtig, dass ihr Geruch sich nicht auf das Tierbaby übertrug, ansonsten würde die Mutter es nach ihrer Rückkehr nicht mehr annehmen. Stolz erfüllte sie, als sie das Kitz, das sich die ganze Zeit nicht bewegt hatte, sicher abgelegt hatte. »Gut so«, lobte sie Ulf Brogmus, der mit seinen olivgrünen Gummistiefeln neben ihr stehen blieb. Er blinzelte ihr freundlich zu, dann setzte er seinen Weg über das Feld fort. Sophia richtete sich auf und fiel fast hintenüber, als Christoph plötzlich vor ihr stand. Seine Wärme nahm ihr den Atem, und sie bemerkte, dass seine Augen flackerten.

»Ich helfe dir«, sagte er sanft. Seine Stimme drang wie ein Streicheln in ihr Ohr, und Gänsehaut überzog ihre Oberarme. Während sie die Kiste mit dem geretteten Kitz zum Feldrand trugen, spürte Sophia seine Nähe wie einen warmen Sommerregen auf der Haut. Schweigend stapften sie durch das hohe Gras, wobei Sophia das seltsame Gefühl hatte, sich selbst aus der Luft zu betrachten. Sie wechselten kein Wort miteinander, aber ihre Körper sendeten sich gegenseitig Signale, die in Sophias Kopf Bilder entstehen ließen, die ihr die Röte ins Gesicht trieben.

Ein Jäger, der einen jungen Münsterländer an der Leine hielt, kam ihnen entgegen. Nachdem sie die Kiste abgestellt hatten, stapelte er eine zweite darauf, damit das Kitz bis nach der Mahd geschützt blieb. Natürlich wusste das Tier nicht, dass das alles zu seinem Besten geschah. Es schrie kläglich, dann kam eine kleine Pause, bis es den Ruf nach seiner Mutter noch lauter fortsetzte. Sophia zerriss es vor Mitgefühl fast das Herz. Christoph umfasste ihre Hand, und sie ließ sich von ihm zurück zu den anderen ziehen. Er blieb an ihrer Seite, und gemeinsam holten sie noch vier weitere Kitze heraus.

Nachdem Georg die Drohne ein letztes Mal über das Feld hatte fliegen lassen, reihten sich alle Helfer am Rand auf und marschierten in einer Linie durchs Gras. Dabei scheuchten sie noch ein paar Hasen auf, die hoppelnd das Weite suchten. Ulli gab schließlich Sören ein Zeichen, und der Landwirt startete den Trecker. Als das Feld abgemäht war, liefen alle zu den Körben und hoben die Deckel ab. Die Tiere blieben geduckt in ihren Behältnissen liegen, aber Sophia wusste, dass die Mütter, sobald alle Helfer das Feld verlassen hatten, zu ihren Kindern eilen würden. Die Kleinen würden mit ihren Hilfeschreien schon dafür sorgen. Sophia zog die Handschuhe aus und steckte sie in die Gesäßtaschen ihrer Jeans. Sie sah, wie Ulli alle Helfer heranwinkte. Gleich würden sie gemeinsam frühstücken. Eine starke Tasse Kaffee konnte sie jetzt gut gebrauchen.

Frische Brötchen, ein Hefezopf, große Scheiben Landbrot, Butter, Käse, Radieschen, aber auch Schälchen mit Marmelade, Honig und Pflaumenmus: Der Tisch im Gutshaus war reichlich gedeckt, die Stimmung der Gäste ausgelassen. Es war das erste Mal, dass Christoph von Ulli in die Küche gebeten worden war. Allein aus diesem Grund hatte sich der morgendliche Einsatz auf dem Feld schon gelohnt. Er war froh, dass die Hofchefin ihn und Jan eingeladen hatte, denn dieses Erlebnis würden sie bestimmt nicht vergessen. Sophia saß ihm gegenüber, die dunklen Haare hatte sie zu einem Zopf zusammengebunden. Ihre Jacke hing an der Lehne des Stuhls. Sie trug ein enges T-Shirt und hatte sich ein buntes Tuch um den Hals gewickelt. Sophia unterhielt sich mit dem Mann, der die Drohne manövriert hatte und den Christoph zuvor bereits kennengelernt hatte. Es war der hagere Kerl, der bei der Präsentation im Gemeindehaus gegen die Touristenströme in der Schleiregion gewettert hatte. Georg Steiner schob gerade seine runde Brille mit dem Zeigefinger nach oben und hielt Sophia eine Broschüre oder ein Faltblatt – so genau konnte er das nicht erkennen – unter die Nase. Ohne Punkt und Komma redete er dabei auf sie ein. Verstimmt biss Christoph in sein Brötchen, kaute und spülte alles mit ein paar Schluck Kaffee hinunter. Er spürte, wie sich jeder Muskel in seinem Oberkörper anspannte. Unruhig wippte er mit den Füßen, bis er einen Stoß in die Seite erhielt. »Alles okay mit dir?« Jan, der neben ihm saß, musterte ihn aufmerksam. Statt einer Antwort nickte Christoph nur. Sein Assistent wusste ganz genau, wann er nicht reden wollte, deshalb wendete er sich wieder Ullis Tochter zu, die Leonie hieß. Kurz ließ Christoph den Blick über die junge Frau gleiten. Hübsch war sie. Ebenmäßige Gesichtszüge, hohe Wangenknochen, große Augen, die sie für seinen Geschmack allerdings zu stark schminkte. Dann die blonden Haare … Christoph grinste in sich hinein. Sie entsprach vollkommen Jans Beuteschema. Christoph hatte schließlich oft genug mitbekommen, wenn sich zwischen seinem Assistenten und einer Frau etwas anbahnte. Ob während der Arbeit, beim Sport, in Restaurants oder Diskotheken: Sein Freund ließ keine noch so klitzekleine Gelegenheit ungenutzt verstreichen.

Christophs Aufmerksamkeit kehrte zu seiner Ex-Freundin zurück. Dieser Ökofritze baggerte weiterhin Sophia an, und das gefiel ihm überhaupt nicht. Wenn er ehrlich zu sich war, hatte er in den vergangenen Jahren immer wieder an sie gedacht. Mit ihr hatte er sein erstes Mal gehabt, das vergaß man wohl einfach nicht. Nachdem die Beziehung zu Donielle gescheitert war, hatte er sich nicht mehr auf eine feste Partnerschaft eingelassen. Zu groß war seine Angst, dass er wieder durchdrehen könnte, zumal er immer noch nicht wusste, was seinen Ausraster damals ausgelöst hatte. War es ein bestimmtes Wort gewesen? Eine Geste? Die Gespräche und Reisen in sein Unterbewusstsein mithilfe seiner Psychologin hatten in dieser Hinsicht nicht viel gebracht. Er hatte sich später sogar von einem Heiler hypnotisieren lassen, aber auch das hatte nicht viel zutage fördern können.

Mittlerweile war er ein Kopfmensch geworden. Konzentrierte sich auf Fakten und Zahlen, statt zwischenmenschlichen Unwägbarkeiten zu viel Raum zu geben, die er weder voraussehen noch kontrollieren konnte. Bauprojekte, vor allem im Ausland, versetzten ihn in einen euphorischen Zustand. Ein schöner architektonischer Entwurf, sowohl ästhetisch als auch in jeder Hinsicht funktional, konnte ihn derart berühren, dass er alles um sich herum vergaß. Natürlich blieb er äußerlich kühl und beherrscht. In erster Linie war er Geschäftsmann, und er wusste, wie er die Menschen, die er für seine Ideen begeistern wollte, in seinen Bann ziehen konnte. Dass er vielen dabei vor den Kopf gestoßen hatte, war ihm nie bewusst gewesen, er hatte keine Skrupel gekannt, wenn es um die Umsetzung seiner Projekte gegangen war. Sein Ego und sein Erfolgswille hatten ihn angetrieben, bis er schließlich nach einem besonders schmerzlichen Fehlschlag, durch den InVestim einen hohen Verlust verkraften musste, die Notbremse gezogen hatte. Ein Wochenende zum Thema »Führung durch Wertschätzung« in einem Kloster in den Alpen hatte die Wende gebracht. Ob er seitdem ein besserer Mensch geworden war? Er war sich nicht sicher, aber eins war ihm in diesem Seminar bewusst geworden: Wertschätzung war die schönste Anerkennung, die ein Mensch gewähren und erhalten konnte, und sowohl im Geschäfts- als auch im Privatleben unerlässlich. Das hatte ihm der Referent, ein Professor für Betriebswirtschaftslehre und Unternehmensführung, sehr anschaulich vermittelt. Seitdem hatte er seine Lebenseinstellung grundlegend geändert und ließ sich regelmäßig coachen.

»Sie müssen Herr Toneich sein?«

Als Christoph nickte, reichte ihm der fast zwei Meter große Hüne, der ihm bereits auf dem Feld aufgefallen war, die kräftige Hand.

»Tobias Hittenbeck«, sagte er und stellte seinen Teller vor sich ab. »Ich bin der Vorsitzende des Vereins zur Rettung der Kitze.«

Christoph unterhielt sich mit dem Mann, während er Sophia nicht aus den Augen ließ. Seine Ex-Freundin war immer noch in das Gespräch mit dem Brillen-Heini vertieft, aber plötzlich drehte sie den Kopf zu ihm, und auf einmal verstummten alle Geräusche um ihn herum. Christoph ließ sich in ihren Blick fallen. Ein Lächeln umspielte ihre Mundwinkel. Am liebsten hätte er sie sich wie früher über die Schulter geworfen und von hier fortgebracht. Überrascht fragte Christoph sich, woher dieser Wunsch kam. Sicher aber war: Er fühlte sich wie magisch von Sophia angezogen – und das konnte auf Dauer nicht gut gehen.

10. Kapitel

Sophia knetete den Teig auf der bemehlten Arbeitsfläche durch. Sie benutzte beide Hände, damit auch alles schön geschmeidig wurde. Am Abend würde das Mittsommerfest des Strandrosenhofs stattfinden. Es war der 24. Juni, denn die Sommersonnenwende wurde auch in Schleswig-Holstein wie in Schweden traditionell am Sonnabend nach dem 20. Juni gefeiert. Dafür bereitete Sophia die Zimtschnecken vor, die bei den nordischen Nachbarn *Kanelbullar* hießen. Neben ihr bürstete Nicole über der Spüle der Gutshausküche die Frühkartoffeln, die ebenfalls auf dem Speiseplan standen, der an der Pinnwand neben der Eingangstür angeheftet war, zusammen mit einer Liste für die Zutaten des Heringssalats und den verschiedenen Rezepten, die sich im Laufe der Jahre auf dem Mittsommerfest bewährt hatten. Ulli saß am Tisch und putzte die frisch gepflückten Bio-Erdbeeren für die klassische Erdbeer-Sahne-Torte *Jordgubbstårta.*

Sophia bestrich den Hefeteig mit einer Mischung aus geschmolzener Butter, Zucker, Zimt und einer Prise Salz. Sie rollte das Rechteck zusammen und schnitt jeweils zwei Zentimeter breite Schnecken von der Rolle ab. Danach verteilte sie die Rohlinge auf einem mit Backpapier ausgelegten Blech und zog ein sauberes Geschirrhandtuch darüber. Schließlich trug sie alles zum Tisch, der in der Nähe der großen Sprossenfenster stand, denn die Zimtschnecken mussten noch gehen. Später würde sie die Gebäckstücke mit Eigelb bestreichen und Hagelzucker darüberstreuen, bevor sie in den Ofen kamen.

Sophia freute sich sehr auf das Fest, es war eine willkommene Abwechslung. Seit sie auf dem Strandrosenhof arbeitete, hatte sie an kaum einer Feier teilgenommen, obwohl sie immer mal wieder eingeladen worden war. Sie wusch sich die Hände, trocknete sie an einem Küchenhandtuch ab und winkte Ulli und Nicole zu. »Ich kümmere mich mal um die Blumen.«

Draußen schlug ihr die Hitze entgegen, obwohl es gerade erst zehn Uhr war. Es hatte seit fast zwei Wochen nicht geregnet, und allmählich wurde die Trockenheit zum Problem. In ganz Europa hatte es in diesem Jahr wenig Niederschlag gegeben, sodass Flüsse austrockneten und Wälder in Brand gerieten. Überall las man, dass der bereits seit vielen Jahren durch renommierte Wissenschaftler prognostizierte Klimawandel dafür verantwortlich war. Die Länder, in denen es auch sonst wenig regnete, wie zum Beispiel Spanien, Italien und Portugal, waren besonders betroffen. Sophia hoffte, dass sich die Menschen nun endlich auf Lösungen besannen. Der Gedanke, dass dieser wundervolle Planet irgendwann nicht mehr existieren würde, machte sie traurig.

Auf jeden Fall würde sie ihre Gartenparzelle abends

gründlich gießen müssen, genauso wie die anderen Pächter und Pächterinnen. Sophia überquerte den Innenhof und lief weiter zum Wildblumenfeld. Um diese Zeit waren noch keine Besucher dort, und so konnte sie sich in Ruhe den Bestand anschauen. Sie benötigte verschiedene Pflanzen für ihre Kränze, die sie für das Mittsommerfest anfertigen wollte. Als sie den Verkaufsstand erreichte, fiel ihr ein, dass sie gar kein Behältnis mitgenommen hatte, also ging sie weiter bis zum Holzschuppen, in dem sich die Gartenutensilien befanden. Sie stieß die Tür auf, trat in den dunklen, angenehm kühlen Raum und wischte sich den Schweiß von der Stirn. Sophia blickte sich um und entdeckte einen Weidenkorb in der hintersten Ecke. Da sie schon einmal da war, sortierte sie die Gartenutensilien, die sich im Regal befanden. Leider hielten die Pächter und Pächterinnen oftmals nicht viel von Ordnung, deshalb lagen Harken, kleine Schaufeln, Gartenbast und Beutel mit Steinmehl und Hornspänen wild durcheinander. Kurze Zeit später war alles wieder an seinem Platz. Die Arme in die Seiten gestemmt, betrachtete sie gerade ihr Werk, als sie draußen Stimmen hörte. Neugierig ging sie zur Tür. Für einen Moment sah sie gar nichts, weil die Sonne sie blendete, die am wolkenlosen Himmel stand. Schützend hielt sie die Hand über die Augen. Am Rande der Gartenparzellen standen Leonie und ein Mann, der sie um Haupteslänge überragte und eine olivfarbene Arbeitshose trug. Er ließ die Schultern hängen und hatte beide Hände in die Taschen gesteckt. Als Sophia sich den beiden näherte, hob er den Kopf. Sein Gesicht wirkte auf sie vollkommen ausdruckslos. Ein nervöses Flimmern breitete sich in ihrer Magengegend aus, als er sie plötzlich mit seinem Blick fixierte. Leonie machte eine ausladende Geste und stellte den Mann vor: »Sebastian Klein, unser neuer Mitarbeiter. Er hat sich auf unsere Anzeige im *Schlei-Boten* gemeldet.«

»Herzlich willkommen!« Sie reichte dem Mann die Hand, der zögernd einschlug.

Leonie ließ den Blick zwischen ihr und Sebastian hin- und herwandern. »Sophia arbeitet bei uns als Sozialpädagogin.«

Der neue Mitarbeiter nickte stumm und wandte sich dann zum Gehen. Leonie hob die Hand und winkte ihm hinterher. Sophia wechselte noch ein paar unverfängliche Worte mit Ullis Tochter, die sich dann ebenfalls verabschiedete. »Wir sehen uns!«

Sophia nickte. »Auf jeden Fall.« Sie hatte das Gefühl, dass sich ihr Verhältnis zu Leonie etwas verbessert hatte. Zumindest reagierte sie nicht mehr so genervt, wenn sie sich begegneten, und darüber war Sophia sehr froh.

Als Sophia kurze Zeit später das Wildblumenfeld erreichte, war das ungute Gefühl in ihrer Magengrube wieder verflogen. Sie setzte sich im Schneidersitz auf den Grasstreifen, stellte den Weidenkorb neben sich ab und fragte sich, was ihr an dem neuen Mitarbeiter nicht geheuer war. *Sebastian Klein* … Sie überlegte, ob sie den Namen schon irgendwo einmal gehört hatte. Irgendwie kam dieser Mann ihr bekannt vor, denn er ähnelte … Nein, das konnte nicht sein, dachte sie und schob den absurden Gedanken schnell beiseite. Sophia schloss die Augen. Sie hörte, wie eine Amsel in ihrer Nähe sang, wahrscheinlich streifte der Vogel durch das Wildblumenfeld, denn dort wimmelte es vor Insekten. Die verschiedenen Töne fügten sich zu einer Melodie, dann folgte eine kurze Pause und schließlich vier schnelle Laute, die sich für Sophia wie eine Frage anhörten. Kein gefiederter Freund antwortete, sodass die Amsel ihre Rufe wiederholte – diesmal lauter und mit mehr Nachdruck. Sophia schmunzelte. Wenn sie jeden Moment bewusst wahrnahm, löste sich fast immer ihre innere Anspannung. Ihre Psychotherapeutin hatte Sophia diese Methode gelehrt. Achtsamkeit nannte sich diese Form des Innehaltens, die besonders bei Angstzuständen und Panikattacken wirksam war. Nachdem sie aus dem Krankenhaus entlassen worden war, hatte sie unter Herzrasen gelitten, das ganz plötzlich einsetzte, wenn sie am wenigsten damit rechnete. Zunächst hatte sie gedacht, dass mit ihr körperlich etwas nicht in Ordnung war, dass die Ärzte womöglich etwas übersehen hatten, aber ihre Wunde war verheilt, nur ihre Seele war seitdem nicht mehr im Gleichgewicht.

Sophia öffnete die Augen, stand auf und streckte sich. Es war gut, dass sie auf dem Strandrosenhof lebte. Hier war alles überschaubar, es drohten keine Gefahren. Sie ließ den Blick über das Feld gleiten und sog den mildsüßlichen Duft der Wildblumen ein: Rosenmalven, jede Menge Wiesenmargeriten, dazwischen entdeckte sie Rotklee und das leuchtende Gelb der Echten Saatwucherblume. Vereinzelt sah Sophia die länglichen violetten Blütenköpfe des Gewöhnlichen Natternkopfes herausragen, und sofort überkam sie eine friedliche Stimmung. Sie zog ihr kleines Taschenmesser aus der Hosentasche, und nach einer guten halben Stunde war ihr Korb gefüllt. Schnell kehrte sie in ihre Wohnung zurück, sie wollte die Wildblumen sofort verarbeiten. Das Handwerkszeug, das sie dafür benötigte, hatte sie sich nach dem Aufstehen bereits auf dem Küchentisch zurechtgelegt. Sophia verteilte die Pflanzen auf einem Stück Zeitungspapier und sortierte sie nach Größe und Farbe. Sie holte sich eine Flasche Holunderlimonade aus dem Kühlschrank, die Ulli in großen Mengen selbst herstellte, und suchte sich für den ersten Kranz ein paar Blumen heraus, die sie zunächst locker zusammenlegte. Sophia kürzte die Stiele und schnitt sich ein Stück Gartenbast ab. Damit umwickelte sie den ersten Teil. Dann fügte sie weitere Pflanzen hinzu, bis sie die gewünschte Länge erreicht hatte. Die zwei Enden des Gebindes legte sie schließlich zusammen und umwickelte sie mehrfach, damit der Kranz auch die ganze Mittsommernacht halten würde. Zufrieden hielt sie ihr Werk in die Luft und betrachtete es kritisch. Als sie das erste Mal einen Blumenkranz gebunden hatte, war ihr einiges missglückt, aber mittlerweile hatte sie den Dreh heraus. Zu Beginn hatte sie Blumendraht benutzt, doch mit dem Bast funktionierte es besser. Sophia fertigte zehn Blumenkränze an. Bis zum Beginn des Mittsommerfests würde sie den Kopfschmuck in einer Plastiktüte in ihrem Kühlschrank verwahren, damit die Blumen nicht vorzeitig verwelkten.

Schließlich blickte sie auf die Zeitanzeige ihres Handys. Es war bereits sechzehn Uhr, in gut drei Stunden würden die ersten Gäste eintrudeln, deshalb machte sie sich auf den Weg zurück in die Gutsküche. Als sie den Innenhof überquerte, sah sie, wie Sebastian mit dem Trecker angefahren kam. Ihr Puls schoss für einen kleinen Moment in die Höhe, aber sie atmete sofort dreimal tief ein und wieder aus. Sie ärgerte sich über die Reaktion ihres Körpers auf den neuen Mitarbeiter. Ulli würde ihn sicher sorgfältig ausgewählt haben, es gab also absolut keinen Grund für ihren Argwohn. Auf dem Anhänger lag der Maibaum, der wie jedes Jahr in der Mitte des Hofes aufgestellt werden würde. Sie winkte den Nachbarn zu, die gekommen waren, um zu helfen. Leonie war damit beschäftigt, kleine Vasen mit Blumen auf den langen Tischen zu verteilen, an denen die Gäste sitzen würden. Sophia freute sich, dass sie zu diesem eingespielten Team gehörte, in dem jeder wusste, welche Aufgaben erledigt werden mussten, damit dieses besondere Ereignis ein Erfolg wurde.

Als sie die Gutsküche betrat, stieg ihr der köstliche Duft der frisch gebackenen Zimtschnecken in die Nase, die auf einem Holztablett auskühlten. Sie setzte sich zu Nicole, griff sich eine Erdbeere aus der Schüssel und teilte sie in kleine Stücke. Der Tortenboden kühlte noch aus, aber die Sahne war bereits fertig geschlagen, der Vanillepudding zubereitet, und die von Ulli selbst gekochte Erdbeermarmelade stand griffbereit. Nicole nickte. »Legen wir los.« Sie nahm ein Tranchiermesser in die Hand und teilte den Biskuit, den Ulli am Morgen gebacken hatte, in drei gleich große Böden. Sophia legte einen davon auf die Tortenplatte und bestrich das Gebäck mit Erdbeermarmelade.

Es folgte eine Schicht Vanillepudding, auf der Nicole die Erdbeeren verteilte. Sophia platzierte den zweiten Boden darauf, den sie auf dieselbe Weise belegten. Schließlich war der Deckel an der Reihe. Konzentriert überzog Sophia die gesamte Torte mit der restlichen Sahne. Noch ein paar kleine Baisers und Erdbeeren – dann war das Werk vollbracht. »Perfekt!«, stellte Nicole fest.

Sophia nickte. »Besser geht es nicht.«

Eine halbe Stunde bevor das Mittsommerfest von Ulli eröffnet werden würde, erreichte Sophia atemlos ihre Wohnung. Nun musste sie sich wirklich beeilen. Zum Glück hatte sie sich schon am Tag zuvor für ein cremefarbenes Kleid im Boho-Stil entschieden, das sie in einem kleinen Laden in Kappeln gekauft hatte. Dazu würde sie ihre Lieblings-Sneaker tragen. Sophia stellte sich kurz unter die Dusche, trocknete sich sorgfältig ab und föhnte ihre Haare über einer Rundbürste. Nach dem Vorbereitungsstress freute sie sich noch mehr auf den Abend. Sie hatte lange nicht mehr gefeiert und es auch nicht vermisst, aber heute war sie in der richtigen Stimmung. Vor dem Spiegel im Bad tuschte sie ihre Wimpern und verteilte etwas Sun-Glow-Puder auf den Wangen. Sophia fragte sich, ob Christoph und Jan tatsächlich an dem Fest teilnehmen würden. Sie wusste, dass Ulli die beiden eingeladen hatte, aber ob sie auch wirklich kamen? Gedankenverloren strich sie über die Narbe oberhalb ihres rechten Schlüsselbeins. Seit dem *Vorfall* hatte sie keinen Mann mehr an sich herangelassen – sowohl gefühlsmäßig als auch körperlich. Robert hatte das nicht verstanden, schließlich habe sie doch *so großes Glück gehabt* ... Sein Unverständnis war im Grunde schon der Anfang vom Ende ihrer Beziehung gewesen. Sie schüttelte den Kopf. Seltsam, seit Christoph wieder aufgetaucht war, hatte sie kein einziges Mal mehr an Robert gedacht. Sophia ging in ihr Schlafzimmer. Auf dem Bett hatte sie ihr Outfit für den Abend zurechtgelegt. Nachdem sie den Slip übergestreift hatte, nahm sie das Kleid in die Hand. Es war aus nachhaltig produzierter Baumwolle und fühlte sich weich und angenehm auf der Haut an. Sie überlegte, ob sie noch Schmuck anlegen sollte, entschied sich aber dagegen und griff nur zu ihrem bunten Halstuch. Später würde sie einen Blumenkranz tragen, das musste reichen. Sie schnappte sich die Sneaker, ging damit ins Wohnzimmer und ließ sich aufs Sofa fallen. Draußen war schon eine Menge los, sie hörte Stimmen, Gelächter und leise Musik. Bestimmt testete Marc, der DJ aus Arnis, schon die Anlage. Sophia schlüpfte in die Schuhe und schnürte sie zu. Das Fest konnte beginnen.

11. Kapitel

In der Mitte des Innenhofs stand der Maibaum, der mit Laub und Bändern in den Schleswig-Holstein-Farben Blau, Weiß und Rot geschmückt war. Überall tummelten sich Männer und Frauen, aber auch viele Kinder und Jugendliche in kleinen Gruppen. Die meisten Gäste waren Nachbarn aus Brodersby, aber Ulli hatte auch Freunde und Bekannte aus Karby, Thumby, Arnis und Kappeln sowie einige Urlauber, die jedes Jahr kamen, eingeladen. Eine bunte Mischung also. Bis auf wenige Männer trugen fast alle Blumenkränze, und alle wirkten fröhlich und ausgelassen. Es war angenehm warm, leise Musik drang aus den Lautsprechern, die von dem Stimmengewirr jedoch übertönt wurde. Christoph und Jan standen einen Moment unschlüssig am Rande, aber dann kam Ulli auf sie zu. »Schön, dass ihr da seid.« Die Chefin des Strandrosenhofs trug ein knielanges buntes Sommerkleid, ihr Haar war mit einem Blumenkranz geschmückt. Sie bugsierte die beiden zum Büfett, das am Rande des Platzes aufgebaut war. Auf dem langen Holztisch standen Schüsseln mit Kartoffeln und Matjessalat, gegrillten Karotten und Zucchini, Graved Lachs mit süßer Senfsoße, aber auch diese leckeren Zimtschnecken, die er bei seinem letzten Besuch in Stockholm probiert hatte, und eine dreistöckige Erdbeertorte. »Bedient euch!«, sagte Ulli und wies mit dem Kopf auf die gegenüberliegende Seite. »Dort hinten bekommt ihr Bier und Wein, aber wir haben auch nichtalkoholische Getränke. Wenn ihr wollt ...«, begann sie, wurde dann aber von einem Mann beiseitegezogen, der Christoph irgendwie bekannt vorkam. Dieses hämische Grinsen und die fast quadratischen Zähne mit den erkennbaren Zwischenräumen ... Für einen kurzen Moment streiften sich ihre Blicke, woraufhin der Typ die Hand hob. Also hatte er ihn auch erkannt. Christoph wollte gerade auf den Mann zugehen, als Jan ihm auf die Schulter klopfte. »Lass uns mal ein Bier holen.«

Sie hatten Glück, dachte Christoph, die Schlange am Stand war überschaubar. Ein kräftiger Mann, der eine grüne Schürze trug und dessen Arme fast komplett tätowiert waren, zapfte ihnen zwei Gläser und reichte sie über den Tresen. » Na, denn man prost!«

Christoph nickte Jan zu. »Lass uns mal ein ruhiges Plätzchen suchen.«

Sie setzten sich auf eine Bank und beobachteten das Treiben im Hof. Weitere Gäste trafen ein, begrüßten Ulli und mischten sich unter die Feiernden. Eine Gruppe junger Frauen bildete einen Kreis und tanzte um den Maibaum. Das wurde sofort von drei Kerlen bemerkt, die am Rand standen und vielsagende Blicke austauschten. Für einen kurzen Augenblick fühlte sich Christoph in seine Schulzeit zurückversetzt. Damals hatte er an einem Tanzkurs teilgenommen, für den sich auch Sophia angemeldet hatte. Ein Slowfox mit ihr war ihm besonders in Erinnerung geblieben. Sie hatte ein weißes Kleid mit roten Punkten getragen und sich eng an ihn geschmiegt. Ihr Duft nach etwas Exotischem hatte ihm damals die Sprache verschlagen, und als die Musik verstummte, hatte sie ihn angelächelt und gefragt, ob mit ihm alles in Ordnung sei.

Jan stieß Christoph in die Seite, sodass er von einem Moment auf den anderen wieder in die Gegenwart zurückkehrte.

»Mensch …«, entfuhr es ihm, woraufhin sein Kumpel beschwichtigend die Hand hob.

»Sorry.« Er deutete mit dem Kopf auf die jungen Frauen. »Schöner Anblick!«

Christoph nickte, aber er war mit seinen Gedanken ganz woanders. Er fragte sich, wo Sophia steckte. Bislang hatte er sie noch nicht entdeckt. Ein unverfängliches Gespräch oder ein kleiner Drink am Feuer, das vor ein paar Minuten entfacht worden war, wäre schön. Es war ein herrlicher Sommerabend, er hatte den ganzen Tag gearbeitet und konnte nun auch mal lockerlassen. Neben ihm sprang Jan plötzlich auf und steuerte schnellen Schrittes auf eine Frau mit blonden Haaren zu, die einen Korb in den Händen hielt. Christoph blinzelte und erkannte, dass es Leonie war, die hübsche Tochter der Strandrosenhof-Chefin.

»Darf ich mich zu dir setzen?«

Christophs Herz machte einen kleinen Sprung, als er bemerkte, wer plötzlich neben ihm stand. »Sophia …«

Ein Kribbeln schoss durch seinen Körper, er nickte ihr zu und rutschte ein Stück zur Seite. Für den Bruchteil einer Sekunde sahen sie sich tief in die Augen. Christoph machte eine einladende Geste, und als er ihre Wärme an seiner Seite fühlte, hielt er kurz die Luft an. »Schön, dich zu sehen«, sagte er schließlich.

Ihr Mundwinkel zuckte amüsiert. »Ganz meinerseits.« Sie hob die Hände zu dem bunten Tuch um ihren Hals und schob ihre langen Haare nach hinten. Kurz streifte sein Blick ihren zarten Körper. Sie trug ein luftiges Sommerkleid, das ihr eine feminine Ausstrahlung verlieh. In ihren Haaren saß ein Kranz aus bunten Blumen. Bislang hatte er sie immer in Jeans und T-Shirt gesehen ... Sie presste ihre Hände gegeneinander und sah ihn erneut unverwandt an. Für einen Moment kam ihm kein einziges Wort in den Sinn, sondern nur Bilder, die sich blitzschnell zu einem nicht jugendfreien Film aneinanderreihten. Er räusperte sich.

»Wie geht es Murmel?« Himmel aber auch! War ihm tatsächlich keine bessere Frage eingefallen? Normalerweise liefen Gespräche mit Frauen bei ihm wie von selbst, aber jetzt ...

Sophia runzelte die Stirn, doch dann lächelte sie. »Wie lieb, dass du dich nach ihm erkundigst. Ich habe ihm heute Morgen wieder ein paar Leckerlis vorbeigebracht.« Sie streckte ihre schlanken Beine aus. »Er hat alles ganz schnell verputzt.«

»Das freut mich.« Fast von selbst bewegte sich seine Hand zu Sophia, aber im letzten Moment zog er sie wieder zurück. Zum Glück hatte sie nichts bemerkt, sie redete immer noch über ihr Lieblingsschaf. Die Musik wurde lauter, immer mehr Gäste strömten auf die Tanzfläche rund um den Maibaum. Jetzt ergriff Sophia die Initiative, nahm seine Hand und zog ihn hinter sich her. »Komm mit!«

Christoph war froh, dass nichts Schwieriges von ihm verlangt wurde. Sie reihten sich Hände haltend zwischen den anderen Gästen ein und ließen sich von den Klängen des schwedischen Volkslieds mitreißen. Zwischendurch hüpften alle und hielten sich die Hände an die Ohren, bildeten dann aber wieder einen Kreis und tanzten weiter. »Das Stück handelt von kleinen Fröschen«, rief Sophia gegen die Musik an. »In Schweden wird es sehr gern in der Mittsommernacht gespielt.« Jetzt musste sie schreien, denn die Musik wurde noch lauter gedreht. »Små grodorna, små grodorna, är lustiga att se …«, sang Sophia in sein Ohr, und danach die deutsche Übersetzung. »Die kleinen Frösche, die kleinen Frösche sind lustig anzusehen.«

»Du kannst Schwedisch?« Schon wieder musste er einen Hüpfer machen.

»Nur ein bisschen«, rief sie zurück. »Ich habe mal einen Volkshochschulkurs besucht.« Sie hielt beide Hände an die Ohren, wurde dann aber von einem anderen Tänzer mitgerissen, und Christoph stand plötzlich einer dünnen Frau mit langen grauen Haaren gegenüber, die seine Hände ergriff. Als das Lied zu Ende war, klatschten alle, und dann ertönte ein Song, den Christoph schon oft im Radio gehört hatte: ein Oldie, den ein DJ mit ein paar Beats und frischen Sounds zu einem Sommerhit neu aufgelegt hatte und der seit Wochen in den Charts platziert war.

Er ließ seinen Blick über den Innenhof schweifen, konnte Sophia aber nirgends entdecken. Stattdessen kam der Mann, der sich zu Beginn mit Ulli unterhalten hatte, winkend auf ihn zu. »Endlich habe ich dich gefunden«, sagte er und blieb schnaufend vor ihm stehen. »Lange nicht gesehen …« Er reichte ihm seine Pranke und grinste breit. Diese Zähne, schoss es Christoph wieder durch den Kopf. Das konnte doch nur … »Was machst du denn hier?«, brach es aus ihm heraus.

»Frau Petersen ist Kundin bei uns«, sagte der Mann und zog eine Visitenkarte aus der Tasche seiner Anzugshose. *Sven Winkelmann, Leiter Firmenkunden, Bank Kappeln,* las Christoph und fügte innerlich *Oberstreber und -schleimer seines Jahrgangs* hinzu. Sein ehemaliger Mitschüler strich sich den zu kurz geschnittenen Pony aus der Stirn. »Was führt dich in deine alte Heimat?«

»Ich bin im Auftrag meiner Firma hier.«

»InVestim.« Sven verzog vielsagend die wulstigen Lippen. »Ich habe davon gehört.«

Christoph verschränkte die Arme vor der Brust. »Das kann ich mir vorstellen«, erwiderte er knapp. »Hier funktionieren die Buschtrommeln noch.«

»Da triffst du wohl den Nagel auf den Kopf. Wie lange willst du bleiben?«

»Bis wir unseren Job abgeschlossen haben.«

Sven grinste vielsagend. »Die Gemeinde ist doch schon mal auf eurer Seite, zumindest unser Bürgermeister.«

Christoph fühlte sich unbehaglich. Er konnte nicht einschätzen, was Sven eigentlich von ihm wollte oder wie viel er wusste, und das gefiel ihm überhaupt nicht. »Wir werden sehen. Entschuldige mich bitte.«

Er wandte sich zum Gehen, aber Sven hielt ihn am Ärmel fest. »Der Strandrosenhof ist hoch verschuldet«, raunte er mit Verschwörermiene und blickte kurz nach links und rechts. »Meine Telefonnummer hast du ja jetzt.«

»Die schmecken wirklich himmlisch!« Nicole kaute andächtig mit geschlossenen Augen. Sophia saß neben ihr auf der Bank und biss ebenfalls ein Stück von ihrer Zimtschnecke ab.

»Mmh, die sind echt lecker«, stimmte sie ihrer Kollegin zu, die ihre blondierten Haare zu zwei langen Zöpfen geflochten hatte. Sie war sehr schlank, und einer der nettesten Menschen, die Sophia in ihrem Leben kennengelernt hatte. Nicole war auf den Job auf dem Strandrosenhof angewiesen, weil sie einen kranken Mann zu Hause hatte, der nach einem Unfall wohl für den Rest seines Lebens arbeitsunfähig bleiben würde. Die Verletzungen waren zwar verheilt, aber er litt seitdem unter psychischen Problemen. Das war sicherlich nicht immer einfach, doch Sophia hatte Nicole noch nie jammern hören. Mittlerweile war die Schlange vor dem Büfett, in dessen Nähe sie Platz genommen hatten, nicht mehr so lang. Die meisten Gäste waren auf der Tanzfläche, an der Bar oder spazierten auf dem Gelände herum. Eine schwangere Frau winkte ihr zu. Sophia runzelte angestrengt die Stirn, doch dann fiel ihr der Name wieder ein: Frau Kolberg, die Lehrerin, mit der sie sich so nett unterhalten hatte. Sie freute sich, dass die werdende Mutter ihrer Einladung gefolgt war.

Noch eine gute Stunde, dann war es Mitternacht, aber es war immer noch nicht ganz dunkel. Nun würden die Nächte bald wieder kürzer werden, stellte Sophia ein wenig wehmütig fest. Trotzdem war der Sommer noch lang, bald würde auf dem Strandrosenhof das Ferienprogramm starten, und auf diese Zeit freute sie sich besonders. Nachdem sie ihre Zimtschnecke aufgegessen hatte, knüllte Nicole die Serviette zusammen, warf sie in den Eimer, der neben ihnen stand, und stemmte die Hände in die Hüften. »Komm, wir müssen Blumen für dich pflücken.«

Das letzte Mal hatte sich Sophia nicht an dieser Tradition des Mittsommerfests beteiligt, aber diesmal fühlte sie sich in der richtigen Stimmung, und sie freute sich, dass Nicole an ihrer Seite war, denn zu zweit machte es einfach viel mehr Spaß. Sie würden sieben verschiedene Wildblumen aussuchen und in der Nacht unter ihr Kopfkissen legen. Sollten sie von einem Mann träumen, würde dieser ihr Ehemann werden – so lautete jedenfalls die schwedische Legende. Sophia folgte ihrer Kollegin zum Feld. Dort pflückte jede von ihnen einen großen Strauß Wildblumen. Kichernd liefen sie zurück zum Fest. Die Stimmung war immer noch ausgelassen, doch Sophia war inzwischen müde und wollte in ihre Wohnung, zumal sie Christoph ohnehin nicht entdecken konnte. Allerdings sah sie Jan zusammen mit Leonie auf der Tanzfläche – die beiden wiegten sich eng umschlungen zu einem Schmuse-Rock-Song. Sophia fragte sich, ob sich zwischen Christophs Assistenten und Ullis Tochter etwas anbahnte, aber selbst wenn es so wäre, ging es sie überhaupt nichts an, die beiden waren schließlich erwachsen.

Sie verabschiedete sich von Nicole und schlug den Weg zu ihrer Wohnung ein. Im Gegensatz zu den anderen Gästen musste sie nur über den Hof gehen, dann hatte sie schon den Eingang des ehemaligen Wirtschaftsgebäudes erreicht. Als sie die Wohnungstür aufschloss, atmete sie erleichtert auf. Es war ein schöner Abend gewesen, doch jetzt spürte sie die Müdigkeit in den Gliedern. Sie kickte die Sneaker in die Ecke neben der Tür und ging barfuß in die Küche. Der Mond leuchtete durch das halb geöffnete Fenster und erhellte den Raum. Sie legte die Blumen auf dem Küchentisch ab, öffnete den Kühlschrank und holte eine Flasche Mineralwasser heraus. Sophia setzte sich, blickte hinaus und ließ ihren Gedanken freien Lauf. Alles war gut, so wie es war. Der Strandrosenhof war ihr Zuhause, hier fühlte sie sich geborgen und aufgehoben. Trotzdem ertappte sie sich in letzter Zeit immer wieder dabei, wie sie sich ein Leben an Christophs Seite ausmalte, obwohl das alles natürlich gar keinen Sinn ergab. Von Ulli hatte sie erfahren, dass er tatsächlich in Frankfurt lebte. Dort gab es nur Hochhäuser, Straßen und jede Menge Autos – furchtbar! Sophia streckte die Beine weit von sich und wackelte mit den Zehen. Er hatte heute so verdammt gut ausgesehen in seinem weißen T-Shirt und der Jeans.

Lässig und männlich. Sophia spürte plötzlich ein inneres Flimmern, ihr Mund wurde trocken. Sie füllte ein Glas und trank es in einem Zug aus. Wie es wohl gewesen wäre, wenn sie und Christoph sich hier ganz neu kennengelernt hätten? Dann wäre vielleicht alles selbstverständlicher und einfacher gewesen, sie hätten sich ohne Vorbehalte ineinander verlieben können. Oder eben auch nicht, schalt sie sich selbst, denn diese Überlegungen brachten sie einfach nicht weiter. Sophia betrachtete die Wildblumen auf dem Tisch. Sie nahm die Wilde Möhre in die Hand, dann fügte sie Hopfenklee, die rosafarbene Büschel-Nelke, eine Rosenmalve, eine Wiesenmargerite, einen Stängel Gelblabkraut und eine Kleine Brunelle hinzu. Die sieben Wildblumen nahm sie mit in ihr Schlafzimmer und legte das Sträußchen unter ihr Kopfkissen. Sie schmunzelte. Wenn sie heute Nacht von Christoph träumte, würde sie ihn heiraten. Sie dürfte nur niemandem davon erzählen, sonst wirkte der Zauber nicht.

12. Kapitel

Was war das? Christoph hatte ein Geräusch gehört und saß von einem Moment auf den anderen senkrecht im Bett, obwohl er tief und fest geschlafen hatte. »Jan?«

Jan schien tatsächlich im Flur unterwegs zu sein, er grummelte vor der Tür eine Antwort, die Christoph aber nicht verstand. Die Sonne war bereits aufgegangen und schien durch das halb geöffnete Fenster seines Schlafzimmers. Die Tür wurde aufgestoßen, und Jan steckte seinen Kopf durch den Spalt. »Sorry, ich wollte dich nicht wecken.«

»Macht nichts ... Kommst du etwa jetzt erst vom Fest zurück?« Christoph rieb sich die Augen. »Wie spät ist es eigentlich?«

»Sechs.« Jan grinste. »Ich dusche jetzt, und dann lege ich mich noch ein paar Stunden aufs Ohr.«

»Alles klar«, erwiderte Christoph. Dann fixierte er ihn mit seinem Blick. »Du baust doch keinen Scheiß, oder?«

»Wie meinst du das?«

»Das weißt du ganz genau. Lass lieber die Finger von Leonie.«

Sein Assistent machte eine abwehrende Handbewegung. »Das ist doch wohl meine Sache.«

Kurze Zeit später hörte Christoph das Rauschen des Wassers aus dem Bad, das direkt an sein Zimmer angrenzte. Er drückte den Rücken gegen das gepolsterte Kopfende des Bettes. Jan hatte einen Schlag bei Frauen. Christoph hatte das immer mit einem Grinsen zur Kenntnis genommen und sich rausgehalten – es war ja schließlich Jans Sache, was er mit seinem Privatleben anfing. Bislang allerdings waren ihre gemeinsamen Projekte durch seine Eskapaden auch nie gefährdet gewesen, und das konnte in diesem Fall ganz anders aussehen. Himmel aber auch, warum musste er nun ausgerechnet mit der Tochter von Ulli anbandeln. Oder war Christoph vielleicht besonders streng mit ihm, weil sein eigenes Verhalten auch nicht viel besser war? Sophia war hier auf dem Strandrosenhof glücklich, und durch ihr geplantes Projekt könnte sich das womöglich ändern. Er schlug die Bettdecke zurück und sprang auf den Holzfußboden. Zum Glück war Sonntag und es standen keine Termine an, aber er wollte trotzdem arbeiten, weil sie in der kommenden Woche Grundstücke der Gemeinde Brodersby besichtigen würden, und da wollte er gut vorbereitet sein. Seine Gedanken schweiften zu der Begegnung mit Sven Winkelmann ab. Es irritierte ihn, dass sein ehemaliger Mitschüler ihm erzählt hatte, dass Ulli in finanziellen Schwierigkeiten steckte. Der Hof blühte, die Geschäfte schienen bestens zu laufen, und Ulli machte den Eindruck einer fähigen Geschäftsfrau. Christoph mutmaßte, dass der Strandrosenhof vielleicht mit Hypotheken belastet und sie mit den Zahlungen im Rückstand war. Wenn das stimmte, durfte auf keinen

Fall der Eindruck entstehen, dass InVestim die Notlage der Hofeigentümerin ausnutzte, denn dann hatte seine Firma womöglich ein Problem. Irgendwann würde ein Journalist hellhörig werden. Besonders Lokalzeitungen waren doch froh über jede Story, die ein menschliches Schicksal in den Fokus rückte. Außerdem konnte ihnen auch das Thema Natur- und Umweltschutz Steine in den Weg legen. Käfer, seltene Vogelarten und der Feldhamster hatten bereits unzählige Bauprojekte verzögert oder sogar verhindert. Christoph blickte aus dem Fenster in den Innenhof, in dem noch der Maibaum stand. Die Tische und Bänke, das Büfett und das DJ-Pult waren hingegen bereits abgebaut. Schade, dass er Sophia am Abend nach ihrem Tanz aus den Augen verloren hatte. Zum Glück konnte er sicher sein, dass sie sich auch weiterhin zufällig begegnen würden. Es war gut, wenn er keine Initiative ergreifen musste, dann konnte er den unverbindlichen, freundschaftlichen Zustand aufrechterhalten. Sehen wollte er sie jedenfalls um jeden Preis. Trotzdem wusste er: Wenn sein Auftrag hier erledigt war, würde der nächste Job auf ihn warten.

Christoph seufzte. Er musste sich eingestehen, dass er ziemlich verkorkst war. Seine Psychologin hatte ihm eine Bindungsstörung diagnostiziert. Er hatte dazu keinen Kommentar abgegeben, aber er wusste, dass sie mit ihrer Einschätzung richtiglag. Er kannte auch die Ursache dafür. Die Erinnerungen, die sich aus der Tiefe seines Bewusstseins ihren Weg nach vorne bahnten, versetzten ihn wie immer von einer Sekunde auf die andere in diese hilflose Stimmung, der er nichts entgegensetzen konnte. Christoph ertrug diesen Zustand nicht, deshalb biss er die Zähne zusammen und ballte die Fäuste. Die Vergangenheit konnte er nicht ändern, und so hatte er sich dafür entschieden, dass nur die Gegenwart zählte und die Zukunft. Was geschehen war, war geschehen, aber das, was vor ihm lag, konnte er gestalten.

Christoph seufzte. Die Erinnerung an den Tanz mit Sophia, an ihre Hände in seinen, schob sich über die dunklen Gedanken und verursachte ein Flattern in seiner Brust. Er wollte niemanden verletzen. Doch was nützten die klügsten rationalen Erwägungen, wenn sein Herz sich nicht danach richtete? Christoph schüttelte sich. Jetzt brauchte er erst einmal eine Dusche und eine starke Tasse Kaffee.

Nur noch wenige Minuten bis zum Abflug. Sein Blick loderte, als er sich zu ihr hinunterbeugte und ihre Wange küsste. Dann wanderten seine Lippen weiter über ihre Haut. Schließlich war der Moment des Abschieds gekommen. Er strich mit dem Daumen über ihre Lippen. »Ich muss dir etwas sagen …« Ein wohliges Gefühl breitete sich in ihrem Körper aus. Sicher würde er ihr noch einmal seine tiefe, innige Liebe gestehen, bevor er seine Reise antrat …

Sophia schlug die Augen auf. Für einen Augenblick wusste sie nicht, wo sie war, aber als sie die tanzenden goldenen

Flecken auf der Bettdecke bemerkte, seufzte sie erleichtert. Es war nur ein Traum gewesen. Alles, was zwischen ihr und ihrer ersten großen Liebe geschehen war, gehörte der Vergangenheit an. Der fernen Vergangenheit. Sie richtete sich auf, nahm ihr Kopfkissen in die Hände und schüttelte es kräftig. Dabei fiel ihr Blick auf die sieben Wildblumen, die sie am Abend zuvor darunter abgelegt hatte und die nun etwas zerdrückt aussahen. Vorsichtig nahm sie die Pflanzen in die Hand und betrachtete die welken Blüten und Blätter. Sophia konnte sich ein Lächeln nicht verkneifen. Sie hatte von Christoph geträumt – in der Mittsommernacht. Natürlich war das alles Nonsens, ein dummer Aberglaube, nichts weiter. Trotzdem würde sie die Wildblumen behalten, trocknen und in ihr Herbarium kleben. Sophia schob die Bettdecke beiseite. Heute war Sonntag, sie hatte nichts Besonderes geplant. Sie ging zum Fenster und schaute hinaus. Die Sonne schien vom wolkenlosen Himmel, und das sollte auch den ganzen Tag so bleiben. In diesem Jahr war sie noch gar nicht am Strand gewesen. Vielleicht hatte ihre Schwester heute spontan Zeit und Lust, mit ihr an die Ostsee zu fahren. Dann würde sie auch endlich mal wieder ihre süße Nichte sehen.

Zwei Stunden später steckte Sophia den Sonnenschirm in den feinkörnigen Sand und spannte ihn auf. Amelie breitete ein großes Handtuch aus, stellte die Kühltasche darauf und wandte sich ihrer Tochter Mia zu, die noch in ihrem Buggy festgeschnallt war und bereits die Arme hob.
»Raus!«

Sophia nahm ihre Nichte entgegen und setzte sie in den Schatten. »So, hier kannst du erst einmal schön sitzen.«

Die Kleine schob die Unterlippe nach vorne und deutete mit der Hand in Richtung Ostsee. »Wasser!« Blitzschnell beugte sie sich nach vorn und robbte los, aber Sophia hielt sie am Saum ihrer geblümten Shorts fest. »Erst mal eincremen.« Amelie kramte in der großen Plastiktasche und reichte ihr eine Flasche mit Sonnenschutzlotion. Während Sophia einige Spritzer davon auf den strammen Beinchen ihrer Nichte verteilte, die vor wenigen Wochen ein Jahr alt geworden war, stieg ihr der Duft von Orangen und Kokosnüssen in die Nase. Sie schloss für einen Moment die Augen, hörte das Rauschen der Wellen, das Stimmengewirr der Menschen um sie herum, spürte den lauen Wind auf ihrer Haut – und dieses wunderbare Sommer-am-Meer-Gefühl zauberte ihr ein Lächeln ins Gesicht. Ihre Schwester zog sich das himbeerfarbene Sommerkleid über den Kopf. Darunter trug sie einen schwarzen Bikini, der ihre Rundungen perfekt zur Geltung brachte. »Gut sieht du aus«, sagte Sophia und drückte Mia eine Schaufel in die Hand. Amelie ließ den Blick an ihrem Körper hinuntergleiten. »Ich bin viel zu dick«, stöhnte sie und verzog das Gesicht. »Ich werde die Schwangerschaftspfunde einfach nicht los.«

»Du spinnst.« Sophia verteilte Sonnencreme auf ihren Oberarmen. »Ich finde, dass du eine sehr schöne Figur hast.«

»Du bist auch meine Schwester und deshalb nicht objektiv.«

Sophia schüttelte den Kopf. »Quatsch.«

Einen Moment saßen sie nebeneinander und blickten auf die Ostsee. Zwei Jungen rannten wenige Meter entfernt nebeneinander ins Wasser und stürzten sich kopfüber in die Fluten. Etwas weiter hinten schwamm ein Pärchen mittleren Alters mit weißen Badekappen aufs offene Meer hinaus. Beide bewegten sich fast synchron, und Sophia fragte sich, wie lange die beiden wohl schon ein Paar waren. Ein paar Meter von ihnen entfernt paddelte ein dünner Mann mit Sonnenbrille auf einem Surfboard etwas unbeholfen durch die Wellen, und ganz vorne am Spülsaum standen drei Jugendliche in Badeshorts im kniehohen Wasser und spielten Volleyball. Sophia hätte stundenlang so weitergucken können, aber die Stimme ihrer Schwester riss sie aus ihren Gedanken.

»Schön, dass wir wieder mal was zusammen machen«, sagte Amelie. Sie zog ihre Tochter, die beide Ärmchen nach ihr ausgestreckt hatte, auf den Schoß.

»Das finde ich auch.« Sophia zupfte an ihrem Badeanzug. »Wie geht es Mama und Papa?«

»Viel zu tun. Gerade jetzt in den Ferien lassen sich alle die Haare machen.«

Sophia schmunzelte. Der Friseurbetrieb ihrer Eltern in Kappeln war eine Institution. Seit drei Generationen ließen sich die Bewohner der Schlei-Gemeinde dort »zurechtstutzen«, wie ihr Vater oft scherzhaft sagte.

»Und du bist ganz sicher, dass du nicht doch übernehmen willst?« Sophia hatte von ihrer Mutter erfahren, dass ihre Eltern nochmals einen Versuch unternommen hatten, ihre Tochter als Nachfolgerin ihres »Lebenswerks« zu gewinnen.

Amelie zuckte mit den Schultern. »Thorsten ist dagegen. Er will, dass ich mich um ihn, Mia und den Haushalt kümmere.« Sie hielt einen Moment inne. »Außerdem hätte er gern noch ein zweites Kind.«

Sophia spürte, wie sich ihr Magen zusammenzog. Ihr Schwager war für sie ein rotes Tuch. Seit Amelie mit ihm verheiratet war, spielte er sich als der große Bestimmer auf, ihre Schwester hatte in fast allen Bereichen keinerlei Mitspracherecht. Doch sie wollte sich nicht einmischen, Amelie war schließlich alt genug, um auf sich selbst aufzupassen.

»Was möchtest *du* denn?«, fragte sie trotzdem vorsichtig.

»Ach, keine Ahnung.« Sie drückte Mia an sich, die zappelte, bis ihre Mutter sie wieder losließ. »Ich bin den ganzen Tag in Aktion und falle abends todmüde ins Bett.« Ihre Schwester drehte den Kopf zu ihr. »Aber genug von mir, ich kriege das alles schon hin.«

Sophia spürte den Blick ihrer Schwester auf sich ruhen. Sie rückte ihr Halstuch zurecht, und ihr Herzschlag beschleunigte sich.

»Bist du noch bei deiner Psychologin?«

»Ab und zu, aber nur online.«

»Hast du schon etwas aus Berlin gehört?«

»Er hat das Urteil angefochten.«

Amelie legte den Arm um sie. »Damit kommt er nicht durch.«

Sophia nickte zögernd. »Das hat meine Anwältin auch gesagt.«

»Siehst du, das wird sich alles schon zurechtrütteln.« Amelie deutete auf ihr Halstuch. »Hier am Strand kannst du das ruhig mal abnehmen.«

Zwei Stunden später hatten Sophia und ihre Schwester genug Sonne getankt und waren sogar abwechselnd im Wasser gewesen. So machten sie sich auf den Weg zum Strandimbiss, um noch etwas zu essen, bevor sie den Heimweg antraten. Mia hatte in der Zwischenzeit fast eine Stunde tief und fest im Schatten geschlafen und nuckelte nun an ihrer Flasche, die mit ungesüßtem Tee gefüllt war. Der Strandimbiss befand sich in einem mit Holz verkleideten Gebäude direkt an der Promenade, und sie stellten sich in die Schlange. Sophia hatte, wie immer, wenn sie kein Halstuch trug, das Gefühl, als ob jeder auf ihre Narbe starrte, aber bestimmt bildete sie sich das nur ein. Als sie schließlich an der Reihe waren und ihre Schälchen mit Pommes entgegennahmen, wurde ihr ganz warm ums Herz. Es war schön, mit Menschen zusammen zu sein, die man so lange und so gut kannte, dachte sie, während sie sich nach einem ruhigen Plätzchen umsahen. Schließlich fanden sie eine Bank, setzten sich nebeneinander und streckten die Beine aus. Die Pommes waren köstlich – wie immer.

»Wie war eigentlich euer Mittsommerfest?«, fragte Amelie zwischen zwei Bissen. Ihre Schwester und Thorsten waren natürlich auch eingeladen gewesen, aber die Babysitterin war kurzfristig erkrankt, und so hatten sie eine Stunde vor Beginn abgesagt.

»Richtig schön«, erwiderte Sophia.

»War Christoph auch da?«

Sie hatte ihrer Schwester sofort nach dem Wiedersehen mit ihrem Ex-Freund eine WhatsApp-Nachricht geschrieben und sie auch danach immer auf dem Laufenden gehalten.

Sophia spießte eine Pommes auf und schob sie sich in den Mund. »Ja«, erwiderte sie kauend, hielt dann aber einen Moment inne, bis sie den Bissen heruntergeschluckt hatte. »Wir haben sogar getanzt.«

Amelie beugte sich nach vorne und reichte ihrer Tochter eine Pommes, die sie sofort mit einem seligen Lächeln in den Mund steckte. Dann wandte sie sich wieder Sophia zu. »Hat er sich eigentlich sehr verändert?«

»Gute Frage …«

»Damals war er für dich die große Liebe, oder?« Amelie blickte verträumt in die Ferne. »Ihr wart so ein schönes Paar.«

»Da ist schon noch etwas zwischen uns«, gestand Sophia, obwohl sie das Thema am liebsten sofort beendet hätte.

Ihre Schwester grinste. »Seid ihr nach dem Fest im Bett gelandet?«

»Natürlich nicht! Wir haben getanzt und uns unterhalten, aber dann war er auf einmal verschwunden.«

Ihre Schwester nickte, schien aber nicht überzeugt. »Du hältst mich auf dem Laufenden, oder?«

»Versprochen! Ich glaube aber nicht, dass er noch an mir interessiert ist, und das ist auch besser so.«

13. Kapitel

Eine freundliche Stimme drang an sein Ohr. Christoph schlug die Augen auf und brauchte einen Moment, um sich zu sortieren. Er betrachtete die mandelförmigen Augen, die auf ihn gerichtet waren.

»Wir landen gleich, schnallen Sie sich bitte an«, sagte die Blondine, die einen anthrazitfarbenen Blazer mit dem Logo der Fluggesellschaft trug.

»Natürlich!«

Die Flugbegleiterin lächelte und deutete mit dem Kopf auf Jan, der in seinem Sitz ebenfalls eingenickt war.

»Ich wecke ihn gleich.«

Die junge Frau nickte. »In fünf Minuten beginnen wir mit dem Landeanflug.«

Christoph blickte über Jan hinweg aus dem Fenster. Die Sonnenstrahlen waren so intensiv, dass er schützend die Hände vor die Augen hielt. Die Boing flog ruhig über die aufgetürmten Wolken unter ihnen hinweg. Noch war kein Land in Sicht.

»Wie spät ist es?« Jan neben ihm war ebenfalls aufgewacht und rieb sich die Augen.

»Wir sind gleich da.«

Sein Assistent nickte und drückte den Gurt in die Verankerung. »Ich bin bereit.« Er verschränkte die Hände ineinander und drückte sie nach vorne. »Ein Kaffee wäre jetzt schön.«

Leider fehlte dafür die Zeit, doch als die Maschine in Frankfurt gelandet war, holten sie sich am Terminal einen Espresso zum Mitnehmen. Auf ihrem Weg nach draußen begegneten sie Männern in Anzügen, die kleine Rollkoffer hinter sich herzogen, und Familien mit Kindern, die jetzt in der Ferienzeit mit Sicherheit in den Süden flogen. Vor dem Eingang wartete schon die Limousine von InVestim. Christoph und Jan begrüßten den Fahrer, der Patrick hieß und schon viele Jahre für ihre Firma tätig war.

Er ließ zuerst Christoph einsteigen, nachdem er ihm das Handgepäck abgenommen hatte. Dann war Jan an der Reihe, der seinen Rolltop-Rucksack ebenfalls Patrick übergab und sich seufzend auf die lederbezogene Rückbank fallen ließ. Dr. Matthias König hatte kurzfristig ein Meeting anberaumt. Normalerweise gehörten von einem Tag auf den anderen angekündigte Termine zum Glück nicht zu ihrem Arbeitsalltag, aber ihr Chef hatte für das geplante Projekt »Schlei-Liebe« den Stararchitekten Ole Kaspereit gewinnen können, und nun stand ein persönliches Kennenlernen an. Zwar gab es bereits einen ersten Entwurf, den sie bei der Gemeinde Brodersby präsentiert hatten, aber der war nun nicht mehr aktuell.

Christoph presste den Rücken in den Sitz. Er spürte eine innere Anspannung, die er aber als positiv empfand, denn in den vergangenen Tagen war er oft nicht ganz bei der

Sache gewesen. Patrick überholte einen Laster und fädelte sich wieder auf der rechten Spur ein. Sie fuhren auf der A5 in Richtung Innenstadt, und jetzt, um acht Uhr morgens, waren viele Menschen auf dem Weg zu ihrem Arbeitsplatz. Zum Glück gab es aber keine Staus, sie kamen gut durch und bogen am Autobahnkreuz in Richtung Stadtmitte ab. Schließlich erreichten sie die Theodor-Heuss-Allee, und als Christoph rechts und links der Straße die Hochhäuser erblickte, wurde er von einem erwartungsvollen Kribbeln durchflutet. Für ihn war die Mainmetropole die schönste Stadt Deutschlands, deshalb besaß er auch hier am Deutschherrnufer eine Eigentumswohnung mit Blick auf den Main. Vor ihnen erschien das siebenstöckige Gebäude, in dem InVestim ein Stockwerk gemietet hatte. Das Bauwerk bestand aus zwei großen Flügeln mit verspiegelten Fenstern und einem Mittelteil, in dem sich der imposante Eingang befand, der ins Foyer führte. Das flache, wellenförmige Dach war aus gehämmerten Titanplatten und verlieh dem Gebäude einen futuristischen Look. Der Architekt hatte für den Entwurf einen Preis bekommen, und die Büroräume waren sehr begehrt.

Patrick lenkte die Limousine in die Tiefgarage und parkte auf einem der Firmenplätze. Er stieg aus, hielt ihnen die Tür auf, dann holte er das Gepäck aus dem Kofferraum und begleitete sie zum Fahrstuhl. Er drückte auf den Knopf, wartete, bis die Tür sich öffnete, und verabschiedete sich mit einem kurzen Kopfnicken. Auf dem Weg in den siebten Stock wanderten Christophs Gedanken zurück zum Strandrosenhof und zu Sophia: Der gemeinsame Tanz, die Wärme ihres Körpers und der Duft ihrer Haare hatten ihn vollkommen in den Bann gezogen. Bevor die Tanzpartner wechselten, hatte er nur Augen für sie gehabt. Doch nach dem Tanz war sie plötzlich verschwunden gewesen.

Von Ulli hatte er erfahren, dass einige Frauen zum Feld in der Nähe des Verkaufswagens aufgebrochen waren. Es war wohl eine schwedische Tradition, dass junge Frauen in der Mittsommernacht Wildblumen pflückten, um sie unter ihr Kopfkissen zu legen. Der Legende nach würden sie dann von ihrem zukünftigen Ehemann träumen. Christoph hatte schmunzeln müssen, als er davon gehört hatte. Er fragte sich, ob Sophia unter den Frauen gewesen war. Und von wem sie wohl geträumt hatte.

Das laute Pling, mit dem sich die Tür des Fahrstuhls öffnete, traf ihn wie ein kalter Wasserschwall. Er musste sich jetzt zusammenreißen. Sein Chef, Dr. Matthias König, erwartete von seinen Mitarbeiterinnen und Mitarbeitern in jeder Situation hundertprozentige Aufmerksamkeit. Christoph straffte die Schultern, nickte Jan zu, und gemeinsam betraten sie den Flur.

Dr. König stand mit Ole Kaspereit vor einem der bodentiefen Fenster des Konferenzraums. Jetzt unterbrachen die beiden ihr Gespräch, und alle nahmen an dem runden Konferenztisch Platz, füllten nacheinander ihre Tassen mit Kaffee aus der Edelstahlkanne und kamen ohne große Umschweife zur Sache. Christoph verfolgte aufmerksam die PowerPoint-Präsentation des schlanken, attraktiven Architekten, der nicht nur in Deutschland, sondern vor allem in China und Dubai erfolgreiche Bauprojekte realisiert hatte. Er hatte gelesen, dass der Mann achtundfünfzig Jahre alt war und mit einem Topmodel zusammenlebte, das sich als Influencerin einen Namen gemacht hatte. Kaspereit betätigte die Fernbedienung, und das Foto eines exklusiven Clubs auf einer Malediven-Insel erschien. Die fünf Ferienhäuser, die auf Stelzen im türkisfarbenen Wasser entlang eines Steges in das Meer hineingebaut waren, boten einen märchenhaften Anblick, denn sie sahen aus wie überdimensionierte Schneckenhäuser. »Ich habe mich von der Algenschnecke inspirieren lassen, die dort weit verbreitet ist«, bemerkte der Stararchitekt und zeigte ein Bild des Meeresbewohners.

»Sehr schön«, sagte ihr Chef, der ihnen an dem ovalen Tisch gegenübersaß und die langen Beine übereinandergeschlagen hatte.

»Wirklich gut gelungen«, stimmte Christoph zu.

Kaspereit verschränkte die Arme. »Ich möchte mich jetzt vermehrt auf Luxusresorts konzentrieren«, sagte er und strich sich eine Strähne seines schulterlangen lockigen Haares hinters Ohr. Er machte eine bedeutungsvolle Pause. Dann fuhr er fort: »Dabei soll das Thema Health einen wichtigen Stellenwert erhalten.« Er betätigte die Fernbedienung, und auf der Leinwand erschien ein Foto von einem exklusiven Gesundheitsresort am Tegernsee. »Hier können Manager aus der ganzen Welt ihre Energiereserven auffüllen und sich einem kompletten Gesundheitscheck unterziehen. Ärzte, Ernährungsberater, Naturheilkundler, ästhetische Chirurgen und Physiotherapeuten arbeiten interdisziplinär zusammen. Für jeden Gast wird nach einer Voruntersuchung ein individuelles Konzept erarbeitet, sodass er quasi als neuer Mensch entlassen wird.«

Er hielt einen Moment inne. »Haben Sie dazu noch Fragen?«

Christoph nickte. »Dieses Resort bietet also einen Hotel- und Kuraufenthalt unter einem Dach?«

»Das haben Sie richtig erkannt.«

»Für Privatzahler, nehme ich an?«

»Selbstverständlich. Eine Buchung ist zudem nicht unter zwei Wochen möglich.« Er wies auf einen Stapel mit Broschüren. »Davon können Sie sich gern ein paar mitnehmen. Sie finden darin eine Auflistung der Leistungen und Preise für die einzelnen Anwendungen.«

Christoph beugte sich nach vorn, nahm sich ein Exemplar und blätterte es kurz durch. Dann ließ er seinen Blick zu Dr. König gleiten, der ihm zunickte. Daraufhin wandte sich Christoph erneut an den Architekten. »Dann würden Sie unser geplantes Schlei-Projekt in Schleswig-Holstein am liebsten auf ähnliche Weise konzipieren?«

»Genau das wollte ich Ihnen vorschlagen.«

Das Meeting dauerte bis zum Mittag.

»Ich fahre kurz nach Hause«, sagte Christoph, als sie den Konferenzraum verlassen hatten. Jan nickte. »Dann treffen wir uns nachher im Restaurant.«

Sie blieben einen Moment vor der Tür des Bürogebäudes stehen und blickten in den Himmel. Jan seufzte. »Ganz schön heiß heute.«

Christoph hielt die Hand schützend über die Augen. »Bestimmt fast vierzig Grad.«

»Seit Wochen hat es nicht geregnet.« Jan schüttelte den Kopf. »Das ist doch nicht mehr normal.«

»Solche heißen Sommer hat es in Frankfurt schon oft gegeben.« Christoph spürte, dass er selbst an seiner Aussage zweifelte.

Jan grinste. »Da hast du nun auch wieder recht.« Er hob die Hand und wandte sich zum Gehen. »Wir sehen uns.«

Christoph blickte ihm einen kurzen Moment nach, dann winkte er einem Taxifahrer. Eine halbe Stunde später öffnete er die Tür zu seinem Apartment, in dem es angenehm kühl war. Er betrat den Flur, stellte seinen Trolley ab und atmete tief durch. Christoph war froh, dass er noch ein paar Stunden für sich hatte, schüttelte die Schuhe von den Füßen und trat vor eines der Fenster. Er liebte den Blick über den Main, auf die Kastanienbäume und das gegenüberliegende Ufer. Dort stand neben einem der Hochhäuser ein bestimmt zehn Meter hoher Kran, den er bei seinem letzten Aufenthalt noch nicht gesehen hatte. Er drehte sich um, setzte sich auf das beigefarbene Designersofa und legte die Beine hoch. Auf dem niedrigen Couchtisch stand eine Vase mit zwei Blumen, die ein wenig an Seerosen erinnerten. Ella, seine Haushaltshilfe, hatte am Tag zuvor alles in Ordnung gebracht, und er freute sich über die kleine Aufmerksamkeit. Er ließ seinen Blick über das Bücherregal und den Tisch mit den vier weißen Stühlen gleiten. Alles hier wirkte wie in einem Ausstellungsraum. Und genau so wollte er es auch, er liebte die Ordnung und die

Unverbindlichkeit, die sein Apartment ausstrahlte. Christoph erhob sich und ging in die Küche, deren Fenster ebenfalls auf den Main gingen. Im Kühlschrank standen zwei Flaschen Mineralwasser und eine Quiche mit Gemüse, die Ella für ihn besorgt hatte. Ihr Mann betrieb ein veganes Restaurant, sie brachte ihm immer etwas Leckeres mit. Normalerweise bevorzugte er Gerichte mit Fleisch oder Fisch, aber Ellas Mann kreierte mit Tofu und Seitan sehr leckere Alternativen. Christoph stellte die Quiche auf den schmalen Tisch neben dem Fenster und holte sich einen Teller und ein Glas aus dem Hängeschrank. Am liebsten hätte er ein Bier getrunken, aber er brauchte heute noch einen kühlen Kopf. Ole Kaspereit hatte einen sehr entschlossenen Eindruck gemacht. Das Schlei-Projekt war für ihn offensichtlich ein weiterer Meilenstein seines kreativen Schaffens. Christoph biss ein Stück Quiche ab und kaute nachdenklich. Er ließ die Begegnung mit Sven Winkelmann vor seinem inneren Auge Revue passieren. Der Strandrosenhof war überschuldet. Christoph hatte keine Ahnung, wie schlimm es um ihn stand. Vielleicht war alles schnell wieder ins Lot zu bringen, er traute Ulli einiges zu. Doch im äußersten Fall bestand die Möglichkeit der Zwangsversteigerung – wenn Ulli die Raten für ihren Kredit nicht aufbrachte. Damit wäre der Weg frei für ein Gesundheitsresort in dieser einmaligen Lage nach den Vorstellungen des Stararchitekten. Die Sache hatte nur einen Haken: Nicht nur Ulli, sondern auch Sophia würde ihr Zuhause verlieren.

14. Kapitel

Der Lift brauchte nur vierzig Sekunden bis hinauf ins 39. Stockwerk des Henninger Turms. Dr. Matthias König war Stammgast in dem Restaurant, das sich dort befand und einen einmaligen 360-Grad-Ausblick über die Skyline von Frankfurt bot. Der Kellner lotste sie zu einem Tisch für vier Personen direkt am Panoramafenster. Zunächst rückte er ihrem Chef den mit blauem Samt bezogenen Stuhl zurecht, danach war Ole Kaspereit an der Reihe und schließlich Christoph und Jan. Der Kellner reichte jedem eine Speisekarte und empfahl ihnen einen Aperitif.

Kurze Zeit später wurde der Negroni serviert. Sie prosteten sich zu und setzten ihr Gespräch vom Vormittag fort. Dr. König orderte bei dem Chef de Cuisine, den er herzlich mit »Don Alfredo« begrüßte, ein exklusives Menü mit korrespondierenden Weinen. Während sie die übersichtlichen Portionen verspeisten, die mit Gemüsekringeln, Soßentupfern und grazilen Gebäckteilchen garniert waren, drifteten Christophs Gedanken immer wieder zu Sophia – wie so oft in letzter Zeit. Er nahm an, dass sie entweder schon im Bett lag oder in ihrer gemütlichen Küche ebenfalls beim Essen saß, vielleicht vor einem Salat oder einem

Teller Suppe. Vor seiner Abreise hatte er sich nicht bei ihr gemeldet, doch er ging davon aus, dass Ulli ihr erzählen würde, dass er in Frankfurt war. Außerdem würden sie morgen bereits wieder zurück nach Hamburg fliegen.

Nach dem Essen wechselten sie auf die verglaste Terrasse auf dem Dach des Turmes. Christoph und Ole Kaspereit bestellten an der indirekt beleuchteten Bar Gin Tonics. Christoph hatte sich mit dem Wein zum Essen zurückgehalten, aber jetzt war der geschäftliche Teil zu Ende und langsam ließ seine innere Anspannung nach, deshalb nahm er einen großen Schluck. Er ließ seinen Blick über die erleuchtete Skyline gleiten, während er den Worten von Ole Kaspereit nur mit halbem Ohr zuhörte. Ob Sophia jetzt auch noch draußen war und womöglich ebenfalls in den Himmel sah? »Der Strandrosenhof eignet sich perfekt für unser Vorhaben.« Die Worte des Stararchitekten lösten unwillkürlich Widerwillen in Christoph aus.

»Allerdings ist der Hof in Privatbesitz, das heißt, wir müssten ihn von der Eigentümerin erwerben. Leichter wäre es, wenn wir ein Grundstück der Gemeinde Brodersby kaufen würden. Wir haben vom Bürgermeister bereits grünes Licht bekommen«, erwiderte er daher reserviert.

Ole Kaspereit wedelte mit der Hand. »Die Lage zwischen Ostsee und Schlei ist nicht zu toppen. Wenn der Preis stimmt, wird der Kauf mit Sicherheit kein Problem sein.« Er klopfte ihm auf die Schulter. »Das kriegen Sie schon hin.«

Christoph presste die Zähne aufeinander, während er

nach außen freundlich lächelte. Kaspereit hatte gut reden: Was wusste er schon über Menschen, die an ihrem Lebensort fest verwurzelt waren? Er begriff sich wahrscheinlich als Kosmopolit, sein Zuhause war überall dort, wo er gerade seine prestigeträchtigen Projekte realisierte. Christoph ließ sich seine Gedankengänge nicht anmerken, sondern nickte stattdessen bedächtig. »Wir sondieren weiter die Lage«, erwiderte er.

Zwei attraktive junge Frauen hatten derweil die Dachterrasse betreten – eine zierliche Blondine, die ein kurzes silberfarbenes Cocktailkleid trug, und eine dunkelhaarige Schönheit mit hellem Teint, deren raffiniert geschnittener Overall aus matt schimmernder Seide mehr zeigte als verdeckte.

Ole Kaspereit nickte. »Okay, ich zähle auf Sie. Jetzt leiste ich den beiden Damen dort drüben ein wenig Gesellschaft. Sie wissen, wo Sie mich finden.«

Er schlenderte davon, während Christoph stehen blieb und an seinem Drink nippte. Der Stararchitekt nahm zwischen den beiden Frauen Platz. Kurze Zeit später stellte der Barkeeper einen Champagner-Kübel und drei Gläser auf den Tresen und entkorkte die Flasche.

»Hier steckst du.« Jan schob sich an einem korpulenten Mann vorbei. Sein Assistent hielt eine Flasche Cola light in der Hand und sah genauso fit aus wie am frühen Morgen. »Dr. König ist schon gegangen. Er lässt dich grüßen.«

»Alles klar. Hat er noch irgendetwas gesagt?«

»Nur, dass er zeitnah Ergebnisse von uns erwartet.«

»Der Strandrosenhof ...« Christoph hielt einen Moment inne. Er hatte mit Jan über sein Gespräch mit Sven Winkelmann gesprochen, ihn aber um absolute Verschwiegenheit gebeten, und er wusste, dass er sich darauf verlassen konnte.

Jan kniff die Augen zu. »Wenn die Bank Ulli den Geldhahn zudreht, machen wir ihr ein gutes Angebot und sie sucht sich einen kleineren Betrieb. Ihr wächst der Hof doch sowieso über den Kopf.«

»Wie kommst du denn darauf?«

»Nur so ein Gefühl.«

»Aha.«

»Deine Ex-Freundin findet bestimmt auch woanders einen Job. Sozialpädagoginnen werden doch überall gesucht.«

Christoph wurde langsam wütend. So einfach, wie Jan sich das vorstellte, war die ganze Angelegenheit nun wirklich nicht. »Lass uns darüber schlafen, okay?«, sagte er gepresst.

Jan nickte. »Gute Idee.« Er winkte einem Bekannten zu und verschwand in der Menge. Mittlerweile hatte jemand die Musik aufgedreht, die ersten Gäste strömten auf die Tanzfläche. Christoph sah, wie Ole Kaspereit und die zwei jungen Frauen sich von den Stühlen erhoben. Die Blondine schüttelte lachend ihre Mähne und hakte sich bei dem Stararchitekten unter. Ihre Freundin hingegen blieb stehen und schaute sich um. In diesem Moment begegneten sich über die Köpfe der anderen Besucher hinweg ihre Blicke. Christoph kannte diesen Blick und wusste, was er bedeutete. Wozu er führen konnte. Doch plötzlich schob sich Sophias Gesicht davor, und er schüttelte leicht den Kopf. Die Unbekannte lächelte, nickte ihm kurz zu und verschwand mit schwingenden Hüften in der Menge.

»So kann das doch nicht weitergehen!« Georg schob seine runde Brille mit dem Zeigefinger nach oben. Sie saßen in einem umgebauten Zirkuswagen, der auf einem Grundstück der Gemeinde Brodersby stand und von den Bewohnern für Zusammenkünfte gebucht werden konnte. »Ich finde, wir sollten etwas unternehmen. Am besten, wir gründen eine Bürgerinitiative.«

Ulli nippte an ihrem Tee. »Und wozu soll das gut sein?«

»Merkt ihr denn gar nicht, was hier passiert?«

Sophia runzelte die Stirn. »Was genau meinst du denn?« Hätte sie sich doch bloß eine Ausrede einfallen lassen. So gern wäre sie jetzt in ihrer Wohnung. Sie wollte endlich die getrockneten Wildblumen, die sie in der Mittsommernacht unter ihr Kissen gelegt hatte, in ihr Herbarium einkleben und beschriften. Stattdessen hatte sie sich von Ulli zu dem Treffen mit Georg überreden lassen. Die beiden kannten sich schon sehr lange, und Ulli war ihm einen Gefallen schuldig, weil er ihr nach der Scheidung oft zur Seite gestanden hatte.

Georg seufzte. »Es geht um unsere Heimat«, erwiderte er vorwurfsvoll. »Lest ihr denn keine Zeitung?«

Ulli schüttelte unwillig den Kopf. »Georg, nun komm mal zu Potte, wir haben nicht den ganzen Abend Zeit.«

»Also gut, dann fasse ich mich mal kurz.« Er machte eine bedeutungsvolle Pause. »Diese beiden Männer, die bei euch wohnen …«

»Christoph und Jan? Was ist mit ihnen?«

»Die beiden sind auf der Suche nach einem Grundstück für ein Urlaubsresort.« Er trommelte mit den Fingern auf den Holztisch, um den herum sie auf wackeligen Stühlen hockten.

Ulli zuckte mit den Schultern. »Na und? Wir leben doch auch vom Tourismus, oder etwa nicht?«

»Das mag ja sein, aber es darf doch nicht immer alles möglich gemacht werden.«

Sophia stimmte Georg innerlich zu. Der Ausverkauf ihrer Heimat war ein großes Problem, denn was würde am Ende bleiben? Nur noch eine Feriensiedlung neben der anderen?

»Gibt es denn schon konkrete Pläne?«

»Die beiden haben unsere Gemeinde ins Visier genommen. Habt ihr den Bericht im *Schlei-Boten* nicht gelesen?«

Sophia und Ulli schüttelten die Köpfe, woraufhin Georg missbilligend den Mund verzog. »Hier in Brodersby soll ein Urlaubs-Luxusresort gebaut werden, die Lage zwischen Ostsee und Schlei sei dafür ideal.«

Er ließ seinen Blick zwischen Sophia und Ulli hin- und hergleiten. »Ich bin mir ziemlich sicher, dass die beiden Herren es auf den Strandrosenhof abgesehen haben.« Er holte tief Luft. »Das sollten wir doch auf jeden Fall verhindern, oder?«

Als Sophia eine Stunde später die Tür zu ihrer Wohnung ins Schloss fallen ließ, atmete sie erleichtert aus. Es war ein anstrengender Arbeitstag gewesen, und Georgs Versammlung hatte nicht gerade für Entspannung gesorgt. Auf dem Weg nach Hause hatte Ulli seine Vermutung als Hirngespinst abgetan. »Der will sich doch nur wichtigmachen«, waren ihre Worte gewesen, als sie sich auf dem Strandrosenhof verabschiedet hatten.

Sophia hingegen konnte die Wirkung des Gesprächs nicht so einfach abschütteln, zumal es dabei ja auch um Christoph ging, dessen Job für sie bislang gar keine so große Rolle gespielt hatte. Das Gefühlschaos, das ihr unerwartetes Wiedersehen ausgelöst hatte, gewann nun noch eine Dimension hinzu. Sophia ging ins Wohnzimmer und ließ sich auf das Sofa fallen. Christoph und Jan waren am Abend zuvor von ihrer Geschäftsreise – so hatten die beiden das formuliert – zurückgekehrt. Ihr Ex-Freund hatte sie im Flur kurz begrüßt, aber das war auch schon alles gewesen. Sie war sich nicht sicher, ob sie enttäuscht oder erleichtert sein sollte. Er hatte eine Wohnung in Frankfurt, das wusste sie, und auch Jan lebte in der Stadt, die über sechshundert Kilometer von Brodersby entfernt war. Sophia sprang auf und stellte sich ans Fenster. Draußen wurde es langsam dunkel, ein paar Fledermäuse sausten durch die Luft. Sie liebte diese Stille: keine Motorengeräusche von vorbeifahrenden Autos oder Sirenengeheul, wie sie es manchmal die ganze Nacht in ihrer Berliner Wohnung gehört hatte. Natürlich hatte sie sich mit der Zeit daran gewöhnt und den Lärm ausgeblendet, aber unterschwellig hatte er doch immer Stress bedeutet. Christoph hatte damit bestimmt keine Probleme. Schon damals, als sie ein Paar gewesen waren, war er Meister darin gewesen, störende Geräusche einfach zu verdrängen, während sie an seiner Seite oft stundenlang wach gelegen und seinem Atem gelauscht hatte. Sie ließ den rechten Zeigefinger über die Narbe über ihrem Schlüsselbein gleiten. In Christophs Armen hatte sie sich immer sicher gefühlt, er war ihr Fels in der Brandung gewesen. Seit er aus ihrem Leben verschwunden war, hatte sie sich oft haltlos gefühlt, daran hatte auch Robert nichts ändern können, im Gegenteil. In ihrer Beziehung war sie immer die Stärkere gewesen, sie hatte den gesamten Alltag geregelt, von den täglichen Einkäufen bis hin zu den monatlichen Abrechnungen von Strom und Wasser, Handygebühren und der Miete für ihre gemeinsame Wohnung. Nach dem *Vorfall* war sie dazu nicht mehr in der Lage gewesen, Mahnungen hatten sich bei ihnen gestapelt. Robert hatte sich aber auch dann nicht verantwortlich gefühlt, sondern ihr stattdessen vorgeworfen, nichts mehr auf die Reihe zu kriegen. Gut, dass sie den Schlussstrich gezogen hatte. Mittlerweile sehnte sie sich aber wieder nach einer … Ach, sie wusste auch nicht, welches Wort sich richtig anfühlte. Beziehung? Partnerschaft? Nein! Sie wollte den Boden unter den Füßen verlieren, die ganze Welt durch die rosarote Brille sehen und jedes Mal aufs Neue Herzklopfen haben, wenn sie den Mann traf, der diese Gefühle in ihr auslöste. Sophia war bereit für eine neue Liebe, aber sie würde sich nur wieder auf jemanden einlassen, wenn derjenige sie genauso wollte wie sie ihn. Noch einmal würde sie den gleichen Fehler nicht begehen.

15. Kapitel

Sophia umfasste das Paddel, legte es quer über die Oberschenkel und zupfte noch einmal an der Schwimmweste. »Alles okay«, sagte sie schließlich und tippte Christoph auf die Schulter. »Es kann losgehen.«

Er drehte sich zu ihr um, ein Lächeln umspielte seine Mundwinkel. »Sehr schön.« Sie waren bereits um fünf Uhr morgens aufgebrochen. Christoph hatte sich ein Kanu samt Anhänger geliehen, den er ans Auto gekuppelt hatte. Sophia hatte sich gefreut, als ihr Ex-Freund sie zu der Tour eingeladen hatte. Noch lange hatte sie gegrübelt, ob Georgs Mutmaßung wirklich zutraf, doch sie war zu keinem Ergebnis gekommen. Und so hatte sie sich vorgenommen, Christoph direkt darauf anzusprechen – wenn sich die Gelegenheit ergab.

Es war kurz nach Sonnenaufgang, dünne Nebelschwaden lagen über der Schlei. Schweigend paddelten sie von der Einsatzstelle in Richtung Missunde, und nach kurzer Zeit fühlte Sophia sich wieder vollkommen in ihrem Element. Das Wasser floss ruhig unter ihnen hinweg, sodass sie mit gleichmäßigen Paddelschlägen schnell vorankamen. Auf den Weiden am Ufer grasten Schwarzbunte Kühe, die kurz die Köpfe hoben, als Sophia sie mit einem fröhlichen »Guten Morgen« begrüßte. Dann sah sie kleine und größere Baumgruppen, dazwischen wieder Felder und Wiesen, auf denen Wildblumen wuchsen. Sie erreichten die Schleifähre in Kosel und paddelten langsam daran vorbei. Das flache rot-weiße Schiff verband die Halbinsel Schwansen mit Angeln. Als Kinder und Jugendliche waren sie mit ihren Fahrrädern unzählige Male damit übergesetzt. Sophia hatte diese kurze Reise über die Schlei immer sehr genossen. Unbeschwerte Zeiten waren es gewesen, mit langen Sommerferien, sehr viel Eis und Pommes und dem Gefühl, dass das ganze Leben noch vor einem lag. Wie oft hatte sie sich diese Unbedarftheit schon zurückgewünscht.

Der ehemalige Zeltplatz, der jetzt eine Kanustation war, erschien in ihrem Blickfeld, dann erreichten sie eine lang gezogene Kurve. Während ihrer Schulzeit war Sophia eine begeisterte Kanutin gewesen, sie hatte sogar an Wettbewerben teilgenommen.

Christoph drehte sich zu ihr um. »Alles klar?« Seine Augen blitzten vergnügt, und ihr Herz schlug schneller.

Sophia nickte. »Mir geht es super.« Sie spürte, wie mit jedem Paddelschlag ihre innere Anspannung mehr und mehr dahinschmolz.

Sie paddelten weiter, bis sie ungefähr auf der Höhe von Goltoft waren. Witzigerweise hieß das kleine Örtchen daneben ebenfalls Brodersby, viele Touristen landeten bei ihrem ersten Besuch dort und nicht in »ihrem« gleichnamigen Ort an der Ostsee. Schon mehrmals hatte sie verirrten Touristen den Weg weisen müssen. Vor ihnen erhob sich nun die kleine Insel Kieholm, von den Einheimischen auch *Liebesinsel* genannt. Christoph stieg als Erster aus. Er schob das Boot ans Ufer, das zum Teil mit wild wuchernden und kahlen Bäumen bewachsen war, ansonsten aber hauptsächlich aus Sand bestand. Sophia hüpfte ebenfalls aus dem Boot, und gemeinsam zogen sie das Kanu an Land. Zwei Stockenten, die in der Morgensonne neben einem kahlen Baumstamm dösten, flatterten auf und flogen hinaus auf die Schlei, die an dieser Stelle sehr breit war und fast wie ein kleiner, schillernder See aussah. Auf der glatten Oberfläche glitzerten helle Flecken, als ob jemand Konfetti über dem Wasser ausgeschüttet hätte. Sophia ließ ihren Blick über das Eiland gleiten und schüttelte den Kopf. »Ich habe die Insel viel größer in Erinnerung.«

Christoph fingerte seinen Rucksack aus dem Kanu. »Das war sie auch. Leider schrumpft sie seit Jahren durch die häufigen hohen Wasserstände – das hat mir der jetzige Eigentümer erzählt.«

Sophia legte die Paddel in den Sand. »Ich wusste gar nicht, dass sich unsere Insel in Privatbesitz befindet.« Sie ließ ihren Blick über das Ufer gleiten. »Dann dürften wir hier bestimmt gar nicht anlanden?«

Christoph grinste. »Keine Sorge, ich habe das natürlich zuvor geklärt.«

Er holte eine Thermoskanne heraus, und sie setzten sich nebeneinander in den Sand. »Das hat sich hier alles ganz schön verändert«, sagte Sophia und drehte sich zu ihm.

»Ich war allerdings auch nicht mehr hier, seit du aus meinem Leben verschwunden bist.« Sie stupste ihn mit dem Ellenbogen in die Seite. »Erinnerst du dich noch daran, wie wir hier übernachtet haben, obwohl es verboten war?«

Er antwortete nicht sofort, sondern blickte nach vorne auf die Schlei. Schließlich nickte er. »Ja, das war eine wunderschöne Nacht.« Sofort drängte sich ein Bild in Sophias Bewusstsein. Sie hatten sich im Schlafsack aneinandergekuschelt, dem Prasseln des Regens gelauscht und sich die halbe Nacht unterhalten. Sophia hatte sich in seinen Armen vollkommen geborgen gefühlt und insgeheim gehofft, dass sie zusammen alt werden würden. Leider war alles anders gekommen.

Sophia hatte den Eindruck, dass Christoph nicht weiter über die Vergangenheit reden wollte, deshalb kehrte sie zum Anfang ihres Gesprächs zurück. »Meinst du, dass der Klimawandel schuld ist, dass unsere Insel geschrumpft ist?«

Christoph nickte. »Ich denke schon. Sie war einmal siebentausend Quadratmeter groß, jetzt sind es nur noch gut zweitausend. Damit wenigstens diese Fläche erhalten bleibt, müsste in den Küstenschutz investiert werden, aber dafür fehlt dem Eigentümer das Geld, und Fördermittel gibt es auch nicht.«

Sophia seufzte. »Das ist wirklich traurig. Dann wird unsere Insel wohl bald für immer untergehen.«

Christoph stellte den Kaffee ab und ergriff ihre freie Hand. Seine Finger fühlten sich kräftig und ein wenig rau an, als ob er jeden Tag handwerklich arbeiten würde.

»Dann sollten wir diesen Moment ganz besonders genießen«, sagte er schließlich leise. Er strich mit dem Daumen über ihre Haut, und ihr Herz machte einen kleinen Hüpfer. Schon damals hatte sie seinen Optimismus geliebt. Er gehörte zu den Menschen, für die das Glas immer halbvoll und nicht halb leer war. Sie stellte ihren Becher ab und ließ sich mit geschlossenen Augen nach hinten in den Sand fallen. Sophia spürte Christophs Körper überdeutlich, und als er ihre Wange berührte, hielt sie für einen Moment den Atem an. Ich weiß nicht, ob das eine gute Idee ist, schoss es ihr durch den Kopf, doch dann spürte sie seine Lippen auf ihrem Mund, und sie ließ es einfach geschehen. Sophia schlang ihre Arme um seinen Hals, erwiderte seinen Kuss, der sich vertraut, aber dennoch fremd anfühlte. Seine Finger glitten über ihren Rücken, sie spürte die Wärme seiner Hand durch den dünnen Stoff des T-Shirts. Sophia legte ein Bein über seine Hüfte, woraufhin er sie noch ein Stück näher an sich heran zog. Er löste seine Lippen von ihren und umfasste mit beiden Händen ihr Gesicht. Genauso hatte er sie angeschaut, als sie hier – fast an derselben Stelle – das erste Mal miteinander geschlafen hatten. Ob er wohl auch an dieses besondere Erlebnis dachte? Sie suchte eine Antwort in seinen Augen, doch die waren unergründlich. Christoph sagte kein Wort, stattdessen streichelte er ihren Nacken, den Hals und schließlich die Narbe, die in diesem Moment plötzlich entsetzlich schmerzte. Sie zuckte zusammen, und Christoph zog sich erschrocken zurück. »Sorry …« Er runzelte die Stirn. »Wie ist das denn passiert?«

Sie antwortete nicht, sondern kämpfte mit den Tränen und dem schmerzhaften Ziehen in ihrer Kehle.

»Ich kann nicht …«, erwiderte sie schließlich gepresst.

»Schon gut, wir müssen nicht darüber sprechen, wenn du es nicht möchtest«, erwiderte er mit einfühlsamer Stimme und sah ihr dabei tief in die Augen. Langsam beruhigte sie sich. Es fühlte sich an, als ob er ihr mitten ins Herz blickte. Am liebsten hätte sie diesen Moment und dieses Gefühl, das er in ihr auslöste, für immer festgehalten.

Kurze Zeit später liefen sie zur anderen Seite der Insel, an der das Ufer an einigen Stellen abgebrochen war. Sophia deutete auf drei kahle Bäume, deren Wurzeln durch die Erosion freigelegt worden waren. Christoph nickte bedrückt, und schließlich blieben sie vor einem kahlen, entwurzelten Baum stehen, der quer über einem Ufervorsprung lag. Sie tauschten einen einvernehmlichen Blick. Es war ein Trauerspiel, dachte Christoph, als sie nebeneinander weiterliefen und noch einen Haufen leerer Bier- und Coladosen entdeckten, die teilweise vom Sand bedeckt waren. Er hatte noch nie nachvollziehen können, dass es Menschen gab, die ihren Müll einfach in der Natur zurückließen. »Ich glaube, wir haben genug gesehen«, sagte er schließlich. Eine dunkle Wolke hatte sich vor die Sonne geschoben, und plötzlich kam ein kühler Wind auf. »Wir sollten uns auf den Heimweg machen.«

Als sie das Kanu zurück ins Wasser schoben, fielen die

ersten Regentropfen. Stirnrunzelnd blickte Christoph nach oben. »Wir müssen uns beeilen.«

Sie nickte und sah ihn dabei mit ihren großen braunen Bambi-Augen an, woraufhin es in seinem ganzen Körper prickelte. Es donnerte in der Ferne – wenn sie noch halbwegs trocken zur Einsetzstelle kommen wollten, mussten sie sich wirklich sputen. Schnell zogen sie ihre Regencapes über, stiegen ins Kanu und paddelten mit kräftigen Schlägen los. Sie waren ein eingespieltes Team, dachte Christoph, als sie gegen den Wind und die Strömung ankämpften. Es blitzte in der Ferne, Christoph zählte still »einundzwanzig, zweiundzwanzig, dreiundzwanzig, vierundzwanzig, fünfundzwanzig«, dann donnerte es, und Sophia, die diesmal vor ihm saß, zuckte zusammen.

»Keine Angst«, sagte er betont ruhig. Schnell rechnete er aus, wie viele Kilometer das Gewitter entfernt war, indem er die gezählten Sekunden zwischen Blitz und Donner mit dreihundertvierzig multiplizierte. »Das Gewitter ist noch knapp zwei Kilometer entfernt, das schaffen wir.«

Tatsächlich erreichten sie rechtzeitig das Ufer und zogen das Kanu an Land. Schnell luden sie es auf den Anhänger, während das Unwetter immer näher kam. Christoph zurrte die Gurte fest, öffnete die Beifahrertür und ließ Sophia einsteigen. Als sie endlich nebeneinander im Auto saßen, prasselte der Regen bereits auf die Windschutzscheibe, und kurze Zeit später tobte sich das Unwetter direkt über ihnen aus. Christoph fühlte Sophias Nähe überdeutlich, aber er wartete auf ein Zeichen von ihr. Sie rührte sich jedoch nicht, sondern blickte starr nach vorne.

»Wollen wir losfahren?«, fragte er schließlich leise.

Sie wandte ihren Kopf zu ihm. »Lass uns noch ein bisschen hier sitzen.« Etwas Trauriges oder Verzweifeltes schwang in ihren Worten mit und jagte ihm einen Schauder über den Rücken.

»Willst du mir erzählen, was passiert ist?«, fragte er schließlich leise.

Sophia nickte zögernd. Er nahm ihre Hand und drückte sie.

»Ich habe in Berlin eine Wohngruppe mit jungen Menschen betreut«, sagte sie leise. »An dem Abend war ich dort allein, meine Kollegin lag mit Magen-Darm-Grippe im Bett.«

Er strich langsam mit dem Daumen über ihre Haut. »Dann hattest du also die alleinige Verantwortung?«

Sie nickte zögernd. »Wir hatten gerade zusammen Abendbrot gegessen. Dann fragte mich Vincent, der Jüngste aus der Wohngruppe, ob ich mit ihm in den Keller kommen könnte. Er wolle mir unbedingt etwas zeigen.

Er war immer einer der Friedlichsten, auch wenn er oft unter Stimmungsschwankungen litt, aber dann zog er sich eher zurück.« Sie presste die Lippen aufeinander. »Ich habe mir nichts dabei gedacht, als ich Vincent nach unten begleitete.«

Sophias Stimme brach, und eine dunkle Vorahnung über das, was in dieser Nacht geschehen war, ließ Christoph erschaudern. Entsetzen machte sich in ihm breit. »Hat er dir etwas angetan? Ich meine …«

Sie zog ihre Hand langsam zurück. »Er hat mich nicht

vergewaltigt, aber er hat es versucht.« Sophia blickte starr nach draußen. »Plötzlich hatte er ein Messer in der Hand. Ich sollte mich ausziehen. Da war eine alte Matratze, er öffnete seine Hose, stieß mich brutal zu Boden …« Sie schluchzte kurz auf, sprach aber danach mit fester Stimme weiter. »Er bekam keinen hoch, er wurde wütend und schlug mir ins Gesicht.« Sie schluckte hart. »Ich lag da wie gelähmt, konnte mich nicht wehren, sein schwerer Körper lag auf mir, ich bekam keine Luft.«

Sophia hielt einen Moment inne. »Ich war mir sicher, dass ich gleich sterben würde.« Ihre Schultern bebten. »Dann stach er mit dem Messer zu, mehrmals.« Tränen liefen ihre Wange hinunter. »Irgendwann war alles schwarz.«

»Sophia …« Eine Welle von Mitgefühl durchströmte ihn. »Es tut mir so leid.« Er legte den Arm um sie und zog sie näher an sich heran. Sie schluchzte, ihre Schultern bewegten sich auf und ab. Christoph fühlte sich hilflos, aber er wollte ihr unbedingt zeigen, dass sie bei ihm in Sicherheit war. »Wenn ich das gewusst hätte …«, flüsterte er ihr ins Ohr, während Wut in ihm aufwallte. »Dieser Typ wird sein blaues Wunder erleben, wenn ich ihn erwische.« Sanft wiegte er sie in seinen Armen, während der Regen auf die Windschutzscheibe prasselte und Christoph versuchte, seine Emotionen um ihretwillen zu zügeln. »Alles ist gut, Sophia. Du bist jetzt bei mir und in Sicherheit.«

Auf dem Weg zurück zum Strandrosenhof schwiegen sie. Christoph schaltete das Radio an. Ein melancholischer Song drang aus den Lautsprechern. Als er einen anderen

Sender auswählen wollte, drehte sich Sophia zu ihm. »Ich mag das Lied.«

Er lächelte sie an und lauschte den Worten des deutschen Sängers:

Und selbst wenn ich dich nie kriege,
Wird eines für immer sein,
Der Schmerz in meinem Herzen,
Mein Leben ohne dich gewesen zu sein.
Und so wird es immer bleiben,
Du kannst gar nichts dagegen tun,
Weil du die Liebe meines Lebens bist …

16. Kapitel

Sophia saß an ihrem Schreibtisch und starrte auf das alte Foto von Christoph an ihrer Pinnwand. Sie hatte schlecht geschlafen und war schon seit fünf Uhr wach. Der gestrige Tag zog noch einmal wie im Schnelldurchlauf an ihr vorbei. Etwas hatte sich zwischen ihr und ihrem Ex-Freund verändert – das spürte sie ganz tief in ihrem Herzen. Sie hatten sich geküsst, fast wäre sogar noch mehr passiert, und dann hatte sie ihm auch noch von ihrem schlimmsten Erlebnis erzählt. Es war gut, dass er jetzt wusste, was in Berlin vorgefallen war. Sie war seitdem traumatisiert, daran hatte ihre Psychologin keinen Zweifel gelassen. Mit ihrer Hilfe hatte sie das Ereignis noch einmal durchlebt und nach einigen Sitzungen die heilende Erkenntnis gewonnen, dass Vincents Angriff der Vergangenheit angehörte. In dem Prozess, bei dem sie als Zeugin ausgesagt hatte, war er verurteilt worden. Sophias Magen zog sich schmerzhaft zusammen, als sie an den hasserfüllten Blick dachte, den er ihr im Gerichtssaal zugeworfen hatte. Ein paarmal atmete sie tief ein und wieder aus. Auch wenn sie gelernt hatte, damit zu leben: Die Erinnerungen würden sie für immer begleiten.

Sophia nahm die Löschblätter in die Hand, auf denen sie die sieben Wildblumen der Mittsommernacht getrocknet hatte. Sie seufzte leise, eigentlich wollte sie nicht an Christoph denken. Für sie beide gab es keine Zukunft. Wenn sein Job hier erledigt war, würde er mit Jan nach Frankfurt zurückkehren, und sie würde – wie vor zwölf Jahren – todunglücklich zurückbleiben. Sie betrachtete die eiförmigen äußeren Kelchblätter der Rosen-Malve durch ihr Vergrößerungsglas. Die schalenförmigen Blüten waren zartrosa, eine Farbe, die Sophia besonders liebte und die sie von einem Moment auf den anderen in eine sanftmütige Stimmung versetzte. Sie nahm einen Bogen in die Hand, löste vorsichtig die Wildblume, platzierte sie in der Mitte des Papiers und fixierte sie mit weißen Klebestreifen. Dann beschriftete sie das Bestimmungsfeld.

Name der Pflanze: Rosen-Malve
Wissenschaftlicher Name: Malva alcea
Pflanzenfamilie: Malvengewächse (Malvaceae)
Fundort: Strandrosenhof
Datum: 24. Juni (Mittsommernacht)

Sophia presste den Rücken an die Lehne des Schreibtischstuhls und betrachtete zufrieden ihr Werk. Warum sich Christoph in der Mittsommernacht in ihren Schlaf geschlichen hatte, konnte sie sich auch nicht erklären, aber wie sagte ihre Mutter immer: *Träume sind Schäume.*

Sie war jetzt dreißig Jahre alt und sollte sich endlich nach jemandem umgucken, der als Mann fürs Leben wirklich infrage kam. Zum Beispiel Georg, dachte sie unvermittelt und musste fast ein bisschen über sich selbst lachen, denn sie fand Georg kein bisschen anziehend. Aber er liebte die Natur genauso sehr wie sie und engagierte sich für das Gemeinwohl. Christoph hingegen war ein Geschäftsmann, der ein Bauprojekt nach dem anderen realisierte und dabei bestimmt nicht immer die langfristigen Folgen für Umwelt und Menschen im Blick hatte. Sophia stand auf, ging in die Küche und holte sich eine Flasche Wasser aus dem Kühlschrank. Heute sollte es heiß werden, bis zu vierzig Grad. Sie trank ein paar Schlucke und hob dabei ihr Handy auf, das auf dem Küchentisch lag. Ihr Herz schlug schneller, als sie sah, dass Christoph ihr eine WhatsApp-Nachricht geschickt hatte: *Ich hoffe, dass du gut geschlafen hast? Ich wünsche dir einen schönen Tag!* ☺

Sophia starrte auf das Display. In ihrem Kopf ratterten die Gedanken. Was sollte sie auf diese Nachricht nur antworten? Sie strich über ihre Schläfe und überlegte fieberhaft. Schließlich tippte sie mit dem Zeigefinger in das Antwortfeld und sah in diesem Moment, dass er online war. Sie fragte sich, ob er auf eine Antwort von ihr wartete oder mit jemand anderem kommunizierte. Kurz glitt ihr Blick zur Uhrzeit. Mist, es war schon kurz nach acht! Um neun begann ein Sommerferienworkshop: Steine sammeln und bemalen. Sie hatte sich dieses Angebot ausgedacht, das vor allem bei Kindern im Grundschulalter sehr gut ankam. Sie musste sich beeilen, deshalb antwortete sie kurz und bündig: *Ja, habe ich. Wünsche ich dir auch!*

Zwei Stunden später saßen zehn Kinder an dem langen Holztisch, den Sophia und Ulli vor dem grünen Holzschuppen aufgebaut hatten. Die am Strand gesammelten Steine lagen in der Mitte auf einem Haufen, daneben standen kleine Töpfe mit Farbe und Becher mit Pinseln in verschiedenen Größen. Ein Motorengeräusch ließ Sophia aufhorchen. Da kam der Trecker angefahren, an dem ein Anhänger angekuppelt war. Aus alter Gewohnheit dachte sie, Jörg hinter dem Steuer sitzen zu sehen, aber natürlich war es Sebastian. Jörg war noch die ganze Woche krankgeschrieben. Sie nahm sich vor, Ulli zu fragen, wie es ihm ging. Sebastian stoppte das Fahrzeug, kletterte herunter und kam auf sie zugelaufen. Er trug trotz der Hitze eine schwarze Mütze, die er tief ins Gesicht gezogen hatte, und erst als er vor ihr stand, schob er sie ein wenig in den Nacken. »Wo sollen die Schirme hin?«, fragte er. Dabei sah er ihr nicht in die Augen.

»Dort hinten bitte, neben den Tisch.«

Sophia spürte wieder diese innere Unruhe, die sich auch nicht legte, als Sebastian sich abwendete. Sie kehrte zum Tisch zurück und kümmerte sich um die Kinder, die sich bereits Steine ausgesucht hatten. Sebastian schleppte die drei Sonnenschirme und Ständer heran. Als er fertig war, bedankte sich Sophia, aber Sebastian reagierte nicht, sondern marschierte wortlos zum Traktor, startete den Motor und ratterte zurück zum Hof. Kopfschüttelnd sah sie ihm hinterher, doch dann richtete sie ihren Blick wieder auf die Kinder. Sie hatte ein paar Vorlagen ausgedruckt, die sie verteilte, während ihre Gedanken noch immer um

Sebastian kreisten. Sie wurde das Gefühl nicht los, dass sie ihn irgendwoher kannte, doch ihr fiel beim besten Willen nicht ein, woher. Vielleicht kam er auch aus Kappeln und sie waren sich früher schon einmal begegnet – unmöglich war das nicht. Aber dann hätte Sebastian bestimmt anders reagiert. Wahrscheinlich spielten nur ihre Nerven mal wieder verrückt.

Sophia setzte sich neben ein neunjähriges Mädchen, das Saskia hieß. Die Kleine hatte einen Stein sorgfältig mit dunkelblauer Farbe grundiert und wollte nun ein Mandala-Muster mit Acrylfarbe aufmalen. »Hast du denn schon eine Idee?«, fragte Sophia.

Saskia schüttelte den Kopf, sodass ihre blonden Korkenzieherlocken hin- und herwippten. »Nö!«

Sophia lachte. »Kein Problem, ich habe da ein paar Bilder für dich.« Sie gab dem Mädchen einen Farbausdruck mit verschiedenen Mustern in die Hand. »Vielleicht ist da etwas für dich dabei.«

Sophia hatte Fotos von bemalten Steinen bei Pinterest heruntergeladen und daraus eine Seite gestaltet. Saskia nickte. »Sieht hübsch aus.«

Auf das Thema Mandalas war Sophia durch eine Bekannte aufmerksam geworden, die ebenfalls im Bereich Bauernhofpädagogik arbeitete. Sie hatte einiges über diese Maltechnik recherchiert, die ihren Ursprung im Hinduismus und Buddhismus hatte. Das Wort Mandala bedeutete »Kreis« und stammte aus der altindischen Sprache Sanskrit. Im Hinduismus und Buddhismus hatten die Muster eine tiefe religiöse Bedeutung.

»Am besten, du fängst in der Mitte deines Steines an«, sagte Sophia, denn Kinder und Jugendliche benötigten selten eine genaue Arbeitsanleitung. »Folge einfach deinem Gefühl.«

Das Mädchen nickte, griff nach einem weißen Acrylstift und malte einen kleinen Kreis auf den Stein. »Genau, sehr schön.« Sophia blieb noch einen Moment neben Saskia sitzen, die nun Sternchen um die Mitte herum platzierte. Immer wieder war sie beglückt, wie unbefangen Kinder und Jugendliche ans Werk gingen. Nach gut zwei Stunden hatte jedes Kind mindestens einen Stein bemalt. Mittlerweile war es sehr heiß geworden, auch wenn die Schirme Schatten spendeten. Sie schickte Ulli eine WhatsApp-Nachricht. *Können wir heute ausnahmsweise in der Gutsküche picknicken?*

Es dauerte nur wenige Sekunden, dann ertönte bereits der Ton einer eingehenden Nachricht. *Na klar, ich habe gerade Holunderblüten-Limonade gemacht.*

»Alle der Reihe nach!« Nicole hielt eine große Karaffe in der Hand und füllte nacheinander die Gläser, die ein Kind nach dem anderen ihr entgegenhielt. Zu ihrem engen Top trug sie kurze Shorts, ihre frisch blondierten Haare fielen in weichen Wellen auf ihre Schultern. Ulli stellte ein paar Schüsseln mit Nudelsalat auf den Tisch, an dem vier Kinder saßen, die sich bereits ihr Getränk abgeholt hatten. Es war wirklich angenehm kühl im Gutshaus, stellte Sophia fest, die sich mit einem Becher Kaffee in der Hand eine kleine Pause gönnte. Sie war mit dem bisherigen Verlauf ihrer Sommerferienaktion sehr zufrieden. Alle ihre zehn kleinen Teilnehmer waren mit Spaß bei der Sache gewesen. Die Wangen der Kinder waren gerötet, ihre Haare zerzaust, und alle unterhielten sich lautstark miteinander. In solchen Momenten liebte Sophia ihren Job besonders.

Nicole gesellte sich zu ihr. »Jörg war vorhin hier.« Sie spießte eine Nudel auf. »Sein Arzt hat ihn weiter krankgeschrieben.«

»Das hört sich aber nicht gut an«, erwiderte Sophia. »Wie lange denn?«

»Noch mal drei Wochen.« Nicole stellte den Teller ab, holte sich ein Glas Holunder-Limonade und nippte daran.

Sophia leerte ihren Becher. »Was hältst du eigentlich von Sebastian?«

»Merkwürdiger Typ.« Nicole zupfte an ihrem Top. »Man wird nicht schlau aus ihm.«

»Ich glaube, er hat etwas gegen mich.« Kurz schilderte Sophia die Aktion mit den Sonnenschirmen.

Nicole wedelte mit der Hand. »Der ist immer so – das musst du nicht persönlich nehmen.«

Nach der Pause kehrten die Kinder an den großen Tisch zurück und widmeten sich noch einmal den Steinen. Als der letzte kleine Teilnehmer schließlich von seiner Oma abgeholt worden war, atmete Sophia erst einmal tief durch. Dann räumte sie alles auf und ging zu ihrer Gartenparzelle. Obwohl sie am Tag zuvor alles ordentlich gewässert hatte, war die Erde, in der Möhren und Rote Bete wuchsen, staubtrocken. Sie schlenderte zum Schuppen, holte sich eine Gießkanne und füllte sie mit Wasser. Stirnrunzelnd beobachtete sie, wie gierig der Boden die Feuchtigkeit aufsog. Sie musste zweimal laufen, bis sie zufrieden war. Heute war es aber auch extrem heiß gewesen, für den nächsten Tag waren zum Glück etwas kühlere Temperaturen vorhergesagt. Sophia zupfte ein paar welke Blätter ab und zog zwei Möhren aus der Erde, die sie mit dem Rest Wasser übergoss. Dann setzte sie sich auf die Bank am Rand der Pachtgärten, streckte die Nase in die Sonne und biss ein Stück von ihrem Lieblingsgemüse ab. Sie schloss die Augen und genoss den frisch-süßlichen Geschmack auf ihrer Zunge – kein Vergleich zu den abgepackten Möhren aus dem Supermarkt.

Als junge Frau hatte sie oft davon geträumt, sich komplett selbst zu versorgen. Im Bücherregal ihrer Mutter, die eigentlich keine große Leserin war, hatte sie das Buch *Leben auf dem Lande* von John Seymour entdeckt. Der Autor beschrieb in dem sehr schön gestalteten Werk, wie man Gemüse anbaute, Kühe molk, Schafe schor, aber auch wie man Schweine schlachtete, Windenergie nutzte, töpferte, sich auf die Jahreszeiten einstellte, nichts verschwendete, gesund blieb und glücklich lebte. Auch nach über vierzig Jahren hatte das Buch nichts von seiner Aktualität verloren. Ihr Leben auf dem Strandrosenhof kam diesem Ideal schon sehr nahe, stellte Sophia fest, auch wenn sie nicht die Eigentümerin war, sondern hier nur wohnte und arbeitete. Allein könnte sie niemals einen solchen Hof bewirtschaften, sie hatte weder das Wissen noch die Kraft dazu, und sie bewunderte Ulli für die Energie und die

Freude, mit denen sie diese Mammutaufgabe stemmte. Sophia betrachtete das Grün der Möhren. Irgendwo hatte sie gelesen, dass man daraus Pesto machen konnte, aber heute hatte sie keine Lust, sich noch in die Küche zu stellen, deshalb warf sie das Bündel auf den Komposthaufen. Das ergab schließlich auch Sinn, im Herbst würden sie den natürlichen Dünger auf den Feldern verteilen. Sie lief zum Verkaufsstand, aber dort war nichts los. Die Tür an der Seite war verschlossen, auf dem Tresen stand das Schild: *Mittagspause*.

Sophia ging weiter in Richtung der Tiergehege, sie wollte Murmel noch einen Besuch abstatten. Als sie den Rundweg erreichte, der unter den hohen Laubbäumen rechts und links im Schatten lag, atmete sie auf. Eine kühle Brise strich über ihr Gesicht. Sie hörte das Rascheln des Laubes über ihr, und hin und wieder blitzte ein Sonnenstrahl auf sie herab. Sophia blieb bei den Angler Sattelschweinen stehen, deren dunkle Flecken kaum zu erkennen waren, denn die Vierbeiner waren fast komplett mit Schlamm bedeckt. Die drolligen Tiere dösten dicht aneinandergedrängt neben dem Pfuhl, der zur Hälfte bereits ausgetrocknet war. Schließlich erreichte Sophia die Wiese, auf der die Schafe grasten. Die Herde stand ebenfalls eng gedrängt unter dem Kastanienbaum, der sich zum Glück von einem Miniermottenbefall im vergangenen Jahr erholt hatte und wieder überwiegend grüne und nicht mehr die traurigen, fleckig braunen Blätter trug. Ulli hatte dem nur einen halben Zentimeter großen Schädling, nachdem sie einige der Tiere zufällig entdeckt hatte, sogleich den

Kampf angesagt. Immer wieder hatte sie das Laub zusammengeharkt und verbrannt. Sophia hatte ihr dabei geholfen. In diesem Frühjahr hatte sie gleich Lockstoff-Fallen aufgestellt und auf diese Weise die männlichen Tiere abgefangen, sodass sich erst gar keine Population hatte bilden können.

Sophia streckte den Arm über den Zaun und schnalzte mit der Zunge. Alle Schafe hoben den Kopf, aber nur eins löste sich von der Herde und kam angerannt. Sie zwängte sich durch zwei Holzplanken und umarmte ihr Lieblingstier. Sophia zog ein Stück Möhre aus der Tasche und hielt es dem wolligen Vierbeiner unter die Nase. Murmel nahm den Leckerbissen vorsichtig mit den Lippen auf und stupste sie in die Seite.

»Ich habe nichts mehr!«

Das Schaf legte den Kopf schief, verharrte einen Moment in dieser Position und trabte dann davon.

Sophia blickte dem Vierbeiner noch einen Moment nach, dann ging sie zum Tor, verließ die Weide und kehrte auf den Rundweg zurück.

In diesem Moment kam ein Mähdrescher um die Ecke gebraust. Sie sah Sebastian hinter der getönten Scheibe des dunkelgrünen Fahrzeugs mit dem riesigen rotierenden Mähwerk und hob die Hand. »Stopp!«

Sie schrie, so laut sie konnte, aber ihre Stimme wurde von den Geräuschen des Motors verschluckt. Sophia hatte das Gefühl, als ob Sebastian auf das Gaspedal trat und noch einen Zahn zulegte. Ihr Herz pochte bis zum

Hals, die Angst ließ sie erstarren. Sie schrie noch einmal, dann sprang sie zur Seite. Sophia spürte, wie es unter ihr knackte, sie war in einem Gebüsch gelandet. Eine Staubwolke hüllte sie ein, als Sebastian an ihr vorbeirauschte. Sophia rappelte sich auf, schüttelte sich und klopfte den Dreck von ihren Shorts. Zum Glück war ihr nichts passiert, aber die Aktion hätte auch ganz anders ausgehen können. Sebastian hatte sie doch gesehen? Er war schließlich nicht blind. Also kam nur eine Erklärung infrage: Er hatte absichtlich auf sie zugehalten. Sophia blieb einen Moment stehen, bis sie sich wieder einigermaßen gefasst hatte. Ullis neuer Mitarbeiter konnte sie nicht leiden, okay, aber hatte er es auf ihr Leben abgesehen? Das ergab doch keinen Sinn. Sophia presste die Lippen aufeinander. Ein flaues Gefühl breitete sich in ihrem Magen aus. Sie musste unbedingt mehr über ihn erfahren.

17. Kapitel

Christoph wischte sich mit dem Handrücken die Schweißperlen von der Stirn. Es war zwar nicht so heiß wie in den Tagen zuvor, aber ungewöhnlich schwül und drückend. Jan, der neben ihm stand, wippte auf und ab. Der Wind wirbelte seine dunkelbraun schimmernden Locken durcheinander, deshalb fuhr er sich immer wieder mit den Fingern hindurch. Christoph schmunzelte, denn er kannte keinen anderen Mann, dem seine Frisur so sehr am Herzen lag wie seinem Assistenten.

Am Feldrand parkte ein Auto. Bürgermeister Peter Lehmbecker stieg aus, der das Treffen auf dem brach liegenden Grundstück in der Nähe der Ostseeklinik einberufen hatte, gefolgt von Georg Steiner. Der Dorfquerulant, wie ihn der Gemeindechef genannt hatte, blieb einen Moment vor dem Wagen stehen und sah in ihre Richtung. Kurz kreuzten sich ihre Blicke, aber Christoph wandte sich sofort ab. Dann hielt ein weiteres Auto mit Sven Winkelmann und einem kräftigen Mann, der eine olivgrüne Arbeitslatzhose trug. Zu viert kamen sie auf Christoph und Jan zu. Jan nahm die Stöpsel aus den Ohren und steckte sie in die Brusttasche seines Hemdes. »Dann kann es ja losgehen.«

Die Männer machten sich miteinander bekannt und schüttelten sich die Hände. Mathis Heller, der Mann in der Latzhose an der Seite seines ehemaligen Klassenkameraden, war der Eigentümer des Grundstücks, auf dem sie sich versammelt hatten. Er war Landwirt, hatte mehrere Hühnermastbetriebe in der Gegend und gab sich wortkarg. Erst als Bürgermeister Lehmbecker eine ausladende Bewegung mit dem Arm machte und das Wort »Bauerwartungsland« fiel, kam Leben in den Gemeindevertreter. »Ik deed dat verkoopen.« Er hob das spitze Kinn. »Wenn de Pries stimmt.«

Christoph warf Jan einen verstohlenen Blick zu. Jan zwinkerte kurz zurück. *Daher wehte der Wind!*

Peter Lehmbecker zündete sich eine Zigarette an. Er inhalierte tief und stieß eine Rauchwolke aus. »Lassen Sie uns das Grundstück mal abgehen!« Er machte eine einladende Handbewegung in ihre Richtung. »Dann können Sie sich einen ersten Eindruck verschaffen.«

Die landwirtschaftliche Fläche hatte eine ansehnliche Größe, der Bürgermeister sprach von rund vierzig Hektar. »Ist das nicht fantastisch?«, fragte Peter Lehmbecker in die Runde. »Was man hier alles machen könnte!« Er blieb stehen und wartete, bis sich alle um ihn herumgruppiert hatten. »Die unmittelbare Nähe zu unserer Kurklinik bietet großartige Möglichkeiten.« Er senkte den Kopf. »Health-Resorts sind auf dem Vormarsch«, fuhr er mit einem verschwörerischen Unterton fort. »Reiche, ausgebrannte Manager aus der ganzen Welt buchen dort eine Auszeit mit allem Drum und Dran – Geld spielt keine Rolle.«

»Das kann ich nur bestätigen«, sagte Sven Winkelmann

und trat einen Schritt nach vorn. »Sie kennen bestimmt solche Gesundheits- und Wellness-Resorts?«

Als Jan und Christoph wissend nickten, straffte er die Schultern und blickte nach Anerkennung heischend in die Runde. »Das können wir auch«, flüsterte er, als ob hier auf dem Feld irgendjemand seine Worte hören könnte.

»Dazu bräuchten wir erst einmal mehr Informationen«, erwiderte Christoph. »Wie sieht es denn mit der Bauleitplanung für das Grundstück aus?«

Bürgermeister Lehmbecker zog einen aufklappbaren Aschenbecher aus der Tasche seiner grauen Anzughose, öffnete den Deckel und drückte die Zigarette aus. »Das läuft«, erwiderte er kurz angebunden. »Lassen Sie uns noch ein Stück in Richtung Kurklinik gehen.«

Der Bürgermeister ging flotten Schrittes voran. »Wenn Sie mögen, können Sie sich den Flächennutzungsplan anschauen«, sagte er zu Christoph, der neben ihm lief. »Dieses Grundstück ist bereits als Wohngebiet ausgewiesen, und aufgrund der Nähe zur Kurklinik ist die Erschließung ein Kinderspiel.«

Christoph wusste, dass solche Pläne fast nie in Stein gemeißelt waren, sondern von den Gemeindevertretern jederzeit wieder abgeändert werden konnten. Insofern war der Erwerb dieser Grundstücke meist reine Spekulation. Andererseits hatten sie bislang noch keinen anderen Ort für ihr Vorhaben in Aussicht – bis auf das Grundstück, auf dem sich der Strandrosenhof befand.

»Wir werden uns das alles durch den Kopf gehen lassen«, sagte Jan schließlich, als sie wieder an ihrem Ausgangspunkt angelangt waren. Christoph nickte. »Vielen Dank jetzt schon einmal, dass Sie an uns gedacht haben.«

Die Männer kehrten zu ihren Autos zurück. Christoph schüttelte den Kopf. »Was hältst du von dieser Aktion?«

»Die stecken alle unter einer Decke.«

Christoph stellte nicht zum ersten Mal fest, dass Jan der perfekte Mitarbeiter war. In den gemeinsamen Jahren hatte es so gut wie keine Konflikte mit ihm gegeben, sie dachten ähnlich und schätzten die wichtigen Dinge gleich ein. Gemeinsam gingen sie ein weiteres Mal das Grundstück ab, nachdem die Autos aus ihrem Blickfeld verschwunden waren, und blieben auf einer kleinen Anhöhe stehen, von der aus man die Kurklinik sah. Ein eindrucksvoller Bau, der einem Schloss ähnelte.

»Health-Resorts scheinen wirklich das neue Ding zu sein. Und der Ort ist tatsächlich wie gemacht dafür.« Jan deutete auf das Backsteingebäude. »Ein Shuttle-Service von hier aus dürfte jedenfalls kein Problem sein.«

»Allerdings hat InVestim auf diesem Gebiet gar keine Expertise.«

Jan fuhr sich mit der Hand durchs Haar. »Aber wir hätten einen Architekten an Bord, bei dem das ganz anders aussieht. Hat Ole eigentlich schon seinen Entwurf geschickt?«

»Ich habe heute noch nicht in meine Mails geschaut«, gestand Christoph. »Das erledige ich aber gleich.«

Eine Stunde später saß er am Tisch in der Ferienwohnung. Jan hatte er zuvor nach Kappeln gefahren, wo er verabredet war. Christoph hatte nicht weiter nachgefragt, schließlich ging ihn Jans Privatleben nichts an. Doch er mutmaßte, dass Jan sich mit Leonie traf, der hübschen Tochter von Ulli. Er hoffte inständig, dass sein Kumpel der jungen Frau nicht das Herz brach. Ein Liebesdrama konnten sie nun wirklich nicht gebrauchen. Christoph klappte den Laptop auf und rief seine Mails ab. Das ging heute mal wieder nur im Schneckentempo, die WLAN-Verbindung auf dem Strandrosenhof war leider nicht immer optimal. Während sich sein Posteingang langsam füllte, wanderten seine Gedanken zu dem Kanuausflug mit Sophia zurück. Im Nachhinein war er nicht mehr sicher, ob der Trip eine gute Idee gewesen war, aber er musste sich eingestehen, dass er keine Sekunde des Zusammenseins mit seiner ersten großen Liebe bereute. Sophia hatte an diesem Morgen besonders hübsch ausgesehen mit ihren rosigen Wangen, dem seidigen Haar und ihrem bezaubernden Lächeln, das ihn jedes Mal aufs Neue in ihren Bann zog. Als er sich allerdings Sophias Schilderungen im Auto vergegenwärtigte, lief ihm ein kalter Schauder über den Rücken. Er bewunderte sie dafür, dass sie in ein halbwegs normales Leben zurückgefunden hatte, auch wenn sie ihr Zuhause in Berlin hatte aufgeben müssen. Er hingegen hatte sich seiner Vergangenheit nie gestellt. Christoph ließ seinen Blick aus dem Fenster schweifen, das halb geöffnet war. Ein warmer Lufthauch strich über seine Wange, und plötzlich drängten sich Bilder von damals in sein Bewusstsein. Er hatte sich unheimlich auf den Urlaub mit seinen Eltern gefreut – die letzten Ferien, bevor er vom Kindergarten in die Grundschule in Kappeln wechseln würde. Er saß hinten im Kombi, seine Mutter nahm vor ihm auf dem Beifahrersitz Platz. »Wo bleibt er denn nun schon wieder?«, fragte sie genervt und kurbelte das Fenster hinunter, sodass die Hitze aus dem Innenraum entwich. Er blickte nach draußen und sah seinen Vater, der mit einem Lächeln im Gesicht um die Ecke kam. Eine blonde Frau hatte sich bei ihm untergehakt, ihr geblümtes Sommerkleid flatterte im Wind. Sein Herz schlug schneller. Beide stiegen fast gleichzeitig ein – sein Vater setzte sich ans Steuer, die Dame ließ sich neben Christoph auf den Rücksitz fallen. Kurz nickte sie ihm zu, dann schnallte sie sich an und blickte aus dem Seitenfenster. Ein süßlicher Duft drang in seine Nase, er unterdrückte einen Würgereiz. In den folgenden Stunden fiel kein weiteres Wort, nur die Musik aus dem Radio drang in seine Ohren und hin und wieder die Worte des Moderators, der vor Staus auf der A7, A3 und später auf der A9 warnte, bis sie spätnachts auf den Parkplatz einer Pension fuhren. Sie bezogen ein Apartment. Seine Mutter wies ihm das kleinere Zimmer zu, in dem ein schmales Bett stand. Sie nickte ihm zu. »Schlaf schön.« Ihre Stimme klang traurig, am liebsten hätte er sie fest an sich gedrückt, aber mit seinen fünf Jahren – als Fast-Schulkind – war er zu alt dafür. Er zog sich aus, putzte die Zähne und legte sich nur mit der Unterhose bekleidet aufs Bett. An der Wand gegenüber hing ein Kruzifix, auf dem Nachtschrank lag eine abgegriffene Bibel. Er spitzte die Ohren, denn er hörte leise Stimmen aus dem Nachbarzimmer. In diesem Moment hasste er seine Eltern aus ganzem Herzen. Hielten sie ihn etwa für blöd? Er war kein Baby mehr. Würde diese Frau womöglich den ganzen Urlaub mit ihnen verbringen?

Der Klingelton des Handys katapultierte Christoph zurück in die Gegenwart. »Ole«, blinkte auf dem Display auf. Er atmete tief durch und drückte auf »Annehmen«.

»Das muss Gedankenübertragung sein«, begrüßte er den Architekten, der gleich zur Sache kam: »Hast du meinen Entwurf bekommen?«

Christoph scannte blitzschnell seinen Maileingang, der zum Glück überschaubar war, und klickte auf Oles Nachricht. »Ja, habe ich«, erwiderte er und öffnete das angehängte PDF. »Vielen Dank für deinen Entwurf.«

Auf den ersten Blick erinnerte ihn die Zeichnung an ein Resort an der Ostsee, das von einem privaten Investor vor einigen Jahren realisiert worden war und auf das er im Zuge seiner Recherchen gestoßen war. Der Mann war dort aufgewachsen und hatte sich – nachdem er sein Start-up für viele Millionen Euro verkauft hatte – einen Kindheitstraum erfüllt. Ole hatte einen Gutshof sowie die Natur und die Nähe zum Meer in den Mittelpunkt seines Entwurfs gestellt.

»Ich bin begeistert«, sagte Christoph, und er meinte es genau so.

»Das freut mich«, antwortete Ole. »Ich bin beseelt von diesem Projekt«, fuhr er nach einer kurzen Pause fort. »Wenn ihr das passende Grundstück gefunden habt, kann es von meiner Seite aus sofort losgehen, ich habe alles andere erst einmal auf Eis gelegt.«

»Jan und ich sind kurz davor«, erwiderte Christoph nicht ganz wahrheitsgemäß. »Wir haben zwei Grundstücke in Brodersby in die engere Wahl genommen, jetzt müssen wir noch die Details recherchieren und einige rechtliche Dinge klären.« Christoph spürte, dass er sich auf ganz dünnes Eis begab, und er hoffte, dass Ole sich mit seinen Worten zufriedengeben würde. Sie wechselten noch ein paar Worte, bis Ole das Gespräch beendete, weil es an seiner Tür klingelte.

Christoph legte das Handy beiseite und betrachtete den Entwurf eingehender. Dann zog er die Flurkarte des Grundstücks heraus, auf dem sich der Strandrosenhof befand. Die digitale Datei des Grundstücks in der Nähe der Kurklinik hatte ihm der Bürgermeister bereits geschickt. Er druckte eine verkleinerte Version aus und platzierte sie daneben. Christoph ließ die Worte des Bürgermeisters Peter Lehmbecker Revue passieren. Dann gab er den Begriff »Health-Resort« in die Suchmaske seines Browsers ein und erhielt eine ellenlange Liste von Ergebnissen. Bei den meisten Hotels und Resorts auf der ganzen Welt war das Thema Gesundheit auf den Websites präsent, allerdings standen dabei meist Sport- und Wellnessangebote im Vordergrund. Tatsächlich gab es aber auch einige Anlagen, die eine besonders zahlungskräftige Klientel im Visier hatten und einen medizinischen Fokus aufwiesen. Davon hatte Ole Kaspereit in Frankfurt berichtet. Er hatte von Managern aus der ganzen Welt gesprochen, die sich in solchen Anlagen einem kompletten Gesundheitscheck unterzogen. Top-Ärzte, Schönheitschirurgen und Physiotherapeuten waren involviert, und natürlich waren das alles keine Leistungen, die von den gesetzlichen Krankenkassen übernommen wurden. Ein besonderes Projekt dieser Art war in List auf Sylt entstanden. 125 Millionen hatte ein Unternehmen dort in den Bau eines gigantischen reetgedeckten Hotels gesteckt, in dem der Mindestaufenthalt für sieben Tage rund 7000 Euro kostete. Die Eröffnung verzögerte sich allerdings immer wieder, las Christoph, zuletzt aufgrund von Brandschutzmängeln. Christoph schmunzelte über eine weitere Info: Das Management des Bauprojekts auf Deutschlands bekanntester Insel ließ sogar Mönche aus Nepal einfliegen, die alle Räume ausräucherten, um sie von negativen Energien zu befreien. Christoph seufzte. Er hoffte inständig, dass ihr Projekt solchen Firlefanzes nicht bedurfte. Am liebsten hätte er Sophia jetzt in seine Gedanken einbezogen, stellte er ein wenig wehmütig fest. Bestimmt hätte sie über die Geschichte mit den Mönchen ebenso geschmunzelt wie er. Christoph verspürte plötzlich ein schmerzhaftes Ziehen in der Brust, als ihm bewusst wurde, dass er endlich die Vergangenheit hinter sich lassen musste.

18. Kapitel

Als der Zug in den Berliner Hauptbahnhof einfuhr, zog ein Kribbeln durch Sophias Körper. Sie freute sich auf den Aufenthalt in ihrer ehemaligen Wahlheimat, zu dem sie sich ganz spontan entschlossen hatte. Sie hatte einen Termin mit ihrer Rechtsanwältin, den sie diesmal nicht online wahrnehmen wollte. Sophia schulterte den Rolltop-Rucksack und verließ zusammen mit einem Schwall anderer Fahrgäste den Zug. Mit der Rolltreppe fuhr sie nach oben und ging in Richtung Ausgang, vorbei an Fast-Food-Restaurants, einer Buchhandlung und verschiedenen Coffeeshops. Durch das gewölbte Glasdach sah Sophia den wolkenlosen Himmel, und als sie durch den Haupteingang den Europaplatz betrat, schlug ihr eine trockene Hitze entgegen. Sie stieg in ein Taxi. Der junge Fahrer, dessen Oberarme komplett tätowiert waren, wählte die Route über die B96 und die Tiergartenstraße. Sie unterhielten sich über das Wetter, für mehr Gesprächsstoff war auch keine Zeit, worüber Sophia froh war, denn sie war nicht in Small-Talk-Laune. Nachdem sie bezahlt hatte, stieg sie aus, nickte dem Fahrer zu und wandte sich dem Altbau zu, in dem sich die Kanzlei ihrer Anwältin Dr. Marlene

Schidlowsky befand. Bevor sie klingelte, ließ sie ihren Blick noch einmal schweifen. Vor dem Eingang zum ehemaligen Ellington-Hotel hatte sich eine Reisegruppe versammelt, die auf den Bus wartete, der in diesem Moment die schmale Straße entlanggerattert kam. Das im Bauhausstil errichtete Gebäude hatte in den Dreißigerjahren einen Ballsaal beherbergt, ein legendärer Ort des Berliner Nachtlebens. Berlin war eine großartige Stadt, und Sophia war immer noch froh, dass sie ihre Heimat nach dem Studium für diesen Ort verlassen hatte. Viele Erfahrungen hätte sie sonst niemals gesammelt. Sie war fest davon überzeugt, dass eine Weiterentwicklung nur möglich war, wenn man seine Komfortzonen verließ. Natürlich war das immer leichter gesagt als getan. Oft spielten auch die äußeren Umstände eine wichtige Rolle. Ihre Schwester Amelie zum Beispiel hatte derzeit kaum eine andere Wahl, als zu bleiben. Sie war eine junge Mutter, lebte in einer festen Partnerschaft und musste sich deshalb arrangieren. Sophia hingegen war frei, konnte tun und lassen, was sie wollte, und musste niemandem Rechenschaft ablegen.

Sie betätigte die Klingel, und als ein Summton erklang, drückte sie den geschwungenen Türknauf nach unten. Im Treppenhaus war es dunkel, und es roch nach Bohnerwachs. Sie lief die Eichenholztreppe hinauf. Ihre Schritte wurden von einem roten Teppichläufer gedämpft, der mit massiven Messingstäben an den Stufenkanten befestigt war. Ihre Anwältin wartete bereits in der halb geöffneten Tür der Kanzlei, die sie sich mit drei männlichen Kollegen teilte. Dr. Schidlowsky reichte ihr die schmale Hand.

»Wie schön, dass wir uns mal wieder sehen.« Sie musterte sie durch ihre runde, randlose Brille. Sophia fühlte, wie sie grundlos errötete, und war froh, als ihre Anwältin sich wieder abwendete. Sie folgte Dr. Schidlowsky durch den schmalen Flur, der indirekt beleuchtet war. An den Wänden hingen gerahmte Urkunden, deren Bedeutung Sophia im Vorbeigehen nicht entschlüsseln konnte. Das viele Gold und die schnörkeligen Schriften ließen aber auf etwas Bedeutsames schließen. Sie erreichten das Büro. »Bitte, nach Ihnen.«

Es war erst das zweite Mal, dass Sophia die Strafrechtsverteidigerin in ihrer Kanzlei besuchte, ansonsten hatten sie sich nur vor Gericht getroffen, wo sie als Nebenklägerin aufgetreten war. Ihren Peiniger dort zu sehen, war unerträglich gewesen. Der Staatsanwalt hatte die Tat in seiner Anklageschrift minutiös geschildert und eine Freiheitsstrafe von einem Jahr gefordert. Für ihn sei der Tatbestand der gefährlichen Körperverletzung in Tateinheit mit Freiheitsberaubung eindeutig durch ihre Aussage und die des Arztes erwiesen, der sie im Krankenhaus behandelt hatte. Der Pflichtverteidiger hatte darauf hingewiesen, dass Vincent die Tat nicht geplant, sondern im Affekt gehandelt habe. Das Messer habe sich »rein zufällig« in seiner Hosentasche befunden. Außerdem hatte er ausgesagt, dass sie ihm »eindeutige Avancen« gemacht habe. Zum Glück hatte der Richter diese Sichtweise als Schutzbehauptung deklariert.

Dr. Schidlowsky nickte ihr zu. »Setzen Sie sich doch.«

Die Anwältin nahm eine Akte vom Stapel und blätterte

darin. Sophia spürte ein unangenehmes Drücken in der Magengegend, ein Gefühl wie in einer Prüfungssituation. Sie atmete durch die Nase tief ein und wieder aus.

»Vincent Höfer hat, wie Sie bereits wissen, Berufung gegen das Urteil eingelegt, deshalb wird es eine neue Verhandlung am Landgericht geben, also vor der nächsthöheren Instanz.« Dr. Schidlowsky lehnte sich zurück, wobei der cognacfarbene Schreibtischstuhl ein quietschendes Geräusch von sich gab. Sophia zuckte zusammen, atmete aber konzentriert weiter. Die dunkelbraunen Augen ihrer Anwältin waren auf sie gerichtet. »Haben Sie dazu Fragen?«

»Wieso findet die Verhandlung erst jetzt statt, es ist ja alles schon über ein Jahr her …«

»Dafür kann es viele Gründe geben: Überlastung der Gerichte, fehlendes Personal oder auch einfach nur Schlendrian.«

Sophia wusste einen Moment nicht, was sie darauf antworten sollte. Bis zu dem *Vorfall* hatte sie noch nie etwas mit der Justiz zu tun gehabt – bis auf Bußgeldbescheide wegen Überschreiten der erlaubten Parkzeit.

Sie faltete die Hände in ihrem Schoß.

»Muss ich bei der Verhandlung dabei sein?«

»Nur wenn Sie möchten.«

Sophia ließ ihren Blick durch das hohe Sprossenfenster gleiten. Draußen bellte ein Hund, ein Mann schimpfte in einer fremden Sprache. Alles in ihr wehrte sich gegen eine weitere Begegnung mit ihrem Peiniger. Ihr Mund fühlte sich plötzlich trocken an, und Adrenalin schoss durch ihren Körper. Sie ballte die Hände zu Fäusten und richtete sich auf. Flucht war keine Lösung, das hatte ihre Psychotherapeutin immer wieder betont. Wer seine Ängste überwinden wollte, musste sich ihnen stellen. »Ich werde an der Verhandlung teilnehmen«, presste sie schließlich hervor.

Dr. Schidlowsky nickte bedächtig. »Auch wenn es schwerfällt, ist das bestimmt die richtige Entscheidung.« Sie schob die Akte zur Seite. »Meiner Erfahrung nach bleiben die Täter dann auch eher bei der Wahrheit.« Sie strich eine Strähne ihres dunkelbraunen Haares zurück. »Selbst die abgebrühtesten Kriminellen hält die direkte Konfrontation mit ihren Opfern in der Regel davon ab, allzu dicke Lügengeschichten aufzutischen.«

Sie öffnete erneut die Akte. »Den Termin habe ich Ihnen ja bereits per Mail mitgeteilt.«

Sophia nickte. Langsam entspannte sie sich. Ihre Rechtsanwältin hatte alles im Griff, sie würde auch diese Hürde nehmen und dann endlich wieder nach vorne sehen können.

Es klingelte an der Tür. »Ich bin gleich wieder bei Ihnen.«

Während sie auf die Rückkehr ihrer Anwältin wartete, dachte sie über den Kanuausflug mit Christoph nach. Seitdem hatten sie sich nur einmal kurz im Treppenhaus gesehen. Auf der Insel hatten sie sich geküsst, lange und intensiv, aber als sie sich am Tag danach begegneten, hatte er sich wieder in den Geschäftsmann verwandelt. Ein kurzes »Moin«, dann war er auch schon durch die Tür verschwunden. Am liebsten hätte sie losgeheult. Zum Glück war sie jetzt in Berlin. Sie sollte sich Christoph endlich aus dem Kopf schlagen. Früher oder später würde er nach Frankfurt zurückkehren, dort war jetzt sein Zuhause, und nicht in Kappeln, Arnis, Brodersby oder Maasholm.

Die Anwältin kehrte zurück und entschuldigte sich für die Unterbrechung. »Jetzt können wir noch einmal den Ablauf des Verfahrens besprechen, damit Sie sich mental schon einmal darauf einstellen können. Wenn Sie später weitere Fragen haben, dürfen Sie sich aber jederzeit bei mir melden.« Eine Stunde später ließ Sophia die Eingangstür hinter sich zufallen. Sie hob den Kopf, schloss für einen Moment die Augen und spürte die Sonnenstrahlen auf der Haut. Ein Lieferwagen rumpelte auf der Straße an ihr vorbei, gefolgt von einem Fahrradkurier, der mit einem Affentempo unterwegs war. Sein Helm hing schief auf dem Kopf, der neongelbe Rucksack wippte auf und ab. Sophia spürte, wie sich etwas in ihr löste, sie hatte richtig Lust auf diese quirlige Stadt, in der sie immer sehr gern gelebt hatte. Sie fischte das Handy aus der Tasche und schrieb eine Nachricht in ihre Freundinnen-WhatsApp-Gruppe. *Ich bin gleich bei euch!*

»Yippie!« Moni, die als Erste an der Tür war, schlang ihre langen Arme um sie und drückte sie so fest, dass Sophia fast keine Luft mehr bekam. Da kam auch schon Monis Schwester Klara dazu. »Jetzt bin ich aber dran.« Sie schmiss das Handtuch beiseite, das über ihrem Unterarm gelegen hatte. »Lass dich knuddeln!« Ihre beiden Freundinnen bugsierten sie schnurstracks in die große, gemütliche Küche der Altbauwohnung, die sich im Scheunenviertel in Berlin Mitte befand. Moni strahlte übers ganze runde Gesicht. »Wir haben Kuchen gebacken.« Sie wies mit der Hand auf einen der in verschiedenen Pastelltönen angemalten Holzstühle. »Setz dich doch erst einmal.«

Ein riesiger Napfkuchen stand, mit weißer und dunkler Schokolade überzogen, in der Mitte des Tisches, den sie einmal alle drei gemeinsam bei einer Haushaltsauflösung ergattert, abgeschliffen und weiß gestrichen hatten.

»Der Kuchen sieht aber lecker aus«, sagte Sophia ehrlich begeistert. Einen solchen Empfang hatte sie nicht erwartet. Klara, die ihr schulterlanges blondes Haar zu einem Dutt nach oben gezwirbelt hatte, nickte. »Genauso schmeckt er auch.« Sie klimperte mit den langen Wimpern und machte eine theatralische Geste. »Death by chocolate.«

Es klingelte erneut. »Das muss Swantje sein.« Klara lief zur Tür und kam mit der Vierten in ihrem Bunde zurück. Sophia sprang auf und umarmte auch Swantje, die sich sehr viel schlanker anfühlte als bei ihrer letzten Begegnung. Sie trug einen lässigen Overall, dazu Boots mit hoher Sohle und hatte einen kleinen Rucksack geschultert, aus dem sie eine Flasche Sekt zog. »So hoher Besuch muss gefeiert werden.«

Es war, als wäre Sophia nie weg gewesen. Moni hatte Sektgläser aus dem Sechzigerjahre-Hängeschrank geholt, ein Fundstück vom Flohmarkt, und stellte sie auf den Tisch. Swantje entfernte das Stanniolpapier vom Flaschenhals, hielt den Korken fest und löste das Drahtkörbchen. Ein leises Ploppen ertönte, und ihre Freundin, die als Sommelière arbeitete, füllte die Gläser. Sie prosteten sich zu. »Schön, dass wir uns endlich mal wiedersehen.« Moni sprach genau das aus, was Sophia in diesem Moment dachte.

»Es tut mir sehr leid, dass ich so lange nichts von mir habe hören lassen«, platzte es aus ihr heraus. Sie spürte, wie ihr Hals trocken wurde. »Ich bin vielleicht eine Freundin …«

Klara, die ein Jahr jünger war als ihre Schwester Moni, legte den Arm um sie. »Wir wissen alle, was du durchgemacht hast, und haben vollstes Verständnis dafür, dass du erst einmal Abstand brauchtest.« Die anderen nickten.

»Wie ist es denn so in der Provinz?«, fragte Swantje, die ursprünglich aus Heide kam, dies aber immer gern verschwieg.

»Sehr schön …«, begann Sophia. Nachdem sie ihr Glas gehoben und angestoßen hatten, waren alle Augen auf sie gerichtet.

»Nun erzähl schon!«, forderte Swantje sie auf.

»Es ist wunderschön auf dem Strandrosenhof«, begann sie mit einem kurzen Blick in die Runde. »Meine Chefin Ulli ist supernett, und die Arbeit macht richtig viel Spaß.« Sie schilderte kurz, wie ihr Tagesablauf normalerweise aussah, und ihre Freundinnen hingen dabei an ihren Lippen.

»Das ist ja wie in Bullerbü«, sagte Klara schließlich mit

einem verträumten Blick. »Wir müssen dich unbedingt mal besuchen kommen.«

»Ihr seid jederzeit herzlich willkommen«, erwiderte Sophia lächelnd, und unvermittelt schob sich die Erinnerung an Christophs Küsse auf der Liebesinsel in den Vordergrund. Sie nippte an ihrem Sekt und blinzelte die Bilder weg. Kurz überlegte Sophia, ob sie ihren Freundinnen von ihm erzählen sollte, aber sie entschied sich dagegen, da es ohnehin keine Chance für sie beide gab. Früher oder später würde er wieder aus ihrem Leben verschwinden, genau wie damals nach dem Abitur. Sophia atmete tief durch. »Habt ihr eigentlich Pläne für heute Abend?«

»Na klar«, erwiderte Swantje und wippte mit dem Fuß. »Heute wird getanzt.«

19. Kapitel

Nachdem Sophia und ihre Freundinnen alle Neuigkeiten ausgetauscht hatten, schob Moni eine selbst gemachte Pizza in den Ofen. Kurze Zeit später zog ein verführerischer Duft durch die Küche. Swantje streckte die langen Beine unter dem Tisch aus. »Jetzt habe ich aber auch echt Hunger.« Sophias Magen knurrte ebenfalls, denn sie hatte bis auf das belegte Brötchen, das sie sich am Bahnhof gekauft hatte, und das Stück Kuchen noch nichts gegessen. Klara holte das Geschirr und stellte Gläser auf den Tisch, Sophia nahm Messer und Gabeln aus einem Weidenkorb, der sich auf einer Ablage neben der Kochinsel befand. Endlich war es so weit. Die Pizza war fertig, Moni teilte sie in handliche Stücke, und alle griffen beherzt zu. »Lasst es euch schmecken.« Sie strahlte übers ganze Gesicht. »Schön, dass wir zusammen sind.« Klara nippte mit geschlossenen Augen an dem Wein, den Swantje mitgebracht hatte – ein Pinot noir – und der ihr offensichtlich mundete, denn sie trank schon ihr zweites Glas.

Nach dem Essen erledigten sie schnell den Abwasch, denn sie wollten zum Schleusenufer, wo eine Clubnacht angesagt war. Swantje stand vor dem Spiegel, der über der

Kommode im Flur hing, und zog sich die Lidstriche nach. Moni stupste sie in die Seite. »Nun komm schon, du bist schön genug!«

Sie gingen zur nächsten U-Bahn-Station und fuhren bis zum Schlesischen Tor. Den Rest der Strecke liefen sie zu Fuß, nach dem reichhaltigen Essen war ihnen nach Bewegung zumute. Swantje hakte sich bei Sophia unter. »Wie war denn der Termin bei deiner Anwältin?«

»Ganz okay. Sie hat mir alles erklärt, und jetzt bin ich einigermaßen beruhigt.« Ihre besten Freundinnen wussten natürlich, was in dem Keller geschehen war, und hatten sie durch ihre dunkelste Zeit begleitet.

Swantje drückte ihre Hand. »Die Berufungsverhandlung wirst du auch noch durchstehen, und dann kannst du endgültig alles hinter dir lassen.«

Kurz flackerte das Bild von Sebastian auf dem Mähdrescher in ihrem Kopf auf. Wo um alles in der Welt kam das jetzt her? Sophia zwang ihren Blick auf das Café, an dem sie gerade vorbeischlenderten, und zum Glück löste es sich wieder auf. »Das ist auf jeden Fall mein Plan«, erwiderte sie schließlich. Sie erreichten den Biergarten und fanden einen freien Tisch unter einem maisgelben Sonnensegel. Es war noch früh, deshalb tummelten sich hier viele Touristen, denn dieser Ort am Kanal an der Grenze zwischen Kreuzberg und Treptow war mittlerweile zu einem beliebten Ausflugsziel geworden. Die vier waren hier Stammkundinnen gewesen, ihnen gefielen die ausrangierten Sessel und Sofas, auf denen man abhängen konnte, die verschiedenen Pflanzen, die in Kübeln, Eimern und

Holzkisten wucherten, die Lichterketten und vor allem die Discokugeln, die in der Dunkelheit eine magische Stimmung verbreiteten. Die Frauen bestellten Bier, das direkt aus Tanks gezapft wurde. Sie prosteten sich zu und setzten ihre Gespräche fort, bis die Sonne unterging und der DJ die Musik langsam lauter drehte, sodass die Stimmung der Besucher immer ausgelassener wurde. Sophia genoss jede Sekunde mit ihren Freundinnen. Sie wechselten vom Tisch in eine Hollywood-Schaukel, die sich auf einem ehemaligen Kinderkarussell befand. Sie saß neben Moni, die ihren Arm um sie gelegt hatte und dabei zur Musik hin und her wippte, und Sophia folgte ihren Bewegungen, wobei der geflochtene Zopf ihrer Freundin ihr Gesicht kitzelte. Sie kicherte und trank noch ein Schluck Bier. Ein junger Mann, der eine Pluderhose und ein ärmelloses T-Shirt trug, hüpfte auf die Tanzfläche, und kurz darauf schob der DJ, ein breitschultriger Kerl mit langem Bart, die Kopfhörer über beide Ohren und regelte die Musik noch lauter. Der Beat drang durch die laue Sommerluft und mischte sich mit dem Gewirr der Stimmen. Normalerweise benötigte man ein Ticket für das Event, aber Swantje kannte den Veranstalter, deshalb winkte der Security-Typ Sophia und ihre Freundinnen durch, als sie sich auf den abgegrenzten Bereich mit der Tanzfläche begaben. »Auf geht's!«, rief Swantje und riss die Arme hoch. Eigentlich war Sophia kein Fan von elektronischer Tanzmusik, die – das hatte ihr mal einer ihrer Schützlinge in der Wohngruppe erklärt – mit EDM abgekürzt wurde, aber inmitten der vielen Menschen, die sich um sie herum den Rhythmen hingaben, ließ sie sich einfach mitreißen. Sie schloss die Augen und bewegte ihren Körper, der sich nach der langen Tanzauszeit etwas steif anfühlte. Sophia hüpfte, drehte sich im Kreis, umarmte ihre Freundinnen und spürte den Rhythmus der Musik schon bald in jeder Zelle ihres Körpers. Zwischendurch drückte Moni ihr einen frischen Becher Bier in die Hand. »Das Trinken nicht vergessen«, schrie sie ihr ins Ohr. Sie drehte ihren Kopf, sodass die Zöpfe wie kleine Propeller ihr Gesicht umkreisten. »Die Musik ist so cool!«

Klara und Swantje tanzten zusammen an ihnen vorbei. Die beiden bewegten sich im Polka-Schritt und kicherten um die Wette. Immer mehr Menschen strömten in den Clubbereich, und Sophia nahm alles um sich herum überdeutlich wahr: die Lichtblitze, die durch den Sommerhimmel schossen, wabernde Rauchwolken über den Köpfen der Tanzenden und das Mitjohlen der Menschen. Plötzlich entstand in ihrer Nähe ein kleiner Tumult. Zwei junge Männer, die ganz in Schwarz gekleidet waren, gestikulierten und schrien sich an. Ein Security-Mitarbeiter schob sich eilig an ihr vorbei. Sophia kam aus dem Gleichgewicht, doch jemand streckte schnell genug die Hand aus, um sie zu stützen. Als sie sich wieder gefangen hatte, hob sie den Kopf, um sich zu bedanken. »Robert?«

Ihr Ex-Freund stand direkt vor ihr, der vertraute Geruch ließ ihren Atem für einen Moment stocken. »Was machst du denn hier?« Eine überflüssige Frage, dachte Sophia im selben Augenblick, aber sie fühlte sich überfordert.

Ein erfreutes Lächeln huschte über sein Gesicht. »Wie schön, dich zu sehen.« Er deutete in Richtung des Ausgangs. »Die Musik ist so laut, wollen wir uns draußen unterhalten?«

Er ergriff ihre Hand, zog sie hinter sich her, und als sie endlich den Clubbereich verlassen hatten, atmete Sophia erleichtert aus. Robert begleitete sie zu einem Tisch im Biergarten, in dem nur noch wenige Besucher saßen. Ihr Ex-Freund, der seine aschbraunen, gewellten Haare jetzt halblang trug, schaute sie aufmerksam an. »Was führt dich denn hierher?«

»Ich hatte einen Termin bei meiner Anwältin«, erwiderte sie. »Ich muss noch einmal vor Gericht erscheinen, weil Vincent Berufung gegen das Urteil eingelegt hat.«

»Oh, das tut mir leid, das wusste ich ja gar nicht.« Ein kleiner Vorwurf schwang in seiner Stimme mit. »Melde dich gern, wenn du Unterstützung brauchst.«

Sophia rieb die Handflächen aneinander. »Vielen Dank für das Angebot, aber meine Anwältin hat alles gut im Griff.«

Robert lehnte sich zurück und musterte sie. »Du siehst gut aus«, sagte er schließlich. »Gefällt dir das Landleben?«

»Ich lebe sehr gern auf dem Strandrosenhof, wenn es das ist, was du meinst?«

Er beugte sich nach vorn, sodass Sophia direkt in seine Augen schauen konnte. »Ich habe dich vermisst«, sagte er schließlich leise. »Ich verstehe bis heute nicht, warum du mich verlassen hast.«

Sophia verspürte ein inneres Flimmern. Sie war das

Opfer einer Gewalttat, über die er mit ihr nicht einmal hatte sprechen wollen, und jetzt machte er ihr Vorwürfe.

»Ich habe keine Liebe mehr gespürt«, erwiderte sie, ohne vorher darüber nachzudenken. Aber genau so war es.

»Ich wusste eben nicht, wie ich mich verhalten soll«, sagte er und zupfte am Kragen seines Retro-Poloshirts. »Am Anfang dachte ich, dass Vincent dich …«

»Vergewaltigt hat?«, vollendete sie seinen Satz lauter, als sie es beabsichtigt hatte. Ihr Ex-Freund zuckte zusammen und sah sich verstohlen um. Sophia hätte ihn am liebsten geschüttelt, aber sie wusste, dass auch er mit der Situation überfordert gewesen war – das hatte sie mithilfe ihrer Psychologin alles aufgearbeitet.

»Wir hätten das zusammen schaffen können«, sagte sie schließlich. Sophia ergriff seine Hände. »Ich weiß, dass es nicht leicht gewesen wäre, aber vielleicht hätten wir eine Chance gehabt, wenn wir über alles geredet hätten.«

»Ich wusste aber nicht, wie«, begann er, und sein trauriger Unterton ließ sie erschaudern. Sophia hatte das Gefühl, als ob er innerlich mit Worten rang, und wollte ihm schon ein Stichwort liefern, hielt sich dann aber zurück. Stattdessen blieb sie einfach ruhig sitzen, lauschte dem Beat, der aus dem Club zu ihnen drang, und atmete langsam ein und wieder aus. »Wir hatten immer schönen Sex«, sagte er schließlich, »aber nachdem du aus dem Krankenhaus entlassen worden warst, mochte ich dir das einfach nicht mehr zumuten.« Seine Stimme brach, und Sophia strich mit beiden Daumen über seine Handrücken.

»Es wäre schön gewesen, wenn du mich wenigstens mal in den Arm genommen hättest.«

»Ich hatte Angst, dass du Schmerzen hast, wenn ich dich berühre. Außerdem hatte ich gelesen, dass die meisten Opfer von sexueller Gewalt auf Trigger reagieren, und deshalb habe ich alles vermieden, was dich an die Tat hätte erinnern können.«

Sophia seufzte. »Inzwischen komme ich damit besser klar. Mir geht es gut, du musst dir wirklich keine Gedanken mehr darüber machen. Lassen wir die Vergangenheit ruhen, okay?«

Robert sah ihr direkt in die Augen. »In Ordnung. Ich bin froh, dass wir endlich darüber gesprochen haben. Und dass es dir wieder besser geht.«

Eine junge Frau mit roten Haaren, die sie mit einem bunten Tuch hochgebunden hatte, näherte sich ihrem Tisch und blieb vor ihnen stehen. »Hier bist du also.« Sie küsste Robert auf die Wange und stellte sich Sophia als Roberts Freundin vor.

Sophia lächelte sie an, ohne dass ihr der Gedanke einen Stich versetzte. Im Gegenteil, sie freute sich für Robert.

Ihr Ex-Freund machte eine einladende Geste. »Willst du dich nicht zu uns setzen, Bea?«

»Ich will euch aber nicht stören?«, erwiderte sie mit einem Seitenblick auf Sophia, die sich daraufhin erhob.

»Ich wollte sowieso gerade gehen, meine Freundinnen suchen mich bestimmt schon.« Sie verabschiedete sich von den beiden, verließ den Tisch in Richtung Clubeingang und zog dabei ihr Handy hervor: Klara, Mona und Swantje wollten weiterziehen. Sie lächelte und tippte schnell eine Antwort: *Bin auf dem Weg.*

Als Sophia am darauffolgenden Abend endlich die Tür zu ihrer Wohnung aufschloss, war sie fix und fertig. Sie hatte mit ihren Freundinnen noch bis zum Sonnenaufgang gefeiert, dann hatten sie gefrühstückt, Swantje hatte sich verabschiedet, und Sophia war mit Moni und Klara mitgegangen. Sie hatte mit den Schwestern zusammen in einem Bett geschlafen, denn Klara hatte es nicht mehr in ihr Zimmer und auf ihr Hochbett geschafft und Sophia selbst war zu faul gewesen, sich das Bettzeug fürs Sofa zu beziehen. Dennoch hatten sie sich alle einigermaßen gut erholt, die Müdigkeit hatte Sophia erst im Zug überfallen. Sie war in ihrem Sitz eingeschlafen, und die Schaffnerin hatte sie wach rütteln müssen, als sie die Fahrkarte kontrollieren wollte.

Sophia kickte ihre Sneaker von den Füßen und ließ ihre Reisetasche fallen. Sie brauchte erst einmal eine Dusche, dann würde sie etwas essen und sich noch ein paar Stunden Schlaf gönnen. Zum Glück musste sie erst am kommenden Tag wieder arbeiten.

Es war angenehm kühl im Wohnzimmer, nur die Luft war etwas abgestanden, deshalb öffnete sie beide Fenster. Einen Moment blieb sie stehen und sah, dass Sebastian gerade den Traktor bestieg. Wieso bloß wurde sie bei ihm dieses komische Gefühl nicht los? Und warum um alles in der Welt hatte die Erinnerung an ihn sie bis nach Berlin verfolgt? Er trug eine grüne Arbeitshose, die ihm zu weit und deshalb fast bis auf die Hüften heruntergerutscht war. Plötzlich drehte er sich in ihre Richtung, als ob er ihren Blick bemerkt hätte, und Sophia duckte sich schnell weg. Sie ging ins Schlafzimmer, in dem nur ihr Bett, das sie aus Berlin mitgenommen hatte, und ein Einbauschrank mit weißen Lamellentüren standen, der zur Wohnung gehörte und in dem sie fast alles untergebracht hatte, was sie besaß. Das gefiel ihr. Alles musste seinen Platz haben, nichts durfte herumstehen. Im Haus ihrer Eltern in Kappeln herrschte immer das totale Chaos, weil die Arbeit im Friseursalon ihnen wenig Zeit ließ, und vielleicht hatte sich auch deshalb bei ihr früh ein Sinn für Ordnung entwickelt. Einen Ratgeber zum Thema Minimalismus, wie sie in letzter Zeit überall zu haben waren, hatte sie nie gebraucht.

Sophia zog sich aus, stopfte die schmutzige Wäsche in den Korb und lief nackt ins Badezimmer, das mit einer begehbaren Dusche ausgestattet war – ein absoluter Traum, denn es gab keine Glastüren, die ständig mit Kalkspritzern besprenkelt waren, sondern nur eine gemauerte Wand mit beigefarbenen Fliesen. Der Duschkopf war in die Wand eingelassen, genau wie die Armaturen, sodass man die Hände frei hatte. Als Sophia fertig war, trocknete sie sich ab und wickelte sich ein Handtuch als Turban um ihr nasses Haar. Sie kehrte ins Schlafzimmer zurück und nahm das cremefarbene Kleid im Boho-Stil aus dem Schrank, das sie das letzte Mal beim Mittsommerfest getragen hatte. Ihre Gedanken wanderten zu dem Abend, an dem sie mit Christoph zu dem schwedischen Frosch-Lied getanzt hatte, und plötzlich spürte sie ein Ziehen in der Brust, das sich langsam bis zu ihren Schultern ausdehnte. Sie hängte das Kleid zurück, griff nach Jeans und T-Shirt, nahm das Handtuch vom Kopf, schüttelte die Haare aus, und die Erinnerung löste sich zum Glück wieder auf. Sie band sich noch ein Tuch aus ihrer umfangreichen Sammlung um den Hals. Dann schlüpfte sie in ihre Sneaker. Sie wollte zu ihrer Gartenparzelle, das Gemüse wässern, und danach noch ihr Lieblingsschaf Murmel besuchen. Voller Elan ließ sie die Wohnungstür hinter sich zufallen, lief die Treppe hinunter und rutschte plötzlich auf einer Stufe aus. Sie hörte noch, wie Christoph ihren Namen rief, aber ehe sie darauf reagieren konnte, verlor sie schon den Halt. Für den Bruchteil einer Sekunde sah Sophia sich auf den harten Steinfliesen landen, doch im letzten Moment fingen sie zwei starke Arme auf.

20. Kapitel

Sophia fühlte sich an wie eine Feder. Christoph hielt sie einen Augenblick fest, ihr Duft nach Zitrone und wilden Kräutern nahm ihm den Atem. Erschrocken sah sie ihn an, dann setzte er sie vorsichtig auf dem Boden ab. »Das ist gerade noch mal gut gegangen.«

»Danke«, erwiderte sie seufzend. »Wie konnte mir das nur passieren?« Sie standen sich ganz nah gegenüber, es hätte höchstens ein Blatt Papier zwischen sie gepasst. Christoph spürte, wie sich Sophias Atem beschleunigte. Er strich ihr eine Strähne aus dem Gesicht. Dort, wo sich ihre Körper durch die dünne Sommerkleidung berührten, prickelte seine Haut. Christoph ließ seine Finger in den Ansatz ihrer Haare gleiten und zog sie noch näher an sich heran. Er sah die bekannten bernsteinfarbenen Sprenkel in ihren dunklen Augen. Die Sommersprossen auf ihren Wangen waren mehr geworden.

Da wurde die Tür aufgestoßen, und Jan betrat den Flur.

»Ich störe wohl«, sagte er mit einem wissenden Lächeln. Christoph hob die Augenbrauen und deutete mit dem Kopf nach oben, woraufhin sein Assistent kurz nickte und schnell die Treppe hochlief.

Christoph wandte sich wieder Sophia zu, die sich jedoch einen Schritt von ihm entfernt hatte.

»Ich bin auf dem Weg zu meinem Gemüsegarten. Kommst du mit?«

Eigentlich musste er arbeiten, aber Christoph wollte diese Begegnung mit Sophia noch lange nicht beenden. Er ließ ihr mit einer einladenden Handbewegung den Vortritt. »Unbedingt!«

Gemeinsam gingen sie über den Innenhof und bogen auf den Rundweg in Richtung Verkaufsstand ab. Heute war der Himmel bedeckt, und es war sehr schwül. Christoph verdrängte ein schlechtes Gewissen, weil er sich einfach eine kleine Auszeit nahm, obwohl er heute eine lange To-do-Liste abarbeiten musste. »Du warst in Berlin?«

»Ich habe mich mit meiner Anwältin getroffen.«

In aller Kürze berichtete sie von dem Gespräch. Es freute ihn, dass sie ihn ins Vertrauen zog, und er konnte gut nachvollziehen, dass ihr der bevorstehende Termin Sorge bereitete. »Ich war schon oft bei Verhandlungen dabei«, sagte er, und kurz flackerte die Erinnerung an den Prozess auf, den Donielle gegen ihn geführt hatte. »Ich habe die Erfahrung gemacht, dass es immer das Beste ist, die Wahrheit zu sagen, alles andere kommt früher oder später ohnehin ans Tageslicht.«

Sophia nickte. »Ich könnte sowieso nicht lügen«, sagte sie, und Christoph hatte den Eindruck, als ob ihre Stimme etwas brüchig klang. »Es ist nur beängstigend, dass man unter Umständen auf einmal vom Opfer zur Täterin werden könnte.«

Christoph ergriff ihre Hand, die sich trotz der warmen Temperaturen eiskalt anfühlte. »Das wird nicht passieren. Der ganze Tathergang, den du mir geschildert hast, spricht dagegen. Niemand im Gerichtssaal wird glauben, dass du deinen Schützling verführen wolltest.«

Sophia antwortete nicht, sondern deutete auf einen grünen Schuppen. »Ich hole ein paar Gartenutensilien. Wenn du magst, kannst du dir schon einmal die Gemüseparzellen anschauen.«

»Soll ich dir nicht lieber helfen?«

Sie schüttelte den Kopf. »Ich bin gleich wieder da.«

Christoph ließ es dabei bewenden, auch wenn er viel lieber in ihrer Nähe geblieben wäre. Das Gefühl, das sich in seinem Herzen ausgebreitet hatte, konnte er noch nicht ganz deuten. Es war in dem Moment entstanden, als sie in seinen Armen gelandet war, als wäre sie vom Himmel gefallen. Christoph erreichte den Gemüsegarten und schlenderte auf einem kleinen Trampelpfad durch die Beete. Dort wuchsen Kartoffeln, Porree und Kürbisse, aber auch Buschbohnen und Zwiebeln. Die Pächter der Parzellen hatten Holzschilder mit den entsprechenden Bezeichnungen in die Erde gesteckt. Er wunderte sich, dass die Trockenheit den Pflanzen nicht mehr zugesetzt hatte. Als er Sophia entdeckte, die mit einem Korb in der einen und einer Gießkanne in der anderen Hand auf ihn zugelaufen kam, ging er ihr entgegen. »Lass mich das tragen.« Sie blieb stehen, stellte ihre Last ab und wischte sich mit der Hand über die Stirn. Dann deutete sie auf eine Stelle ganz in ihrer Nähe. »Dahinten ist mein Beet, dort muss unbedingt gegossen werden.« Er übernahm diesen Job gern für sie und wies auf eine kleine Sitzbank unter einem Apfelbaum. »Du bleibst besser im Schatten.« Er schmunzelte, als sie seiner Anweisung ohne zu zögern folgte und sich sofort auf den Weg machte. Christoph versorgte derweil ihre Pflanzen mit Wasser. Er lief mehrere Male zum Schuppen und füllte die Gießkanne auf. Schließlich war er fertig, und er gesellte sich zu Sophia, die ihn vorsichtig anlächelte, als er ihre Bank erreichte. Mit der flachen Hand klopfte sie auf den Platz neben sich. »Setz dich doch zu mir.«

»Das hat Spaß gemacht«, sagte Christoph. Er spürte ihre Nähe überdeutlich, am liebsten hätte er sie auf seinen Schoß gezogen ... Stattdessen verschränkte er die Arme im Nacken. »Das ist wirklich ein wunderschönes Fleckchen Erde.« Kurz drängte sich ein Bild von Baufahrzeugen in sein Bewusstsein, die hier den Boden planieren würden, und er biss die Zähne aufeinander. In den langen Jahren seiner Tätigkeit im Immobilienbereich war er noch nie in eine derartige Zwickmühle geraten. Er hatte keine Idee, auf welche Weise er das Ganze zu einem guten Ende führen sollte.

»Wie geht es eigentlich mit eurer Arbeit hier voran?«, fragte Sophia, als hätte sie seine Gedanken gelesen.

»Es gab einen vielversprechenden Termin mit der Gemeinde auf einem Grundstück in der Nähe der Kurklinik.« Er räusperte sich. »Es dauert aber noch, bis es Bauland wird.«

»Dann müsst ihr also weitersuchen?«

»Es sieht ganz danach aus, ja.« Christoph wusste nicht,

wie er die Situation beschreiben konnte, ohne ihr wehzutun, deshalb ergriff er ihre Hand. Sophia ließ es mit einem Lächeln geschehen. Sie erzählte ihm von dem schönen Abend mit ihren Freundinnen und schließlich auch, dass sie im Club an der Spree ihren Ex-Freund getroffen habe. »Wir haben uns endlich ausgesprochen«, sagte sie und ließ seine Hand los. Christoph fühlte einen eifersüchtigen Stich in der Brust, als Sophia ihm die Begegnung mit Robert schilderte. Er hatte nach dem Überfall nicht hundertprozentig zu ihr gestanden, entnahm er ihren Worten; so jemanden hatte sie wirklich nicht verdient. Andererseits hatte auch er Sophia schon im Stich gelassen, als er damals fortging, er war also wohl kaum besser. Und jeden Tag hatte er mit den Erinnerungen aus der Vergangenheit zu kämpfen. Seit Donielles Unfall, den er verursacht hatte, war er keine dauerhafte Beziehung mehr eingegangen, und ihm hatte nichts gefehlt. Aber nun sehnte er sich auf einmal nach Sophias Nähe und wollte so viel Zeit wie möglich mit ihr verbringen.

❀

Sophia trat kräftig in die Pedale. Schon lange war sie nicht mehr mit dem Fahrrad unterwegs gewesen, doch es machte ihr Spaß. Neben Christoph fuhr sie über eine Schotterpiste in Brodersby, die sie noch gar nicht kannte. Natürlich hatte sie ihn mehrfach gefragt, wohin er radeln wollte, doch er hatte sich in vielsagendes Schweigen gehüllt. Noch immer hallten die Worte des Gesprächs mit ihm am Rande der

Gemüsebeete in ihr nach. Er war sehr einfühlsam gewesen und hatte die passenden Worte gefunden. Vielleicht konnten sie ja doch gute Freunde werden? Sophia war sehr gespannt darauf, was er ihr unbedingt zeigen wollte. Sie erreichten eine Hofeinfahrt, vor der ein Schild mit der Aufschrift *Betreten verboten!* angebracht war. Christoph lenkte sein Fahrrad wie selbstverständlich daran vorbei, und Sophia folgte ihm. Ihr Herz schlug schneller, als sie ein reetgedecktes Backsteinhaus mit weißen Sprossenfenstern sah, das inmitten eines Gartens stand, in dem Stockrosen in Rot, Gelb, Violett und Rosa blühten. Ein kiesbedeckter Weg schlängelte sich bis zur grünen Holztür, an dessen Seiten rund gestutzte Buchsbäume in verschiedenen Größen wuchsen. Nachdem sie die Fahrräder abgestellt hatten, folgte sie Christoph, der vor einem flachen Stein stehen blieb, unter dem er einen Schlüssel hervorholte. Sophia warf ihm einen fragenden Blick zu, aber er lächelte nur kurz. Der süße Duft der Blumen drang in ihre Nase, als sie sich an seiner Seite langsam dem Haus näherte. Sie sah Amseln durch die Beete huschen, einige trugen Insekten in den Schnäbeln, andere zwitscherten aufgeregt und schlugen mit den Flügeln. Ein kleiner Schwarm Schwalben kreiste über dem Garten, die Vögel wechselten ständig ihre Flughöhe und waren so schnell, dass man ihnen kaum mit den Augen folgen konnte. Sophia sah Hummeln, die von einer Blüte zur anderen flogen, Bienen und eine Libelle, deren Flügel wie Smaragde in der Sonne glänzten. Sie erreichten die Tür, die aus einem oberen und einem unteren Teil bestand, die unabhängig voneinander geöffnet werden konnten. In früheren Zeiten klönten die Bewohner auf diese Weise mit den Nachbarn, ohne dass die Nutztiere, die in den Häusern lebten, entwischen konnten. Christoph steckte den Schlüssel ins altmodische Schloss. Er drückte den aus Eisen geschmiedeten Knauf hinunter und machte eine einladende Handbewegung. »Herzlich willkommen in meinem Elternhaus.« Er ließ Sophia den Vortritt. »Bitte, nach dir.«

Eine angenehme Kühle empfing sie, als sie den Natursteinboden betrat. Auf einer Seite war eine Garderobe befestigt, allerdings hing dort nicht ein einziges Kleidungsstück. In der mit bunten Blumen bemalten Milchkanne, die darunterstand, befand sich auch kein Regenschirm. »Ist niemand zu Hause?« Sophia fühlte sich unbehaglich, als wäre sie unerlaubt in ein persönliches Refugium eingedrungen. Christoph wies ihr den Weg in die Stube, die direkt an den Eingangsbereich anschloss. In dem mit Holzdielen ausgestatteten Raum gab es einen Esstisch für vier Personen, ein sandfarbenes Sofa und zwei dazu passende, schön geschwungene Sessel. Auf dem niedrigen Teakholztisch lag eine Interieur-Zeitschrift, in der Vase daneben befand sich ein kunstvoll gebundener Strauß mit Rittersporn, pinkfarbenen Hortensien, einigen Stängeln Enzian und Wiesenkerbel. Christoph, der ihrem Blick gefolgt war, nickte kurz. »Mein Verwalter hat die Blumen gebunden, er kümmert sich nämlich auch um den Garten.« In Sophias Kopf bildete sich eine Frage nach der anderen, aber in diesem Moment war sie nur sprachlos. Christoph ergriff ihre Hand. »Ich werde dir alles erklären, aber jetzt sollst du auch noch die anderen Räume kennenlernen.«

Er führte sie die Holztreppe hinauf in den ersten Stock. Dort öffnete er die Tür zu einem Schlafzimmer, in dem sich ein Doppelbett mit einem blauen Überwurf befand. Am Kopfende waren kleine Kissen mit Blumenmustern drapiert. Durch eines der Sprossenfenster ließ er den Sommertag herein, und Sophia schmeckte plötzlich das Aroma von Salz auf der Zunge. »Sind wir so nah am Meer?«

Ein kleines Lächeln umspielte seine Lippen. »Lass dich überraschen, okay?« Die Worte drangen an ihr Ohr, aber ihre Gedanken waren ganz woanders. Auf der Liebesinsel hatte er sie geküsst, erst vorsichtig und abwartend, aber als sie ihm entgegengekommen war, hatten seine fordernden Brührungen ihr den Atem geraubt.

»Sophia?«

Sie nickte geistesabwesend und folgte ihm ins Badezimmer, wobei sich ihr Blick an seinen wohlgeformten und durchtrainierten Hintern heftete. Er hatte ihr erzählt, dass er nicht nur regelmäßig joggte, sondern auch mehrmals die Woche im Fitnessstudio Gewichte stemmte. Christoph deutete auf die frei stehende Badewanne, die wie eine weiße Miesmuschel aussah: »Der Entwurf eines Bildhauers aus Arnis.«

Sophia ließ die Finger über die glatte, kühle Oberfläche gleiten. »Das fühlt sich an wie Marmor.« Als Christoph nickte, schnellten ihre Augenbrauen nach oben. »Das muss ein Vermögen gekostet haben!?«

»Ein kleines«, erwiderte Christoph. »Die Basis besteht aber aus Beton.«

Im ersten Stock gab es noch einen weiteren Raum, in

dem Gäste wohnen konnten. Christoph ließ Sophia nur schnell hineinblicken, dann zog er die Tür sofort wieder zu. Sie hatte ein schmales Bett gesehen und einen Schreibtisch, auf dem gerahmte Fotos und Glaskugeln in verschiedenen Größen standen, mehr aber nicht. Christoph deutete mit dem Kopf auf die Tür am Ende des Flures. »Dort hinten ist mein altes Zimmer.« Sophia wandte sich ihm zu. »Warum wohnst du eigentlich im Strandrosenhof, wenn du hier in diesem wunderschönen Reetdachhaus leben könntest?«

Christoph runzelte die Stirn. »Weil …« Er rang sichtlich nach Worten. Sie wollte ihn nicht drängen, deshalb blieb sie einfach abwartend stehen, bis er ihr direkt in die Augen blickte. »Es hängen einfach zu viele Erinnerungen daran.«

21. Kapitel

Christoph hatte lange überlegt, ob er Sophia das Reetdachhaus zeigen sollte, in dem er aufgewachsen war. Seit sie ihm von ihrer schmerzhaften Vergangenheit erzählt hatte, wurde ihm immer bewusster, dass auch er sich stärker öffnen sollte. Es war nur fair ihr gegenüber, und er wollte ihr zeigen, wie wichtig sie ihm immer noch war. Als sie ein Paar gewesen waren, hatte er sie nie zu sich nach Hause eingeladen, sie hatten sich entweder im Haus ihrer Eltern in Kappeln getroffen oder in der Natur. Jetzt betraten sie gemeinsam sein Jugendzimmer, in dem sich in den vergangenen zwölf Jahren kaum etwas verändert hatte. In der Ecke unter der Dachschräge stand sein Bett und vor dem Fenster der Schreibtisch, den er mit Sophia auf einem Flohmarkt in Eckernförde entdeckt und mit dem alten VW-Bus seines Vaters nach Hause transportiert hatte. Dort hatte er nach dem Mittagessen seine Hausaufgaben erledigt, im Gegensatz zu seinen Mitschülern hatte er sie nie auf die lange Bank geschoben. Der Vorteil war, dass er auf diese Weise alle Pflichten des Tages bereits am frühen Nachmittag erledigt hatte und spielen, Freunde oder Sophia treffen oder einfach nur die Zeit vertrödeln konnte.

Sophia stand inmitten des Raumes und ließ ihren Blick schweifen. »Komisch, dass wir nie hier gewesen sind«, sagte sie schließlich. Sie nahm die Gitarre in die Hand, die in der Ecke stand, setzte sich aufs Bett und spielte ein paar Akkorde. Dann hielt sie inne und sah ihm direkt in die Augen. »Warum eigentlich?«

Erinnerungsfetzen blitzten in Christophs Kopf auf: eine Blondine im Gästezimmer, deren schrilles Lachen durch die Tür drang, sein Vater, der mit geröteten Wangen den Flur betrat, die Treppe, das Poltern, der Schrei ... Hitze wallte in seinem Körper auf, aber es war nicht das erste Mal, dass ihn die Schatten der Vergangenheit heimsuchten, deshalb hatte er sich schnell wieder im Griff und wandte sich Sophia zu. »Ich werde es dir erzählen.« Er reichte ihr seine Hand. »Aber zuerst habe ich etwas anderes mit dir vor.«

Christoph führte sie zurück in die Küche, öffnete den Kühlschrank und holte eine Flasche Champagner heraus, die er in einen Korb stellte, in dem sich bereits zwei langstielige Gläser befanden. Er spürte Sophias Nähe hinter sich und drehte sich um. »Ich würde gern mit dir an den Strand runtergehen?«

Sophia nickte, und ihre Gesichtszüge wurden weich.

Alexander, sein Verwalter, hatte in seinem Auftrag noch kleine Leckereien besorgt, die in einer Schüssel mit Deckel auf der Anrichte standen.

»Das nehmen wir auch mit«, sagte Christoph. Dann holte er eine zusammengerollte Decke aus dem Wohnzimmer, die er Sophia in die Hand drückte. Schließlich verließen sie das Reetdachhaus und schlenderten auf dem Feldweg zur Ostsee hinunter. Die Sonne stand bereits tief am Horizont, als sie den Strand erreichten. Sie durchschritten zwei Dünen und suchten sich ein Plätzchen nur wenige Schritte vom Meer entfernt. Christoph stellte den Korb in den Sand, Sophia breitete die Decke aus. Sie ließen sich darauf fallen, ganz wie früher, zogen die Beine an den Körper und stützten die Unterarme darauf ab. Weit und breit war kein Mensch zu sehen, dieser Strandabschnitt war nur zu Fuß erreichbar. Die meisten Besucher, insbesondere Touristen, die mit dem Auto hierherkamen, suchten lieber die bekannten Ziele auf, wie zum Beispiel den Weidefelder Strand, der in der Hauptsaison natürlich immer überfüllt war. Christoph hatte allerdings das Gefühl, dass die meisten Menschen dem Trubel tatsächlich etwas abgewinnen konnten, inklusive ewiger Suche nach einem Parkplatz und langen Schlangen vor den Imbissbuden.

Es war fast windstill, die Sonne ging langsam am Horizont unter, und die glatte Wasseroberfläche schillerte orangerot. Eine Möwe kreiste über ihren Köpfen, landete ein paar Meter entfernt im Sand und hüpfte auf sie zu. »Hier gibt es nichts für dich«, rief Christoph und wedelte mit der Hand, woraufhin sie sich kreischend wieder in die Luft erhob. Er griff in den Korb und zog die Flasche und die zwei Gläser heraus. »Zeit für ein kleines Picknick.«

Sophia streckte die Arme nach oben und dehnte sich. Der dünne Pulli rutschte ihr von der Schulter. Ihre leicht gebräunte Haut schimmerte verführerisch, und Christophs Blick wanderte wie von selbst zu ihrem schlanken Hals, der wie immer unter einem Tuch verborgen war, und ihren dunklen Haaren, die sie gedankenverloren mit der Hand auf die andere Seite schob. Er verspürte ein leichtes Ziehen in der Brust und hatte das Gefühl, dass ihn eine unsichtbare Kraft in ihre Richtung zog. Kurz schoss ihm der Gedanke durch den Kopf, dass dieser Ausflug möglicherweise doch keine gute Idee war. Auf keinen Fall durfte er Sophia noch einmal enttäuschen. Um sich von den widerstreitenden Gefühlen in seiner Brust abzulenken, öffnete er die Dose mit dem Imbiss. Alexander hatte genau die richtige Auswahl getroffen: Datteln im Speckmantel, Saté-Spieße, mit Frischkäse gefüllte Tomaten und Zucchiniröllchen. »Das sieht aber lecker aus«, fand Sophia, und nachdem er die Gläser gefüllt und sie angestoßen hatten, ließen sie es sich schmecken. Christoph freute sich, dass sie beide derart ungezwungen miteinander umgehen konnten, auch wenn aus ihnen nicht noch einmal ein Paar werden konnte. Sie würden sich diesmal aber nicht aus den Augen verlieren, das nahm er sich fest vor. Vielleicht konnte sie ihn auch einmal besuchen kommen, und er würde ihr »sein« Frankfurt zeigen.

»Woran denkst du gerade?«

Christoph musste innerlich schmunzeln, es kam ihm fast so vor, als hätte sie seine Gedanken gelesen. Er nippte an seinem Champagner. »An nichts Bestimmtes«, erwiderte er ausweichend und ließ den Blick über den Horizont wandern. Er war ihr aber wirklich Antworten schuldig, deshalb drehte er sich auf die Seite und klopfte auf die Decke. Sophia legte sich neben ihn, ihre Augen trafen sich, und Christoph atmete einmal tief durch. »Ich habe dich nie mit zu mir nach Hause genommen …«, begann er. Er rang mit den Worten, die sich zu keinem vernünftigen Satz fügen wollten, da er bislang außer mit seiner Psychologin mit niemandem über die Ehe seiner Eltern gesprochen hatte. Sophias Blick ruhte liebevoll auf ihm, und plötzlich fühlte er sich wieder in die letzten Ferien vor dem Eintritt in die Grundschule zurückversetzt, als die blonde Frau sich neben ihn auf die Rückbank geschoben hatte.

»Mein Vater …«, setzte er erneut an. Sophia nickte kaum merklich, und die Worte fügten sich zu einem ersten Satz zusammen. »Meine Eltern führten eine Ehe zu dritt«, sagte er schließlich mit Nachdruck. Er strich sich durchs Haar. »Die erste Freundin, die ich kennenlernte, hieß Helena und war sehr viel hübscher als meine Mutter. Sie war blond, sehr schlank und trug immer hohe Schuhe und Röcke, oft auch sehr kurze.« Christophs Kehle verengte sich. »Sie fuhr mit uns in den Urlaub, turtelte die ganze Zeit mit meinem Vater, und meine Mutter ließ das alles geschehen, ohne mit der Wimper zu zucken.«

Die Worte hingen für einen Moment in der Luft, und Christoph wusste nicht, wie er alles, was er damals erlebt hatte, erzählen sollte.

»Wenn ich das gewusst hätte …«, sagte Sophia schließlich in die Stille hinein. »Du musst furchtbar gelitten haben, oder?« Sie ergriff seine Hand. »Ich habe mal einen Artikel über Untreue in der Ehe gelesen. Das muss für deine Mutter nicht einfach gewesen sein?«

Christoph zuckte innerlich zusammen, als sie das Wort Untreue aussprach. Es klang so harmlos, doch für ihn bedeutete es die Hölle. Im Vergleich zu damals war es heutzutage kaum noch ein Thema, auf welche Art die Menschen ihre Liebe und ihre Sexualität auslebten. Christoph vermutete, dass die sozialen Medien ihren Teil dazu beitrugen. »Liebe doch, wen du willst«, war das Motto der jungen Generation, aber das war damals, als er die erste Freundin seines Vaters kennenlernte, noch vollkommen anders gewesen, und auch wenn das Reetdachhaus seiner Eltern in Brodersby etwas ab vom Schuss war, bekamen die Nachbarn doch alles mit, was dort geschah. Christoph drückte Sophias Hand. »Ja, ich denke schon, dass es für sie alles andere als einfach gewesen ist, aber sie hat sich bemüht, sich mir gegenüber nie etwas anmerken zu lassen. Trotzdem habe ich gespürt, dass die Affären meines Vaters sie belastet haben.«

»Es blieb also nicht bei der einen Frau?«, hakte Sophia nach.

»Ganz und gar nicht«, erwiderte Christoph, und er bemerkte mit Schrecken, wie verbittert seine Antwort klang. Dennoch wollte er Sophia alles erzählen, was ihn damals bedrückt hatte, vor allem, damit sie verstand, dass er kein Mann für eine feste Beziehung war. »Am meisten irritierte mich, dass meine Mutter alles stoisch hinnahm. Sie kämpfte kein bisschen um die Liebe meines Vaters, sondern gab sich mit ihrer Rolle als graue Maus zufrieden, die den Haushalt erledigte und sich um mich kümmerte.«

Sophia richtete sich auf und schlug die Beine unter.

»Vielleicht wusste sie, dass sie an der Situation ohnehin nichts ändern konnte? Außerdem musste sie an dich denken, oder?«

Christoph hatte darauf keine Antwort, deshalb nickte er nur.

Sie schwiegen einen Moment, aber er wusste, dass er kurz davor war, noch mehr von sich preiszugeben, auch wenn ihm das eigentlich gar nicht entsprach.

»Warum steht das Haus jetzt leer?« Sophia strich gedankenverloren mit dem Finger über ihre Narbe, die unter ihrem Halstuch hervorlugte. Christoph konnte ihren Schmerz in diesem Moment körperlich und seelisch nachempfinden. Sie waren beide verletzt worden und kämpften mit den Gespenstern der Vergangenheit.

»Meine Eltern haben das Gerede der Menschen hier im Dorf nicht mehr ausgehalten. Sie haben mir das Haus übertragen und sind weggezogen, das war aber erst, als ich schon in Amerika war.«

»Wo sind sie jetzt?«

»In Kopenhagen. Sie haben sich dort ein Hausboot gekauft und leben nach ihrer Fasson. Mein Vater hat einen gut bezahlten Job in einer IT-Firma gefunden, meine Mutter arbeitet in einer Bäckerei.«

»Wann hast du sie das letzte Mal gesehen?«

Christoph runzelte die Stirn, er musste wirklich darüber nachdenken. »Weihnachten vor einem Jahr«, sagte er schließlich. »Allerdings nur online«, fügte er hinzu. »Seither haben wir kaum Kontakt.«

Sophia rückte ein Stück an ihn heran und legte die Hand

auf sein Knie. »Das tut mir sehr leid«, sagte sie leise. »Das ist bestimmt alles nicht leicht für dich.«

»Ich habe meinen Weg gefunden, damit klarzukommen«, erwiderte er mit betont fester Stimme, denn er wusste, dass es nur die halbe Wahrheit war. In Wirklichkeit hatte er sich immer ein innigeres Verhältnis mit seinen Eltern gewünscht, aber die Zeit seiner Kindheit und Jugend ließ sich nicht mehr zurückspulen.

Sie wechselten zu leichteren Themen, Sophia erzählte ihm weitere Einzelheiten von ihrer Kurzreise nach Berlin, und Christoph war froh, dass sie nicht weiter nachgefragt hatte, denn dann hätte er ihr womöglich von dem schlimmen Ereignis erzählt, das zu dem Umzug seiner Eltern geführt hatte. In der Zwischenzeit war die Sonne untergegangen, der Himmel leuchtete jetzt rot, dunkelblau und violett. Es war immer noch sehr warm, aber nun strich eine kühle Brise über sie hinweg. Sophia hatte ihren Bericht beendet, und er spürte, wie sie ihn genauer betrachtete. Er trug Shorts und ein enges T-Shirt und fühlte sich in jeder Hinsicht wohl in seiner Haut.

»Was hältst du davon, wenn wir eine Runde schwimmen gehen?«

Es lag ihm auf der Zunge, dass er keine Badesachen dabeihatte, aber zum Glück sprach er diesen Satz nicht aus, denn Sophia entledigte sich in Windeseile ihrer Kleidung und stand auf einmal nur noch in Slip und BH vor ihm. Er musste schlucken.

Sie lächelte ihn herausfordernd an. »Also?«

Christoph ließ sich nicht zweimal bitten, er sprang auf

und riss sich ebenfalls die Klamotten vom Leib. Hand in Hand liefen sie über den feinen Sand, landeten beide mit einem Hechtsprung im Wasser und schwammen nebeneinander hinaus. Schließlich ließen sie sich auf dem Rücken treiben, jeder für sich in Gedanken versunken. Als sie wieder Boden unter den Füßen hatten, bemerkte Christoph ein schwarzes Tattoo, das unter Sophias Rippenbogen zu sehen war. Es bestand aus einer geschwungenen Linie, an der verschiedene Elemente an kleinen Ösen hingen: ein Elefant, ein Herz, ein Kleeblatt und ein Stern. Sophia war seinem Blick gefolgt. »Eine Jugendsünde.«

»Hübsch! Sieht aus wie ein …« Er runzelte die Stirn, denn es gab für diese Art von Schmuck mit verschiedenen Anhängern eine bestimmte Bezeichnung. Dann fiel ihm der Begriff ein: »Bettelarmband?«

Sophia hob die Daumen. »Nicht schlecht.«

Er trat näher an sie heran, fast berührte sein Oberkörper ihre Brüste. Die Spannung zwischen ihnen ließ ihn erschaudern. Er umfasste mit beiden Händen ihre Wangen und zog sie an seinen Körper. Als sich ihre Lippen trafen, warf er alle Vorbehalte über Bord.

22. Kapitel

Diese Nacht sollte nie zu Ende gehen, dachte Sophia, als sie den Strand verließen. Der Vollmond, der in der Zwischenzeit aufgegangen war, hüllte die Weizenfelder links und rechts des Weges in ein rötliches Licht. Ein Feldhase sprang hervor, blieb einen Moment stehen und hoppelte dann in die andere Richtung weiter. Sophia lächelte, als sie das Auf und Ab der langen Ohren noch einige Sekunden verfolgte. Das Reetdachhaus seiner Eltern tauchte vor ihnen auf, und Christoph verlangsamte seinen Schritt. Als sie den Eingang zum Grundstück erreicht hatten, blieb er stehen und drehte sich zu ihr um. »Möchtest du …«, begann er, hielt dann aber inne. Sophia hatte das Gefühl, als ob sich die Luft zwischen ihnen verdichtete. Der Kuss im Meer war der Anfang gewesen, eng umschlungen hatten sie danach auf der Decke gelegen und sich nach dem Baden wieder aufgewärmt. Aber wie sollte es jetzt weitergehen? Wenn sie die Nacht mit ihm verbrachte, wäre eine Grenze überschritten. Er trat einen Schritt auf sie zu. Die Wärme seines Körpers und der maskuline Duft, der ihr entgegenschlug, ließen ihren Atem stocken. »Wollen wir zurück zum Strandrosenhof fahren?«, fragte er schließlich leise. Sie schüttelte den Kopf. »Ich möchte noch ein bisschen hierbleiben.« Sophias innere Anspannung löste sich, als sie ihren Wunsch ausgesprochen hatte und er ihre Hand fest umschloss.

»Das hatte ich gehofft.«

Auf dem Weg zur Tür sprachen sie kein Wort miteinander. Eine Heuschrecke zirpte, es raschelte zwischen den Stockrosen, eine Eule sendete ihr »Uhuuu« durch die Nacht, und das Laub der Apfelbäume im Garten raschelte leise im Wind. Christoph öffnete die Tür, und sie betraten nacheinander die Diele. Sophia wandte sich in Richtung Treppe, doch Christoph hielt sie zurück. »Ich habe eine bessere Idee.«

Mit zwei Decken unter dem Arm ging Christoph vorweg, Sophia folgte ihm zu einem ebenfalls reetgedeckten Backsteingebäude im hinteren Teil des Gartens. »In diesem Stall haben meine Eltern zwei Ponys gehalten, mit denen sie hin und wieder Kutsche gefahren sind«, sagte Christoph, während er die Tür öffnete. Er machte eine einladende Geste, drückte auf einen Lichtschalter, und Sophia betrat den Vorraum, in dem ein kleiner Zweispänner stand. Dahinter befand sich eine Box, an der ein Schild angebracht war, auf dem die Namen der beiden Vierbeiner mit weißer Farbe geschrieben standen: *Lotte und Toni.* »Was ist mit den Tieren passiert?«, fragte Sophia, und sie hoffte inständig, dass die Ponys noch irgendwo ein schönes Leben führten. Christoph zuckte jedoch mit den Schultern.

»Leider weiß ich das nicht. Als ich das erste Mal nach

dem plötzlichen Auszug meiner Eltern hierherkam, waren sie schon nicht mehr da.«

Sophia spürte, wie sich ihr Magen schmerzhaft zusammenzog. Es stimmte sie immer traurig, wenn Tiere leiden mussten, weil ihre Besitzer plötzlich andere Pläne hatten. Die Tierheime waren voll von Hunden, Katzen, Meerschweinchen und Hasen, die in der Urlaubszeit einfach ausgesetzt und ihrem Schicksal überlassen worden waren. Christoph wies mit dem Kopf zu einer Leiter, die ein Stockwerk höher führte. Sophia folgte seiner Geste und sah, dass dort oben Strohballen gelagert wurden. Sie lächelte in sich hinein, denn sie hatten sich damals, als sie ein Paar gewesen waren, immer an ungewöhnlichen Orten getroffen. Sie war gespannt, wie es dort oben aussah.

Christoph nahm die letzte Stufe der Leiter, legte die Decken beiseite und reichte Sophia die Hand. Sein Blick streifte dabei den Ansatz ihrer Brüste, die sich unter dem dünnen Pulli deutlich abzeichneten. Sein Puls beschleunigte sich. Als sie neben ihm stand, mit ihren feuchten Haaren, die sie mit einer anmutigen Geste hinter die Ohren strich, umfasste er ihre schmalen Hüften und zog sie fest an seinen Körper. Seine Hand wanderte über ihren Rücken, als er sie küsste. Sie nickte, woraufhin er lächelnd auf die Decken wies, die sie gemeinsam auf einem Haufen Stroh ausbreiteten. Sie verschränkten die Hände ineinander und ließen sich rücklings fallen. Für einen Moment verharrten sie liegend nebeneinander. Der Mond warf helle Flecken durch das spitz zulaufende Sprossenfenster. Christophs Atem beschleunigte sich, als sie ein Stück weiter an ihn heranrückte und sich auf die Seite drehte. Sie stützte das Kinn auf der Hand ab und musterte ihn. »Willst du das wirklich?«, flüsterte sie, während sich ihre Finger unter den Bund seiner Shorts schoben. Christoph ergriff ihr Handgelenk und zog sie auf seinen Körper. Ihre langen Haare kitzelten seine Wangen, als er seine Lippen über ihre gleiten ließ. Sie richtete sich auf, streckte die Arme nach oben und schenkte ihm ein vielsagendes Lächeln. Er streifte ihr den Pullover ab, während er sich gleichzeitig seiner Kleidung entledigte und dabei die kleine Verpackung aus der Seitentasche seiner Jeans zog. Langsam erkundete er Sophias Körper, der ihm zugleich fremd und vertraut war. Als sie das erste Mal miteinander geschlafen hatten, war es auch für ihn eine Premiere gewesen. Seitdem hatte er viele Erfahrungen gesammelt und einiges ausprobiert. Hin und wieder hatte er dabei Grenzen überschritten, und wenn er an die Schmerzen dachte, die ihm eine dominante Dame in London zugefügt hatte, bereute er im Nachhinein auch einige Dates. Sophia nahm seine Hand und führte sie nach unten, und die Erinnerungsfetzen lösten sich in Luft auf. Er streichelte sie zunächst behutsam, dann fordernder, bis sie sich ganz für ihn öffnete. Langsam drang er in sie ein, wobei er sie nicht aus den Augen ließ. Christoph umschloss ihre Hände und schob ihre Arme nach oben. Er bewegte sich zunächst abwartend, aber als sie die Beine um seine Hüfte schlang, steigerte er das Tempo. Als ihre Gesichtszüge weich wurden, erreichte er kurz nach ihr ebenfalls den Höhepunkt. Atemlos blieben sie danach nebeneinander liegen, die Hände fest ineinander verschränkt. »Das war schön«, flüsterte sie, woraufhin er sich auf die Seite drehte und mit dem Finger sanft ihren Bauchnabel umkreiste.

»Das fand ich auch.« Er strich ihr liebevoll über die Wange. »Ich bin gleich wieder zurück, okay?«

Christoph zog sich die Shorts über und kletterte die Leiter hinunter. Er aktivierte die Taschenlampe des Handys, lief barfuß über den Pfad zurück zum Haus seiner Eltern und öffnete die Tür. Im Flur schaltete er das Licht an und griff nach dem Korb mit der Flasche und den beiden Gläsern.

Kurze Zeit später stieß er mit Sophia an, die ihn strahlend anlächelte. Sie kuschelten sich zusammen in die Decken und redeten leise weiter, bis Sophia schließlich in seinen Armen einschlief.

»Wie schön, dass wir dasselbe Ziel haben«, sagte Sophia lachend, als sie früh am nächsten Morgen auf dem Beifahrersitz Platz genommen und sich angeschnallt hatte. Nach zehn Minuten erreichten sie das ehemalige Wirtschaftsgebäude des Strandrosenhofs, in dem sich ihre Wohnungen befanden. Ohne Schuhe tapsten sie auf Zehenspitzen die Treppe hoch, als Christoph plötzlich etwas Schmieriges unter den Füßen spürte. Er strich mit dem Finger über die Stufe und rieb die klebrige Masse zwischen Daumen und Zeigefinger. »Hier bist du doch ausgerutscht«, meinte er zu Sophia, die hinter ihm stand.

»Ja, genau! Wie kommt das denn da hin?«, fragte sie verwundert.

»Keine Ahnung. Ich werde das mal schnell säubern«, versprach er und begleitete Sophia zur Tür. Christoph kam die Sache seltsam vor, doch er bemühte sich, Sophia nicht zu beunruhigen. »Es war sehr schön mit dir«, flüsterte er ihr ins Ohr. Er umfasste ihre Wangen und küsste sie noch mal. »Wir sehen uns morgen.«

Als ihre Wohnungstür ins Schloss gefallen war, ging Christoph in seine Ferienwohnung. In seinem Schlafzimmer kramte er in einer seiner Taschen nach einem kleinen Plastikbehältnis mit Deckel, in das er sich auf Reisen normalerweise Duschgel abfüllte, um Platz zu sparen. Damit kehrte er zu der Stelle auf der Treppe zurück, an der Sophia ausgerutscht war, und kratzte ein wenig von der Substanz ab, die dort anhaftete. Er schnupperte daran und nahm einen schwachen Geruch nach Seife wahr. Es war nicht außergewöhnlich, dass Treppenhäuser damit gereinigt wurden. Dass allerdings eine solche Menge auf der Treppe zurückblieb, kam ihm dann doch unwahrscheinlich vor. Ob vielleicht jemand vorsätzlich die rutschige Seife hier verteilt hatte? Christophs Gedanken wirbelten durcheinander. Es gab sicher eine ganz harmlose Erklärung. Er ging in seine kleine Küche und holte sich eine Flasche Mineralwasser. Mit einem Glas stellte er sich an das geöffnete Fenster. Schnell kehrten die Erinnerungen zurück. Christoph nahm einen großen Schluck und ließ den Abend mit Sophia vor seinem inneren Auge ein weiteres Mal ablaufen. Sein Aufenthalt hier, zu dem es aus rein geschäftlichem Interesse gekommen war, entwickelte sich immer mehr zu einer persönlichen Angelegenheit. Ein kühler Kopf war in seiner Branche unerlässlich, aber von diesem Grundsatz, den er in den vergangenen Jahren strikt befolgt hatte, entfernte er sich immer mehr. Er entwickelte Gefühle für Sophia und geriet dadurch in Konflikte, die er nicht lösen konnte.

Das hatte mehrere Gründe. Erstens hatten er und Jan es auf den Strandrosenhof abgesehen. Das Bauerwartungsland der Gemeinde kam für das Luxus-Gesundheits-Resort nicht infrage, es war einfach ein zu großes Fragezeichen, wie sich die Gemeinde entscheiden würde.

Zweitens hatte er begonnen, sich mit seiner Vergangenheit zu konfrontieren, mit der er sich nicht mehr befasst hatte, seitdem seine Eltern fortgegangen waren. Das Bedürfnis, Sophia das Haus zu zeigen und ihr mehr zu erzählen, war plötzlich da gewesen, doch er bereute es nicht.

Und dennoch gab es da diesen dritten unumstößlichen Grund. Er war nicht beziehungsfähig, davon war er fest überzeugt. Das Problem dabei war nur, und daran gab es nichts mehr zu deuteln, dass er sich in Sophia verliebt hatte.

23. Kapitel

Es duftete nach Orangen, als ihre Mutter das Shampoo auf ihrem Haar verteilte. Sophia schloss die Augen und spürte, wie sie sich langsam entspannte. Heute war Montag, und der Salon hatte wie fast alle Friseure im Land geschlossen. Es war eine jahrelange Tradition, dass an diesem Tag Familienmitglieder bedient wurden. Der »Friseursalon Silke und Achim Kröger« befand sich in der Schmiedestraße in Kappeln inmitten der Fußgängerzone, die jetzt im Sommer jeden Tag von zahlreichen Touristen, aber auch von Einheimischen bevölkert wurde. Es klingelte an der Tür, und ihre Schwester Amelie betrat den Salon.

»Sorry, ich bin etwas spät.«

Sophia blinzelte. »Kein Problem, Mama hat schon mal mit mir angefangen.«

»Hallo, Liebes«, begrüßte ihre Mutter Amelie. Sie spülte Sophias Haare aus und wickelte ihr ein Handtuch um den Kopf. »Du kannst dich schon mal nach drüben begeben.«

Amelie drückte Sophia einen Kuss auf die Wange. »Schön, dass wir uns schon wieder sehen.«

»Hast du Mia gar nicht mitgebracht?«

Ihre Schwester schob sich ihre Sonnenbrille mit dem Zeigefinger in die Haare. »Thorsten hat sich erbarmt, er kann heute Homeoffice machen, aber ich muss mich beeilen, sonst gibt es Ärger.«

Sophia lag eine bissige Bemerkung über ihren Schwager auf der Zunge, aber sie besann sich eines Besseren. »Das ist doch nett von ihm«, erwiderte sie betont fröhlich und nahm auf dem mit braunem Leder bezogenen Friseurstuhl Platz.

»Mal sehen, wie lange das gut geht«, erwiderte ihre Schwester skeptisch.

»Amelie, kommst du?« Die Stimme ihrer Mutter unterbrach ihr Gespräch. Amelie nickte und lief nun ihrerseits hinüber zum Waschbecken.

Sophia rubbelte sich die Haare trocken, dann nahm sie einen grobzinkigen Kamm von der Ablage und entwirrte die einzelnen Strähnen. Als sie damit fertig war, holte sie sich ein paar Klatsch-Magazine, die in Stapeln auf einem Tisch neben dem Empfangstresen lagen. Während sie die Fotos der Schönen und Reichen betrachtete, wanderten ihre Gedanken zu der vergangenen Nacht, die sie mit Christoph verbracht hatte. Noch immer war sie beseelt von den Gefühlen, die seine Berührungen in ihr ausgelöst hatten. Außerdem war sie glücklich darüber, dass er ihr, nach all den Jahren, sein Elternhaus gezeigt hatte. Das malerische Reetdachhaus mit dem kleinen Stall in unmittelbarer Nähe der Ostsee war ein ganz besonderes Kleinod. Sie gestattete sich die romantische Vorstellung, dass sie und er dort leben würden. Sie könnte einen Nutzgarten anlegen mit Möhren, Kürbissen, Porree, Kartoffeln und Kräutern, sogar ein kleines Gewächshaus wäre möglich, damit sie sich das ganze Jahr über selbst versorgen konnten. Vielleicht würden sie auch Kinder haben? Einen Jungen und ein Mädchen, die dort inmitten der Natur behütet aufwachsen könnten. Doch sie hatte ja auch erfahren, wie belastet der Ort für ihn war. Die Affären seines Vaters waren für ihn in den Räumen mit Sicherheit noch allgegenwärtig.

Ein Lufthauch streifte ihre Wange, als sich Amelie auf den Stuhl neben ihr fallen ließ. Sie hatte wie Sophia zuvor ebenfalls einen Turban auf dem Kopf. Ihre Mutter stellte sich zwischen die beiden und klatschte in die Hände. »Dann wollen wir mal.« Sie zog eine Schere und einen Kamm aus der Brusttasche ihres schwarzen Kittels, der Sophia an einen Kimono erinnerte, und widmete sich zunächst Sophias Haaren. Ihre Eltern hatten, nachdem ein paar Häuser weiter ein Konkurrent eröffnet hatte, ihr Geschäft komplett renovieren und umgestalten lassen. Sophia wusste, dass die neuen Stühle, Spiegel, Waschplätze und vor allem die aufwendige Wandgestaltung mit Regalen aus Treibholz ein kleines Vermögen gekostet hatten. Doch der neue Look gefiel ihr sehr, besonders die maritimen Details, die verschiedenen Fotos von der Ostsee, der Schlei und von Muscheln und Seegras, die in Gruppen arrangiert an den sandfarbenen Wänden hingen.

Sophia betrachtete ihre Mutter im Spiegel. Sie war im Mai neunundfünfzig Jahre alt geworden, aber man sah ihr das Alter nicht an. Sie achtete penibel auf ihre Figur, ging dreimal die Woche zum Fitnesstraining mit ihren Freundinnen und ließ sich vor allem nicht stressen. »Deine Haare fühlen sich aber strohig an«, schimpfte ihre Mutter, während sie mit dem Kamm an einer Klette zupfte, die Sophia entgangen war. Sie verzog vor Schmerz kurz das Gesicht, beschwerte sich aber nicht.

»Benutzt du denn auch die Spülung, die ich dir mitgegeben habe?«

»Ja, Mami«, log Sophia, und ein Lächeln huschte über das Gesicht ihrer Mutter. Sie teilte ihre Haare in Strähnen, steckte sie am Kopf fest und zückte die Schere.

»Bitte nur einen Zentimeter«, bat Sophia, denn ihre Mutter war in der Vergangenheit oft rigoros gewesen. Einmal hatte sie ihr sogar einen kinnlangen Bob verpasst, mit dem sie wie eine Revue-Tänzerin aus den Zwanzigern ausgesehen hatte.

»Keine Angst«, erwiderte ihre Mutter. »Ich kenne dich ja.«

Sophia tauschte einen verschwörerischen Blick mit Amelie, dann blätterte ihre Schwester weiter in den Klatsch-Magazinen, die sie sich von Sophias Schoß geschnappt hatte.

Nachdem ihre Mutter fertig war, drückte sie Sophia den Föhn in die Hand und kümmerte sich um Amelie. Ihr kastanienbraunes, seidiges Haar, das sich in langen Wellen über die Schultern ausbreitete, benötigte immer eine besonders intensive Pflege. Als Sophias Haare trocken waren, betrachtete sie sich in einem der Spiegel, die auf der anderen Seite des Salons vor den Stühlen angebracht waren. Ihre Haut strahlte, stellte sie zufrieden fest, und die Frisur sah wirklich super aus. Sie zupfte ihr bauchfreies, enges Oberteil zurecht und drehte sich halb herum, um ihren Rücken zu betrachten. Die kurze, aber locker sitzende Shorts, die Amelie ihr geschenkt hatte, betonte ihre schmale Hüfte, und ihre langen, gebräunten Beine kamen darin auch gut zur Geltung. Sie drehte sich wieder um und fragte die anderen, ob sie auch Lust auf ein Eis hätten.

»Das wäre super!«, erwiderten beide wie aus einem Munde. Sie nannten die Sorten und Anzahl der Kugeln, die sie gerne hätten, entschieden sich dabei mehrfach um, und Sophia kam vollkommen durcheinander. Sie ging zum Eingangstresen und riss ein Blatt vom Quittungsblock. »Ich notiere mir das lieber.«

Als sie kurze Zeit später vor die Tür trat, stand die Sonne hoch am Himmel, und es war drückend heiß. Für den Abend hatte der Deutsche Wetterdienst Gewitter vorhergesagt, und Sophia freute sich schon darauf, die Böden benötigten dringend Wasser. Sie lief durch die Fußgängerzone in Richtung Eisdiele. Die Souvenirläden, Jeans-Shops, Buchhandlungen und Bäckereien kannte Sophia schon seit ihrer Kindheit, obwohl es auch den einen und anderen Mieterwechsel gegeben hatte. Doch der Großteil der kleinen Geschäfte, die sich zumeist im Untergeschoss von Wohnhäusern mit Spitzdächern und Giebeln befanden, war ihr sehr vertraut. Auffallend war, dass fast jede Fassade in einer anderen Farbe gestrichen war. Einige Gebäude waren gelb-weiß, andere rostrot, mintfarben oder blau. Dazwischen gab es Fassaden im Fachwerkstil. Im

Vergleich mit den Innenstädten von Kiel, Flensburg oder Lübeck war hier alles klein und überschaubar. Es war wirklich sehr gemütlich in Kappeln, oder, wie der Norddeutsche zu sagen pflegte, *muggelig*. Sie liebte dieses Wort, denn jeder, der es hörte, konnte sich sofort etwas darunter vorstellen.

Sophia erreichte den Rathausmarkt, auf dem sich besonders viele Menschen tummelten. Vor ihr schob ein junges Paar in knielangen Shorts und Badelatschen einen Buggy vor sich her, in dem ein pausbäckiges Kind unter einem gepunkteten Sonnenschirm schlummerte. Auf dem Rathausplatz vor dem Restaurant Aurora drängten sich die Touristen, hier war ein besonders beliebter Treffpunkt für Reisegruppen. Viele Szenen der *Landarzt*-Serie waren auf dem Platz gedreht worden. Sophia wusste von ihren Eltern, die keine der fast dreihundert Folgen verpasst hatten, dass die Vorabendfilme richtige Straßenfeger gewesen waren. Die letzte Folge war 2012 ausgestrahlt worden, aber die Fangemeinde war offensichtlich immer noch groß. Endlich erreichte Sophia ihre Lieblingseisdiele. Sie las die Bestellung für ihre Schwester und Mutter von dem Zettel ab, dann nannte sie ihre Wunschkugeln: Vanille, Stracciatella und Nuss. Der junge Verkäufer, der Luca hieß und hier einen Aushilfsjob hatte, lieh ihr eine Transportbox. »Bringe ich dir nachher zurück«, sagte Sophia und reichte dem fast zwei Meter großen jungen Mann ihre EC-Karte.

Schnellen Schrittes trat sie den Rückweg an, bei der Hitze würde das Eis auch in der isolierten Box nicht lange fest bleiben. Sie lief an der Bank vorüber, bei der auch ihre Eltern Kunden waren, als sich die Schiebetür öffnete und zwei Männer heraustraten. Ihr blieb fast das Herz stehen, als sie Christoph erkannte. Er trug einen Anzug mit Hemd und Krawatte und wirkte selbst aus der Entfernung wie ein Mann, der alles im Griff hatte. Neben ihm stand ein Typ, der ihr bereits auf dem Mittsommerfest begegnet war. Auffallend waren sein viel zu kurz geschnittener Pony und sein breites Grinsen. Sie fragte sich, was die beiden wohl zu besprechen hatten. Christoph hatte ihr bislang nur sehr wenig von seiner Arbeit erzählt. Schulter an Schulter gingen die beiden in ihre Richtung, sodass Sophia sich schnell hinter einen Ständer mit reduzierten Sommer-Shorts duckte. Als die Männer endlich aus ihrem Sichtfeld verschwunden waren, eilte sie zurück in den Friseursalon, wo Amelie und ihre Mutter sie bereits sehnsuchtsvoll erwarteten.

Zu dritt setzten sie sich an den kleinen Tisch in der Teeküche, und Sophia verteilte die Becher. Während sie sich das Eis schmecken ließen, berichtete ihre Mutter ausführlich über Neuigkeiten aus ihrem Bekanntenkreis. Schließlich wandte sie sich Sophia zu. »Stimmt es eigentlich, dass sich Christoph bei euch eingemietet hat?«

»Ja, er hat beruflich in der Gegend zu tun«, erwiderte sie betont beiläufig.

Ihre Mutter warf ihr einen mitfühlenden Blick zu. »Er hat dir damals ganz schön wehgetan.« Sie schüttelte den Kopf. »Fliegt nach Amerika und meldet sich einfach nicht mehr, obwohl ihr schließlich ein Paar wart.«

Wie schon so oft staunte Sophia darüber, wie es ihrer

Mutter immer wieder gelang, die Dinge auf den Punkt zu bringen.

»Das stimmt, aber das ist schon viele Jahre her.« Sophia machte eine abwehrende Handbewegung. »Ich habe ihm längst verziehen. Wir haben uns ausgesprochen, und jetzt ist alles gut zwischen uns.«

Als sie den Satz beendet hatte, wusste sie bereits, dass ihre Mutter Zweifel anmelden würde. »Pass gut auf dich auf!« Ihr fürsorglicher Tonfall drang Sophia unter die Haut. »Nicht, dass er dir noch einmal dein Herz bricht.«

24. Kapitel

Die zierliche Leadsängerin hielt das Mikrofon in beiden Händen und sang mit geschlossenen Augen, ihre Bandkollegen – ein Gitarrist mit Halbglatze und ein Bassist, der ein buntes Hawaiihemd trug – nickten im Rhythmus mit:

»*Country roads, take me home*
To the place I belong
West Virginia, Mountain Mama
Take me home, country roads …«

Die Band *On Fire* gab alles.

»Gar nicht schlecht«, sagte Amelie und biss in ihre Bratwurst. »Endlich mal was los in Kappeln.«

»Da sagst du was.« Sophia stieß ihrer Schwester den Ellenbogen in die Seite. »Wozu um die halbe Welt fahren, wenn hier an der Schlei ein Countrymusik-Festival stattfindet?«

Amelie prustete los und verschluckte sich fast dabei. Mit dem Handrücken wischte sie sich die Tränen aus den Augen. »Wer will schon attraktive, junge Musiker im Volksparkstadion sehen, wenn in Kappeln die Hütte brennt?«

Sophia kicherte, hakte sich bei Amelie unter, und dann wippten beide zum Takt der Songs hin und her. Die Bühne war direkt am Museumshafen aufgebaut. Sophia ließ ihren Blick über die Schlei und eine Reihe von Traditionsseglern gleiten, die am Kai angetäut waren. Sie entdeckte einen Austern- und einen Krabbenkutter, ein Heringsboot, aber auch eine alte Schokkerjacht, die früher als Fischer- und Lotsenboot gedient hatte. Schön, dass auf diese Weise die Schiffe erhalten blieben, fand Sophia. Soweit sie wusste, kümmerte sich ein Verein darum. Als die Band eine Pause ankündigte, ging ein leises Raunen durch die Besuchermenge. Sophia und Amelie drehten sich wie die anderen in Richtung Schlei. Mehrere Segelboote hatten sich dort vor der zweiflügeligen Klappbrücke versammelt, die Angeln mit Schwansen verband. Größere Schiffe mussten warten, bis die beiden Teile des Bauwerkes geöffnet wurden. Dies geschah mehrmals am Tage und war eine beliebte Touristenattraktion. Plötzlich schob sich eine junge blonde Frau, die eine Kamera in der Hand hielt, an ihnen vorbei.

»Leonie?«

Ullis Tochter drehte sich um. »Hi!«

Als sie ihren Blick fragend auf Amelie richtete, machte Sophia die beiden miteinander bekannt. Sophia bemerkte aus den Augenwinkeln, dass die Schiffe, die vor der Klappbrücke gestanden hatten, bereits auf dem Weg zur Durchfahrt waren.

»Ich will Fotos machen.« Leonie deutete auf ihre blaue Umhängetasche. »Ich habe jetzt einen Job als freie Reporterin beim *Schlei-Boten.*« Sie kräuselte die Stirn. »Ich habe es leider eilig.«

Ehe Sophia etwas erwidern konnte, war sie auch schon in der Menge verschwunden. Ihre Schwester schüttelte den Kopf. »Wer war das denn?«

Sophia seufzte. »Die Tochter meiner Chefin. Ich werde leider nicht richtig warm mit ihr.«

Amelie legte den Arm um Sophias Schultern. »Man kann sich nicht mit jedem verstehen.«

»Vielleicht ist auch Eifersucht im Spiel.« Sophia nahm einen Schluck von ihrer Cola. »Ich habe ein gutes Verhältnis zu ihrer Mutter, und Ulli ist seit der Scheidung ihre wichtigste Bezugsperson.«

Die Band spielte weiter, und die Schwestern richteten ihre Blicke wieder auf die Musiker, doch bereits nach einer halben Stunde war das Konzert zu Ende. Sophia und Amelie schlenderten in Richtung Innenstadt, wo es proppenvoll war. Sophia hatte das Gefühl, dass sich die Zahl der Besucher von Jahr zu Jahr erhöhte. Natürlich besonders in der Ferienzeit und der Sommersaison, aber im Grunde sah man jetzt das ganze Jahr über Touristen. Vielleicht lag es auch daran, dass die Menschen, die im Ostseeresort Olpenitz Urlaub machten, hierher zum Bummeln und Shopping kamen, weil es dort nur wenige Geschäfte gab. Die beiden Frauen überquerten den Rathausmarkt und spazierten am Restaurant Aurora und an der St.-Nikolai-Kirche vorbei, in der sie beide getauft und konfirmiert worden waren. Der Backsteinbau mit der pittoresken Kuppelhaube befand sich auf einer Anhöhe und war von der Schlei aus gut sichtbar. Schließlich entdeckte Sophia die drei Backsteinschornsteine der Fischräucherei Friedrich Föh, auf denen jeweils ein weißer Großbuchstabe zu sehen war, die sich beim Lesen zu einem Wort zusammenfügten: *AAL*. Die geräucherte Spezialität des Hauses war weit über die Grenzen des Landes hinaus bekannt. Sie betraten das Geschäft und kauften sich jede ein Schillerlockenbrötchen, das sie vor der Tür sofort verspeisten. Amelie zog, nachdem sie ihren Mund mit der Papierserviette abgewischt hatte, ihr Handy hervor. »Ich muss zurück«, sagte sie seufzend. »Eigentlich hatten wir 23 Uhr ausgemacht, aber Thorsten wartet bestimmt schon.«

»Wie du möchtest, ich bringe dich gern nach Hause.«

Sie liefen zum Parkplatz, und Sophia lenkte ihren Golf in Richtung Schleibrücke, denn die Wiker Straße, in der Amelie wohnte, befand sich auf der anderen Seite des Meeresarms. Ihre Schwester und Thorsten wohnten in einer Mietwohnung mit drei Zimmern, Küche, Bad und einem kleinen Balkon, aber nicht mehr lange. Die Wohnung gehörte dem Vater ihres Schwagers. Vor ein paar Monaten hatte er die Miete um fast einhundert Euro erhöht, und daraufhin hatte Thorsten sich heftig mit ihm gestritten. Als Antwort darauf hatten die beiden die Kündigung erhalten. Zum Glück hatten sie aber bereits etwas Neues gefunden, eine Doppelhaushälfte in der Nähe, die zwar ein kleines Vermögen gekostet hatte und erst in zwei Monaten bezugsfertig war, die aber für die kleine Familie ein schönes Zuhause werden würde. Einkaufsmöglichkeiten und ein Kindergarten befanden sich in unmittelbarer Nachbarschaft, und in dem Viertel lebten viele junge Familien. Ihr Schwager hatte einen gut bezahlten Job bei den Schleswiger Stadtwerken, sodass die Finanzierung kein Problem gewesen war. Amelie hatte darüber hinaus einen Großteil ihrer Ersparnisse in das neue Heim investiert. Sophia parkte direkt vor dem Wohnungsblock und folgte ihrer Schwester zur Eingangstür, denn sie wollte ihrem Schwager kurz Hallo sagen und einen Blick auf Mia werfen, bevor sie zurück zum Strandrosenhof fuhr. Im Hausflur roch es nach etwas Deftigem, Sophia vermutete, dass bei einem Nachbarn heute Erbsensuppe auf dem Mittagstisch gestanden hatte. Sie stiegen die Treppe hoch bis in den dritten Stock, oben angekommen steckte Amelie schwer atmend den Schlüssel ins Schloss. Die Tür öffnete sich, und sie betraten den Flur, wo Mias Buggy im Weg stand. Amelie schob das Gefährt vorsichtig beiseite und hielt den Zeigefinger an die Lippen. Sophia nickte, denn sie wusste, dass ihre Nichte einen sehr leichten Schlaf hatte. »Thorsten ist bestimmt im Wohnzimmer und hat Kopfhörer auf.« Ihr Schwager verbrachte den Abend am liebsten mit seinem Laptop auf dem Sofa und guckte Netflix-Serien, während sich ihre Schwester um den Haushalt und Mia kümmerte. Ein Grund mehr, warum sie auf Amelies Ehemann nicht besonders gut zu sprechen war. Diese angestaubte Rollenverteilung in einer Beziehung – der Mann verdient das Geld, die Frau kümmert sich um den Haushalt und die Kinder – war für sie ein absolutes No-Go. Zum Glück hatten ihre Eltern ihnen ein anderes Beziehungsmodell vorgelebt. Kurz nach der Eheschließung hatten sie sich selbstständig gemacht und von da an alle Aufgaben gleichberechtigt geteilt. Für sie und ihre Schwester war es vollkommen normal gewesen, dass ihr Vater ihnen morgens vor der Schule das Frühstück zubereitete, während ihre Mutter bereits im Geschäft war und sich um die ersten Kundinnen kümmerte. Umso weniger verstand sie, warum Amelie sich in einer so traditionellen Ehe eingerichtet hatte.

Sophia folgte ihrer Schwester ins Kinderzimmer, wo Mia friedlich in ihrem Gitterbett schlummerte. Die Nachtlampe, eine kleine Tigerente, die in der Steckdose oberhalb des Kopfendes steckte, erhellte das pausbäckige Gesicht ihrer Nichte. Die Händchen hatte sie zu Fäusten geballt, aber ihr regelmäßiger Atem verriet, dass sie tief und fest schlief. »Sie ist immer noch etwas verschnupft«, flüsterte ihre Schwester.

Sophia nickte. »Das hört man.«

Amelie zog die Decke über die Schulter ihrer Tochter und wies mit dem Kopf nach draußen. Die Tür zum Wohnzimmer war nur angelehnt, und als Sophia sie aufstieß, fiel ihr Blick direkt auf das Sofa. Dort saß tatsächlich ihr Schwager, aber nicht mit seinem Laptop, sondern mit heruntergezogener Hose. Auf seinem Schoß sah Sophia eine junge Frau, die mit hochgezogenem Rock leise stöhnte. Amelie, die ebenfalls das Zimmer betreten hatte, keuchte hinter ihr auf.

Einen Moment war es mucksmäuschenstill, als habe jemand auf die Stopptaste der Fernbedienung gedrückt. Dann schob Thorsten, dessen Gesicht gerötet war und feucht glänzte, seine höchstens zwanzig Jahre alte Gespielin beiseite und zog sich im Bruchteil einer Sekunde die Hose hoch. Sophia wartete schon auf einen gestammelten Satz wie: »Schatz, es ist nicht so, wie es aussieht«, aber stattdessen strich er sich ruhig durchs aschblonde Haar.

»Reg' dich jetzt bloß nicht auf!« Thorsten kam mit erhobenen Händen auf Amelie zu. »Ich kann dir alles erklären.« Das war zu viel.

Amelie schoss auf ihren Ehemann zu und schlug auf ihn ein. »Du mieses Schwein«, schimpfte sie und brach in Tränen aus. Die junge Frau raffte derweil ihre Klamotten vom Parkettboden zusammen und verließ in Windeseile das Zimmer. Dabei fiel eine Visitenkarte herunter, die Sophia aufhob und in die Seitentasche ihrer Shorts steckte. Dann zog sie Amelie in ihre Arme und sagte mit warnender Stimme über ihre Schulter zu Thorsten: »Ich glaube, es ist besser, wenn du jetzt gehst.« Amelie schluchzte immer noch, als kurze Zeit später die Haustür ins Schloss fiel.

»Die beiden sind nicht mehr da«, sagte Sophia leise. Sie schob ihre Schwester zu einem Ledersessel, der in der Ecke neben einem Gummibaum stand. »Setz dich erst einmal hin.« Sophia ging in die Küche und holte eine Packung Taschentücher aus der Schublade. Sie öffnete eine Schranktür und nahm ein Glas heraus. Was für ein Scheiß, dachte sie, während sie es mit Wasser aus dem Hahn füllte. Wie konnte Thorsten ihrer Schwester so etwas antun?

Sie schaute noch einmal in Mias Zimmer, aber dort war alles still. Ihre Nichte hatte zum Glück von dem Tumult im Wohnzimmer nichts mitbekommen. Sie strich der Kleinen vorsichtig über das seidige Haar und kehrte zu Amelie zurück. Die leerte das Glas in einem Zug. »Der braucht gar nicht wiederkommen.«

Sophia kniete sich vor sie und schob ihr die vom Weinen feuchten Strähnen aus dem Gesicht. »Am besten, du und Mia kommt erst einmal mit zu mir, und dann sehen wir weiter, okay?«

»Du hast doch gar keinen Platz für ein Kleinkind.« Sie nahm das Taschentuch, das Sophia ihr reichte, in die Hand und entfaltete es umständlich.

»Ich habe zwei Zimmer, eine schöne Küche und ein Bad«, erwiderte Sophia. »Für eine paar Tage wird das gehen.« Sie wartete, bis Amelie sich geschnäuzt hatte. »Du schläfst mit der Kleinen in meinem Bett, und ich ziehe aufs Sofa.«

Amelie hob protestierend die Hände, aber Sophia schüttelte den Kopf. »Keine Widerrede, okay?«

25. Kapitel

Christoph öffnete die Tür der Ferienwohnung und trat in den Flur. Er war bereits um sechs Uhr joggen gewesen, hatte einen starken Kaffee und zwei große Gläser Wasser getrunken und war nun startklar für den Tag. Auf dem Weg zur Treppe hörte er ein Geräusch, das aus Sophias Wohnung kam und ihn stutzen ließ. Es klang, als ob jemand weinte. Ehe er weiter darüber nachdenken konnte, wurde die Tür aufgestoßen, und Sophia erschien im Türrahmen. Sie trug ein Kleinkind auf dem Arm, das ungefähr ein Jahr alt sein musste. Die Augen des Kindes waren gerötet, es nuckelte an einem Stoffhasen, der nur noch ein Ohr hatte. Als Sophia ihn erblickte, erhellte sich ihre Miene. Er setzte zum Sprechen an, aber Sophia schüttelte den Kopf und deutete in Richtung Treppe. Christoph nickte, folgte ihr und hielt ihr unten die Tür auf. Als sie sich dicht an ihm vorbeischob, spürte er, wie ein wohliger Schauder über seinen Rücken lief.

»Das ist Mia, die Tochter meiner Schwester Amelie.«

Sie begleitete ihn bis zu seinem Auto und berichtete in aller Kürze von den Ereignissen der vergangenen Nacht. Christoph öffnete die Tür, stützte den Ellenbogen darauf ab und strich mit den Fingern über ihren Unterarm. »Wenn ihr Hilfe braucht, sagt Bescheid.«

»Das ist lieb von dir, vielen Dank für das Angebot.«

Als er über den Innenhof fuhr, sah er, dass Sophia stehen geblieben war und ihm nachblickte. Er wüsste nur zu gerne, was gerade in ihr vorging. Musste sie auch ständig wie er an den Abend auf dem Heuboden denken? Immer wieder erwischte er sich bei dem Wunsch, mehr Zeit mit ihr zu verbringen. Er genoss die tiefgehenden Gespräche und war froh, dass er sich ihr gegenüber geöffnet hatte, was seine Kindheit betraf. Doch nun musste sie erst einmal für ihre Schwester da sein. Das verstand er natürlich.

Bis zum Nachmittag hatte er frei, und so fuhr er zu dem Reetdachhaus seiner Eltern. Seit er das Zimmer betreten hatte, in dem die Freundinnen seines Vaters gelebt hatten, war etwas in ihm in Bewegung geraten. Seine Psychologin hatte ihm immer wieder gesagt, dass er sich seiner Vergangenheit stellen müsse, aber dazu war er bislang nicht in der Lage gewesen, auch wenn er es mit ihrer Hilfe mehrere Male versucht hatte. Das Ergebnis war stets dasselbe: eine Treppe, zwei Personen im Dunkeln, ein Schrei, dann ein polterndes Geräusch … Das waren die Fragmente, die seine Erinnerung ihm offenbarte, alles andere war in seinem Unterbewusstsein eingekapselt.

Christoph parkte, stieg aus dem Auto und ging mit den Händen in den Taschen den Gartenweg entlang. Wie am Tag zuvor, als er mit Sophia hier gewesen war, drückte etwas auf seinen Magen. Heute war der Himmel bedeckt, für den späten Nachmittag waren Gewitter angekündigt.

Zunächst betrat er die Küche und trank im Stehen vor dem Fenster ein Glas Wasser. Zum ersten Mal seit vielen Monaten fragte er sich, wo seine Eltern sich wohl gerade aufhielten. Seit dem Videocall zu Weihnachten vor einem Jahr hatte er selten an sie gedacht, doch seit er in Brodersby war, schlichen sie sich öfter in seine Gedanken. Vielleicht würde er irgendwann den ersten Schritt unternehmen und sie anrufen, aber noch war er nicht so weit. Nachdem er ausgetrunken hatte, ließ sich der Grund seines Besuchs nicht weiter verleugnen. Er spülte das Glas aus, trocknete es mit einem Küchenhandtuch ab und stellte es auf die Ablage. Christoph betrat den Flur und ging zum Treppenabsatz. Er senkte den Kopf und stieg gedanklich in den ersten Stock, Stufe für Stufe. Sein Herz schlug schneller, als die Bilder sich ihren Weg in sein Bewusstsein bahnten. Dort oben hatte er zwei Personen gesehen, seinen Vater und …

»Lass uns ein neues Leben anfangen!«

Eine Frau hatte diesen Satz gesagt, plötzlich erinnerte sich Christoph ganz deutlich. Danach war etwas Schlimmes geschehen, aber er wusste beim besten Willen nicht, was. Frustriert lief Christoph nun wirklich die Treppe hoch und öffnete die Tür zum Gästezimmer. Er drückte auf den Lichtschalter und betrat den Raum – zum ersten Mal seit dem Auszug seiner Eltern. Alexanders Frau Darja lüftete die Räume regelmäßig, putzte die Fenster und wischte Staub. Er ging zum Schreibtisch und betrachtete die Rahmen, in denen sich ausschließlich Fotos von ihm und seinen Eltern befanden. Eins war bei seiner Einschulung aufgenommen worden: Mit einer riesigen bunten Schultüte stand er vor dem Eingang zur Grundschule in Kappeln. Sein Vater, der einen Anzug mit Krawatte trug, hatte die linke Hand in die Hüfte gestemmt und lächelte selbstbewusst in die Kamera, während seine Mutter, die zu dieser Zeit jeden Nachmittag zwei Stück Kuchen verdrückte und einige Kilos zu viel wog, verlegen nach unten schaute. Christoph ließ den Blick über die tapezierten Wände gleiten, bis eine Unebenheit ihn stutzen ließ. Mit dem Finger strich er über die Stelle und drückte schließlich mit der Handfläche ein wenig fester zu. Eine kleine Tür öffnete sich, und ein Geheimfach wurde sichtbar. Er blickte hinein und sah einen Stapel Fotos, die mit einem rosafarbenen Satinband umwickelt waren, Briefe, verschiedene Andenken wie zum Beispiel einen kleinen Seehund aus Porzellan und ein Parfum, das mit einem Veilchenetikett verziert war. Er nahm alles heraus und setzte sich damit an den Schreibtisch. Die Bilder von seinem Vater und den Frauen, mit denen er zusammen gewesen war, interessierten ihn nicht. Die Briefe der Damen schob er ebenfalls zur Seite. Er hatte in seinem Leben niemals in den Sachen anderer Menschen gestöbert, und dabei sollte es auch bleiben. Christoph betrachtete die wie eine Amphore gestaltete Flasche. Er drehte an dem Verschluss und schnupperte vorsichtig an der Öffnung. Der süßlich penetrante Geruch, der in seine Nase stieg, nahm ihm den Atem. Er hatte das Gefühl, als ob sich eine Hand um seinen Hals legte. Er ließ das Parfum fallen, lief zur Tür und in den Flur hinaus und schnappte nach Luft. Plötzlich schwindelte ihm, er hielt sich am Knauf des Geländers fest. Wie in einem Albtraum drehte sich alles um ihn herum. Eine unsichtbare Kraft zog ihn nach vorne, er stemmte sich dagegen, und als das nicht half, ließ er sich auf den Treppenansatz fallen. Er hob den Kopf und sah sich plötzlich unten im Flur stehen, als kleiner Junge: Er hörte Geräusche vom ersten Stock und sah im Dunkeln die Umrisse eines Mannes und einer Frau. Panik durchflutete seinen Körper. Geschah dort oben ein Verbrechen? Er hatte sich bei seinen Freunden, deren Eltern den ganzen Tag arbeiteten, manchmal Filme angeschaut, in denen Menschen getötet wurden, mit Pistolen, aber auch mit langen, spitzen Messern. Wurde er gerade Zeuge eines Mordes? Mutig rannte er die Treppen hoch, denn er musste der Frau helfen!

»Lass uns ein neues Leben anfangen!«, hörte er sie sagen.

Als er oben ankam, sah er den Schrecken im Gesicht seines Vaters, der die Frau von sich stieß. Sie verlor den Halt und blickte ihn mit weit aufgerissenen Augen an. Ein süßlicher Veilchengeruch strömte in seine Nase, als sie die Treppe herunterfiel. Dann war alles totenstill.

Nur langsam kam Christoph wieder zu sich. Er fühlte sich hundeelend, aber auch erleichtert. Seine Psychologin wäre, wenn sie das alles miterlebt hätte, jetzt bestimmt begeistert. Christoph massierte sich die schmerzende Nackenmuskulatur. Vorsichtig stand er auf. Er war froh und dankbar, dass der Flashback glimpflich abgelaufen war. Zwar war er sich nicht sicher, ob das Ereignis, das er bis heute verdrängt hatte, wirklich auf diese Weise stattgefunden hatte. Vielleicht spielte sein Gehirn ihm auch einen Streich. Wenn er die Wahrheit wissen wollte, musste er seine Eltern kontaktieren. Jetzt wusste er immerhin, wonach er fragen musste. Christoph legte die Parfumflasche, die Briefe und die Fotos zurück in das Geheimfach. Dann verließ er das Haus, schloss die Tür hinter sich ab und ging bis zum Gartenzaun. Einige Blüten der Stockrosen waren verwelkt. Christoph hatte das Gefühl, als ob im Vergleich zum Vortag weniger Hummeln, Bienen und andere Insekten durch die Luft schwirrten. Der Sommer näherte sich langsam dem Ende, schon bald würden er und Jan sich dem nächsten Projekt widmen müssen. Der Gedanke verursachte ihm Magendrücken. Gestern war er bei Sven Winkelmann gewesen. Sein ehemaliger Klassenkamerad hatte ihn unter einem Vorwand zu sich eingeladen und einen geöffneten Ordner vor ihn auf den Tisch gelegt. Daraufhin hatte er sich entschuldigt und das Büro verlassen, sodass Christoph, als er Ullis Namen sah, stutzig wurde und die oberste Seite überflog. Seitdem wusste er, dass Jan und er den Job hier zeitnah erfolgreich beenden konnten. Schön würde das nicht werden, aber sie hatten wohl keine andere Wahl.

Es war ein langer Tag gewesen, und Sophia war entsprechend müde, als sie sich von der Gruppe verabschiedete, die an der Tierführung teilgenommen hatte. Die Kinder, und auch ihre Eltern, hatten wieder viel Spaß gehabt und bedankten sich überschwänglich. Auf dem Weg zurück zu ihrer Wohnung suchte sie in der Tasche ihrer Shorts nach dem Schlüssel und stieß dabei mit dem Finger an ein Stück Pappe. Es war die Visitenkarte des unliebsamen Besuchs, die sie in der Nacht zuvor in der Wohnung ihrer Schwester eingesammelt hatte. Als sie die Details unter dem Namen der Frau las, die sie auf dem Schoß ihres Schwagers überrascht hatten, konnte sie einen ungläubigen Laut nicht unterdrücken. War das zu fassen? Auf einmal erschien ihr die Szene in einem vollkommen anderen Licht. Sie musste sofort mit ihrer Schwester sprechen.

Eine halbe Stunde später saß sie mit Amelie am Küchentisch. Sophia hatte Nudeln mit Tomatensoße gemacht, ein Gericht, das sie jeden Tag essen konnte. »Immer nur das Gleiche ist aber auf die Dauer nicht gesund«, sagte Amelie, nachdem sie ihren Teller gefüllt hatte.

»Geht halt am schnellsten«, erwiderte Sophia und zog mit geschlossenen Augen eine Nudel in ihren Mund. »Außerdem lebe ich allein und bin nicht für die vitamin- und ballaststoffreiche Ernährung einer Familie verantwortlich.«

»Wenn du willst, kann ich dir ein paar schöne Rezepte für Singles heraussuchen«, fuhr ihre Schwester unbeirrt fort. »Es ist wichtig, dass du genug Eiweiß isst, und Vitamine sind auch notwendig.«

Sophia hob grinsend ihr Weinglas. »Zählen Trauben etwa nicht?«

Amelie ließ die Gabel sinken. Auch sie konnte sich ein Grinsen nicht verkneifen, doch sie warf Sophia einen gespielt strafenden Blick zu. »Nicht in dieser Form, du dumme Nuss.«

»Mama!«

Amelie seufzte. »Ich schaue mal, was ihr fehlt.«

Ulli hatte vormittags ein Gitterbett vorbeigebracht, das sie in ihr Schlafzimmer gestellt hatten.

Sophia war froh, dass Amelie und Mia bei ihr waren. Sie hatte ganz vergessen, wie schön es war, wenn man sich abends mit jemandem unterhalten konnte. Es war ewig her, dass die beiden Frauen in Ruhe Zeit miteinander verbracht hatten, denn Amelie hatte, seit sie Mutter war, immer zu einer bestimmten Zeit zu Hause sein müssen. Sophia streckte die Beine unter den Tisch. Sie liebte die kleinen ironischen Wortgefechte, die sie sich mit ihrer Schwester schon als Mädchen geliefert hatte. Natürlich hatte es auch Zeiten gegeben, in denen sie sich nicht so gut verstanden hatten. Oft war Eifersucht im Spiel gewesen, zum Beispiel als Amelie mit sechzehn das erste Mal allein in den Urlaub fahren durfte, während Sophia selbst zuvor bis zu ihrer Volljährigkeit hatte warten müssen. Erst viel später hatte sie Verständnis für ihre Eltern aufbringen können, denn auch bei ihren Freundinnen hatten die Erstgeborenen um vieles kämpfen müssen, was den jüngeren Geschwistern dann in den Schoß fiel.

»Mia hatte nur ihren Schnuller verloren.« Amelie setzte sich wieder auf ihren Platz. »Sie schläft schon wieder.«

Als sie aufgegessen hatten, schenkte Sophia noch etwas Wein nach. Sie stellten Teller und Besteck in die Spüle und gingen mit den Gläsern ins Wohnzimmer. Amelie ließ sich aufs Sofa fallen. »Ich bin fix und fertig.«

Das konnte Sophia nur zu gut nachvollziehen – doch es half nichts, sie musste ihrer Schwester erzählen, was sie entdeckt hatte. Sie setzte sich neben sie und legte die Visitenkarte auf den Tisch. »Das ist der Frau, die gestern bei Thorsten war, aus der Tasche gefallen.«

Amelie warf ihr einen verwunderten Blick zu. »Sara Love?« Sie kniff die Augen zusammen. »Was ist das denn für ein komischer Name?« Sie schob das ausgestanzte Stück Papier zurück. »Was bedeuten denn die Abkürzungen?«

»Die stehen für verschiedene Praktiken im Bett.«

Amelie stöhnte auf. »Eine Prostituierte?«

Sophia nickte zögernd. »Es sieht jedenfalls ganz danach aus.«

Amelie nahm einen großen Schluck aus ihrem Weinglas. Sophia konnte förmlich sehen, wie die Gedanken hinter ihrer Stirn ratterten. »Findest du, dass das einen Unterschied macht?«

»Auf jeden Fall weiß ich, dass viele Männer einen Besuch im Bordell nicht als Fremdgehen empfinden.«

Amelie sah sie mit großen Augen an. »Sondern?«

»Keine Ahnung«, erwiderte Sophia. »Einige machen es aber bestimmt, weil sie ihren Partnerinnen ihre Bedürfnisse nicht immer zumuten möchten.«

Ihre Schwester riss die Augen weit auf. »Dann habe ich ihn also in die Arme dieser Dame getrieben?« Sie schüttelte den Kopf. »Wenn das wahr ist, kann er mir gestohlen bleiben.«

Sophia legte die Hand auf das Knie ihrer Schwester. »Ich kann dich sehr gut verstehen«, sagte sie sanft. »Natürlich ist das ein No-Go, aber ich glaube, dass ihm das alles auch furchtbar peinlich ist.«

Amelie zuckte mit den Schultern. »Das hilft mir jetzt aber nicht weiter.«

Tränen kullerten über ihre Wangen. »Ich finde das so, so schlimm! Wenn ich nur daran denke, wird mir übel.« Sie stöhnte. »So etwas passiert doch sonst nur in schlechten Filmen.«

Sophia zog ihre Hand zurück und strich ihrer Schwester die vom Weinen feuchten Strähnen aus dem Gesicht. »Du musst ihm ja auch nicht sofort verzeihen, aber ihr solltet euch irgendwann aussprechen, schon Mia zuliebe.«

Amelie schniefte. »Das müssen wir wohl. Aber ich weiß nicht, ob ich das jemals vergessen kann.«

26. Kapitel

Die Strandrosen, die links und rechts des Gutshauses in den Beeten wuchsen, verströmten ihren intensiven Duft. Sophia betrachtete die Blüten mit ihren goldgelben Pollen. Hummeln und Bienen summten überall in der Luft, landeten und saugten den Nektar heraus. *Rosa rugusa* war der lateinische Begriff für diese anspruchslose Pflanze, deren Wurzeln sich auch in nährstoffärmeren Böden tief verankerten und seitlich neue Triebe hervorbrachten. Jetzt im Spätsommer hatten sich bereits einige kugelförmige zinnoberrote Hagebutten gebildet, die Amseln und Drosseln im Herbst und Winter als Leckerbissen schätzten. Sophia stieg die Treppen zum Gutshaus hinauf und öffnete die Tür. Ulli hatte ihr vor einer halben Stunde eine WhatsApp-Nachricht geschickt und sie um ein Gespräch gebeten. Auf dem Flur begegnete sie Sebastian, der sich demonstrativ von ihr wegdrehte. »Moin!«, begrüßte sie ihn, aber er hob nur die Hand und lief eilig weiter. Was hatte dieser Mann eigentlich für ein Problem mit ihr, fragte sie sich zum gefühlt hundertsten Mal. Immer, wenn sie ihn sah, bekam sie ein mulmiges Gefühl. Und sie hatte ja auch jeden Grund dafür, er war nicht nur unfreundlich, sondern hatte sie außerdem um Haaresbreite mit dem Mähdrescher überfahren. Je länger sie über das Ereignis nachdachte, desto sicherer war sie, dass er das Fahrzeug absichtlich auf sie gelenkt hatte.

Sie betrat die Küche, in der es nach frisch aufgebrühtem Kaffee duftete. Ulli drehte sich zu ihr um. »Schön, dass du da bist.« Sophia bemerkte, dass die Augen ihrer Chefin gerötet waren. Hoffentlich war nichts Schlimmes passiert. Ulli deutete auf den Stuhl neben sich. »Setz dich doch! Möchtest du Kaffee?«

Als Sophia nickte, stand sie auf, holte einen zweiten Keramikbecher und stellte die Thermoskanne auf den Tisch. »Ich habe heute Morgen ein Schreiben von meiner Bank in der Post gehabt«, sagte Ulli. Ihre Stimme klang brüchig, und Sophia bemerkte, dass die selbstbewusste Haltung, für die sie ihre Chefin immer bewunderte, nicht mehr vorhanden war. Ulli überreichte ihr den Brief, und Sophia überflog die wenigen Zeilen, die mit dem Namen *Sven Winkelmann, Leiter Firmenkunden* unterzeichnet waren.

Sophias Augenbrauen schnellten nach oben. »Zwangsversteigerung?« Sie bemerkte, wie ihre Chefin bei dem Wort zusammenzuckte, aber auch in ihr breitete sich ein mulmiges Gefühl aus. Wenn der Strandrosenhof unter den Hammer kam, würde sie ihr geliebtes Zuhause verlieren.

Ulli antwortete nicht, sondern senkte seufzend den Kopf. »Du hast die Raten nicht bezahlt«, stellte Sophia fest. Ihre Worte hingen in der Luft. Der Kühlschrank brummte, und durch das halb geöffnete Zimmer drang ein Motorengeräusch herein. Schließlich schlug Ulli die Hände vorm Gesicht zusammen. »Ich bin am Ende.« Dann fing sie an zu weinen. »Was soll ich jetzt nur tun?«, schluchzte sie. Sophias Herz zog sich schmerzhaft zusammen. Sie öffnete die Thermoskanne und füllte beide Tassen mit Kaffee. Ein intensiver Duft drang ihr in die Nase, und als sie einen Schluck probierte, verzog sie das Gesicht. Sie stand auf, nahm den Kessel vom Herd und füllte Wasser nach. »Trink erst einmal.«

Sophia lag eine Frage auf der Zunge, die sie aber als übergriffig empfand: *Wie konnte das passieren?*

»Ich musste in den vergangenen Monaten einfach zu viele Rechnungen bezahlen«, sagte ihre Chefin schließlich von selbst. »Die Reparaturkosten für den Mähdrescher und die Heizung, und dann hat das Finanzamt mir noch eine Nachzahlung aufgebrummt, weil mein Steuerberater sich verrechnet hatte.«

Sophia ergriff ihre Hände. »Vielleicht lässt Herr Winkelmann noch einmal mit sich reden?«

»Was könnte ich ihm schon anbieten?«

»Ich hätte zumindest eine Idee, was er dir vorschlagen könnte: eine Fristverlängerung für die Rückzahlung des Darlehens.«

Christoph und Jan standen mit verschränkten Armen vor dem Tisch im Wohnzimmer ihrer Ferienwohnung und betrachteten den Entwurf von Ole Kaspereit. Eine angespannte Stille herrschte zwischen ihnen, nachdem Christoph seinem Assistenten von dem Treffen mit Sven Winkelmann berichtet hatte. »Meinst du, dass es wirklich so weit kommen wird?«, fragte Jan schließlich. Als Christoph nickte, setzte er sich und rückte den Stuhl zurecht. »Es fühlt sich nicht mehr richtig an, jetzt, wo wir alle Menschen kennen, die hier leben und arbeiten.«

Christoph stimmte ihm innerlich zu. Wenn sie den Strandrosenhof ersteigerten, hätten sie zwar ihr Projekt einen großen Schritt nach vorn gebracht, dabei jedoch das Vertrauen von Ulli, Leonie und, am schlimmsten, Sophia auf schmähliche Weise missbraucht.

Er betrachtete den Flächennutzungsplan der Gemeinde Brodersby, auf dem das Grundstück markiert war, das sie kürzlich besichtigt hatten. Er deutete mit dem Finger auf die Fläche in der Nähe der Kurklinik. »Dieses Grundstück wäre die einzig wirkliche Alternative, alle anderen, die wir bis jetzt gesehen haben, waren komplett ungeeignet.«

Jan strich sich mit der Hand über das markante Kinn. »Wir können nicht darauf warten, dass die Gemeinde daraus Bauland macht.«

Christoph nickte. »Was schlägst du vor?«

Jan wippte hin und her. Schließlich hielt er inne und blickte Christoph direkt in die Augen. »Wir ziehen die Versteigerung durch oder erwerben das Grundstück direkt und reichen den Entwurf für das Luxus-Resort bei der Gemeinde ein.« Er klatschte in die Hände. »Das nächste Projekt wartet schon auf uns, wie du weißt.«

Damit hatte Jan einen weiteren heiklen Punkt angesprochen, den Christoph bislang erfolgreich verdrängt hatte. Dr. Matthias König hatte ihnen vor ein paar Tagen per E-Mail bereits die Eckdaten für den Folgejob geschickt: den Bau eines Skyscrapers in Dubai. Der Flug Anfang September war bereits gebucht.

Christoph presste die Handflächen aneinander. »Du hast natürlich recht.« Er atmete tief ein. »Alles andere wäre unprofessionell.«

Kurz danach verließ Jan die Ferienwohnung, weil er mit Leonie verabredet war. Die beiden wollten zu einer Strandparty nach Eckernförde. Christoph freute sich auf einen ruhigen Abend. Er zog sich aus, stellte sich unter die Dusche und schloss die Augen. Während das warme Wasser auf seine Schultern prasselte, entspannte er sich. Die Wochen auf dem Strandrosenhof vergingen wie im Flug. Das Mittsommerfest war ein besonderes Highlight gewesen, aber auch die Kanufahrt zur Liebesinsel. Die Nacht mit Sophia in der Reetdachscheune seiner Eltern würde er bestimmt bis zum Ende seines Lebens nicht vergessen. Als sie am Morgen lächelnd in seinen Armen aufgewacht war, hätte er die Zeit am liebsten angehalten. Er drehte den Hahn noch für einen Moment auf »kalt«, stieg dann aus der Dusche und griff nach einem sauberen Handtuch. Der Spiegel über dem Waschbecken war vom Wasserdampf beschlagen. Er wischte mit der Handfläche darüber und betrachtete sein Gesicht. Ihm gefielen seine blaugrauen Augen, die Grübchen in den Wangen und seine dunkelblonden Haare, die schon immer kräftig wuchsen – im Gegensatz zu vielen Männern in seinem Alter, die bereits mit Geheimratsecken haderten. Durch den regelmäßigen Sport war sein Körper in Topform, er hatte sogar das Gefühl, dass er mit jedem Jahr fitter wurde, vor allem seit er mit dem Rauchen und regelmäßigem Alkoholkonsum aufgehört hatte. Das Handtuch um die Hüften geschlungen, kehrte er ins Wohnzimmer zurück und lief zu dem Tisch, auf dem die Unterlagen ausgebreitet waren. Das Display seines Handys leuchtete auf. Als er den Namen des Anrufers sah, schoss sein Puls in die Höhe, und er drückte auf »Annehmen«. »Donielle, I'm glad to hear from you.«

»Same here.« Die Verbindung war kurze Zeit unterbrochen, aber dann hörte er wieder ihre Stimme.

»I have a stopover at Hamburg airport tomorrow …« Seine Ex-Freundin war für die Arbeit in Oslo, und ihr Flug ging über Hamburg. Sie fragte ihn, ob er Lust auf ein Treffen habe, und er sagte spontan zu. Sie unterhielten sich noch einige Minuten, aber dann rief im Hintergrund jemand ihren Namen, und sie verabschiedeten sich. Kurze Zeit später erhielt er ihre Flugdaten per SMS. Christoph schmunzelte, er kannte sonst niemanden, der noch auf diese Weise kommunizierte, seit es Messenger-Dienste wie WhatsApp oder Signal gab. Er freute sich über ihren Anruf. Seit Donielle den Schadensersatzprozess gegen ihn gewonnen hatte, war ihr Kontakt endgültig abgebrochen. Hin und wieder hatte er ihren Namen gegoogelt, aber nur wenige Informationen über sie gefunden. Vielleicht war sie mittlerweile verheiratet und hatte Kinder? Sie war eine attraktive Frau und stammte aus einer angesehenen Familie aus Atlanta. Er ging das Ereignis von damals noch einmal im Kopf durch. Sie hatten oft Auseinandersetzungen gehabt, meistens waren es nichtige Anlässe gewesen, doch an diesem Abend hatte sie ihn besonders provoziert. Er hatte sich damals in einer schwierigen beruflichen Phase befunden und war nach einem langen Arbeitstag gereizt nach Hause gekommen. Kaum war er zur Tür hinein, hatte sie ihn mit einer Triade von Schimpfwörtern bombardiert. Zum millionsten Mal rief er sich die Szene vor Augen. Doch heute war etwas anders. Christoph hatte das Gefühl, als ob sich Puzzleteile in seinem Kopf zusammenfügten. Plötzlich war Donielles Sturz mit einem Duft verbunden: Donielle hatte nach dem Parfum gerochen, das er in dem Geheimfach im Gästezimmer des Reetdachhauses seiner Eltern entdeckt hatte. Wahrscheinlich hatte dies in ihm eine Art Abwehrreaktion ausgelöst und dazu geführt, dass er Donielle weggestoßen hatte. Endlich wurde ihm bewusst, was damals in ihn gefahren sein könnte. Christophs Herz klopfte schneller, und er spürte, dass sich ein Knoten in seiner Brust löste. Am liebsten hätte er sich noch an diesem Abend mit Donielle getroffen, denn er hatte sich schon immer bei ihr für sein Verhalten von damals entschuldigen wollen. Die überraschende Erkenntnis löste Hoffnung in ihm aus, dass er diesen dunklen Teil seiner Vergangenheit endlich hinter sich würde lassen können. Vielleicht gab es ja doch noch inneren Frieden für ihn, nach all den Jahren.

Christoph ging in sein Schlafzimmer, warf das Handtuch aufs Bett und zog eine Jogginghose und ein T-Shirt aus dem Schrank. Er hatte den Tag über nicht viel gegessen, deshalb holte er sich in der Küche Brot, ein Stück Käse, Butter und eine Flasche alkoholfreies Bier aus dem Kühlschrank. Er aß im Stehen, nippte an seinem Glas und schaute aus dem Fenster. Langsam beruhigte er sich wieder, und die qualvollen Erinnerungsfetzen lösten sich auf. Vielleicht war es kein Zufall, dass seine Ex-Freundin angerufen hatte. Alles hatte seine Zeit, diese Erfahrung hatte er nun schon so oft in seinem Leben gemacht, und womöglich war jetzt der Moment gekommen, die Vergangenheit zu verstehen.

Draußen streifte eine dünne schwarze Katze über den Innenhof, die er noch nie gesehen hatte, ansonsten war alles ruhig. Christoph liebte diese Abendstunden, wenn der Arbeitsalltag auf dem Strandrosenhof langsam zu Ende ging. Spätestens um zwanzig Uhr waren alle Mitarbeiter, Besucher und Bewohner verschwunden, und Stille breitete sich aus.

Sophia, Amelie und die kleine Mia waren bestimmt ebenfalls bereits in der Wohnung. Er lauschte, ob er ein Geräusch wahrnehmen konnte, doch das alte Wirtschaftsgebäude hatte solide Mauern.

Alles war im Wandel, das spürte er auf einmal ganz deutlich. Sein Leben war an einem Wendepunkt angekommen, und er musste aufpassen, dass er die richtigen Entscheidungen traf. Die Nacht mit Sophia war wunderschön gewesen, doch vielleicht hatte er damit Hoffnungen in ihr geweckt, die er nicht erfüllen konnte.

27. Kapitel

Der Lastwagen vor ihnen wechselte plötzlich die Spur. »Vollidiot«, schimpfte Amelie, die am Steuer von Ullis Auto saß. Zwei Brummi-Fahrer lieferten sich nun ein Kopf-an-Kopf-Rennen. »Sind die denn komplett durchgeknallt?«

Sie betätigte die Lichthupe, aber nichts geschah. Hinter ihnen bildeten sich auf beiden Spuren der A7 Richtung Hamburg lange Schlangen.

»Ich flippe gleich aus«, fluchte Amelie weiter. Sie waren auf dem Weg zum Flughafen, um zwei Gäste in Empfang zu nehmen. Ein Ehepaar, das eigentlich in München lebte, aus steuerlichen Gründen jedoch die Hälfte des Jahres in Monaco verbrachte. Greta und Wolfgang Bartel hießen die beiden, die Namen hatte Ulli ihnen auf einen Zettel geschrieben, auf dem auch das Gate und die Ankunftszeit des Fluges notiert waren. Normalerweise bot Ulli keinen Shuttle-Service zum Strandrosenhof an, aber sie kannte Greta aus ihrer Jugendzeit und machte deshalb eine Ausnahme.

Endlich gelang das Überholmanöver, und der Lkw scherte direkt vor dem überholten Fahrzeug wieder ein, sodass der Fahrer auf die Bremse trat und mehrmals hintereinander hupte. Wie das Duell enden würde, bekam Sophia nicht mit, da ihre Schwester mit gefühlter Lichtgeschwindigkeit über die linke Fahrbahn bretterte, bis sie den Blinker setzte, weil sie Richtung Flughafen abbiegen mussten.

»Papa?« Mia, die auf der Rückbank in ihrem Kindersitz saß, war nach einem kleinen Nickerchen wieder aufgewacht.

Sophia drehte sich nach hinten und drückte ihr den Becher in die Hand, der ihrer Nichte im Schlaf auf den Sitz gefallen war. Die Kleine trank ein paar Schlucke, dann rieb sie sich mit der zusammengeballten Hand die Augen.

»Sie holt sich ihren Schlaf«, sagte Amelie leise. »Die Lütte hat mich nämlich die ganze Nacht auf Trab gehalten.«

Die beiden schliefen nach wie vor in Sophias Bett, Amelie hatte noch keine Idee, wie es weitergehen sollte. Thorsten hatte sich mehrfach gemeldet, aber Amelie hatte die Anrufe nicht angenommen. Ihr Schwager wusste also nicht, wo seine Frau und Tochter waren, aber er konnte es sich bestimmt denken. Sophia rechnete jeden Tag damit, dass er vor der Tür stehen würde.

Sie erreichten den Flughafen, und Amelie lenkte Ullis Auto auf das Parkdeck vor dem Ankunftsterminal. Sie fanden einen freien Platz, und nachdem sie Mia in den Buggy gesetzt hatten, holte Sophia einen Parkschein und steckte ihn hinter die Windschutzscheibe. Dann machten sie sich auf den Weg zum Eingang und überholten dabei zwei junge Männer in Jogginghosen und ausgelatschten Turnschuhen mit großen Rucksäcken. Als sie den Eingang erreichten, strömte ihnen eine Gruppe braun gebrannter Urlauber mit Rollkoffern entgegen, die einen Sommer-Sonne-Strand-Schlager grölten. Sie betraten die mit Glas- und Stahlelementen überdachte Eingangshalle, in der Reisende an verschiedenen Check-ins ihr Gepäck aufgaben. Im Vergleich zu anderen Flughäfen, die Sophia bislang kennengelernt hatte, wirkte hier alles überschaubar. Vielleicht lag es auch daran, dass sie schon oft von hier aus verreist war und ihr die Räumlichkeiten vertraut waren.

»Der Flug hat Verspätung«, sagte Amelie mit Blick auf ihr Handy. Wahrscheinlich gab es für die Fluginformationen auch eine App, mutmaßte Sophia, denn ihre drei Jahre jüngere Schwester wickelte alles digital ab – vom Buchen einer Reise bis hin zu Sport- und Diätplänen.

»Wie viel denn?«, fragte Sophia.

»Eine gute Stunde.« Amelie unterdrückte ein Gähnen. »Ich könnte einen Kaffee vertragen.«

Kurze Zeit später nippte ihre Schwester mit geschlossenen Augen an ihrem Latte macchiato. Sie war schon immer ein Koffeinjunkie gewesen, dachte Sophia, die einen Earl Grey gewählt hatte, denn ihr Magen fühlte sich nach der rasanten Fahrt immer noch flau an. Bei der Auswahl des Snacks waren sie sich aber einig gewesen. Beide hatten sich für ein Croissant mit Schokoladenfüllung entschieden. Sophia ließ den ersten Bissen des noch warmen Gebäcks auf der Zunge zergehen, und ein wohliges Gefühl durchströmte sie. »Lecker«, sagte sie seufzend.

»Dafür würde ich sogar meinen Getreidebrei stehen lassen«, erwiderte Amelie schmunzelnd.

Sophia zwinkerte ihrer Schwester zu. »Man muss sich auch mal etwas gönnen.«

Amelie nickte und wischte mit dem Handrücken über ihren schön geschwungenen Mund. »Leider machen sich solche Sünden bei mir immer auf der Waage bemerkbar.« Sie deutete auf ihr Bäuchlein, das sich unter dem engen T-Shirt wölbte. »Meinst du, dass Thorsten sich deshalb eine andere gesucht hat?«

»Weil du ein paar Kilo zugenommen hast?« Sophia schüttelte den Kopf. »Er hat doch in den vergangenen Monaten auch ganz schön zugelegt.«

»Bei Männern wird das toleriert, oder?«

Sophia zuckte mit den Schultern. »Bei den Herren zählen eben die inneren Werte mehr«, erwiderte sie schließlich augenzwinkernd.

Amelies Miene blieb unergründlich. »Jetzt, wo du es sagst ...« Sie unterdrückte ein Kichern. »Ich habe einfach keinen Plan.«

»Wir warten erst einmal ab«, schlug Sophia vor. »Ich glaube, dass die Lösung bald ganz von selbst kommen wird.«

Jetzt machte Mia sich bemerkbar, deren Aufmerksamkeit bisher ganz von dem ungewohnten Gewusel auf dem Flughafen in Anspruch genommen worden war. Amelie stand auf, löste den Verschluss des Buggys und hielt sich ihre zappelnde Tochter vor das Gesicht. »Ich glaube, diese junge Dame muss gewickelt werden.«

Sophia reichte ihr die Tasche mit den Windeln. Ihre Schwester stellte Mia auf den Boden. »Dort hinten«, sagte sie und deutete auf einen langen Gang neben dem Restaurant. »Den Rest vom Croissant esse ich aber noch!«

Sophia sah den beiden nach, wie sie in Richtung Toiletten davonliefen. Dabei blieb ihr Blick an dem Rücken eines durchtrainierten Mannes hängen, der mit einer auffällig attraktiven Blondine an einem Tisch in der Nähe des Tresens saß. Die grazile Frau sah mit ihrem engen schwarzen Oberteil und der großen Sonnenbrille wie ein Hollywood-Filmstar aus. Die beiden waren in ein intensives Gespräch vertieft, und die Frau unterstützte ihre Worte mit affektierten Gesten. Dabei fegte sie eine Serviette vom Tisch, der Mann beugte sich hinunter und legte sie zurück. Als Sophia sein Profil mit der klassisch geraden Nase und dem markanten Kinn erkannte, setzte ihr Atem für ein paar Sekunden aus, denn es war Christoph, der nun die schmale Hand der Frau ergriff und ihr dabei tief in die Augen blickte. Plötzlich drehte er sich um, als habe er ihren Blick gespürt, und Sophia duckte sich schnell weg. Sie hatte das Gefühl, als ob ihr Herz in tausend Splitter zerbrach.

Christoph spürte ein Kribbeln im Nacken, als ob ihn jemand von hinten beobachtete. Aber nur wenige Plätze im Café waren besetzt, die Mutter mit dem Kleinkind auf dem Weg zur Toilette war viel zu beschäftigt, und auch die beiden älteren Ehepaare, die ihre Mettbrötchen aßen und sich anschwiegen, schienen vollkommen unbeteiligt.

Seine Ex-Freundin, die vor fast zwei Stunden gelandet war und einen siebten Sinn dafür hatte, wenn die Aufmerksamkeit eines Mannes nicht zu hundert Prozent ihr gehörte, runzelte die Stirn. Dabei bildete sich nicht eine einzige Falte.

»Are you okay?«

Christoph nickte. »What did you just say?«

Sie setzten ihr Gespräch fort, das wider Erwarten recht entspannt verlief. Donielle berichtete von ihrem Job bei einer New Yorker Modefirma. Sie war für die Finanzen zuständig, kümmerte sich aber auch um das Marketing. »We work with influencers who have a wide reach«, erzählte sie und nahm ihre Sonnenbrille ab. Ihre türkisfarbenen Augen ruhten auf ihm. Er ließ seinen Blick über die dichten, unnatürlich langen Wimpern gleiten, bei denen sie mit Sicherheit nachgeholfen hatte, genau wie bei ihren Brüsten, die sich unter dem engen Oberteil abzeichneten. Allerdings wären den meisten Menschen diese Details gar nicht aufgefallen, aber Christoph kannte sie schon lange. Die Jahre waren fast spurlos an ihr vorbeigegangen, deshalb mutmaßte er, dass sie sich von einem Beauty-Doktor behandeln ließ. In Amerika waren Schönheitsoperationen und Botox-Spritzen gesellschaftlich akzeptiert, solche Eingriffe wurden nur dann kommentiert, wenn etwas schiefgelaufen war.

Donielle hielt inne, nahm einen Anruf auf ihrem Handy entgegen und verließ den Tisch. Gedämpft telefonierend, lief sie mit hoch erhobenem Kopf durch die Halle, und Christoph war glücklich, dass die gebrochene Hüfte, die sie sich bei dem Sturz von der Treppe zugezogen hatte, offensichtlich gut verheilt war. Noch immer plagte ihn das schlechte Gewissen, auch wenn er ihr eine sehr hohe Schadensersatzsumme gezahlt hatte – sogar weit mehr, als das Gericht damals festgelegt hatte. Es gab Dinge, die ließen sich mit Geld nicht wiedergutmachen. Nach einigen Minuten kehrte sie mit einem Lächeln zurück. Sie entschuldigte sich für die lange Wartezeit, sie habe sich auf der Toilette noch etwas frisch gemacht.

»We've found a great advertising partner«, sagte sie, nachdem sie wieder Platz genommen hatte, und erzählte ihm von einer Kooperation mit einem bekannten Basketballspieler. Während sie sich unterhielten, spürte Christoph die ganze Zeit einen Druck in der Brust. Als eine kurze Gesprächspause entstand, nahm er sich schließlich ein Herz und entschuldigte sich aufrichtig für sein damaliges Verhalten. »I am still so sorry«, sagte er, woraufhin Donielle ihm einen warmen Blick schenkte und seine Hand drückte.

»Everything is alright. Please, stop your worrying!«

Sie hatten noch etwas Zeit, bis ihr Flieger startete, deshalb holte er zwei weitere Becher Kaffee. Schließlich begleitete er sie zum Sicherheits-Check. Einen Moment standen sie sich unschlüssig gegenüber, bis er sich schließlich einen Ruck gab und sie umarmte. Ihr süßlicher Duft drang in seine Nase, und für einen kurzen Moment wirbelten Erinnerungsfetzen von ihrem Treppensturz durch seinen Kopf. Am liebsten hätte er sie noch einmal zurückgerufen, um sie nach dem Namen des Parfums zu fragen, doch sie war schon unterwegs durch die Schleuse. Kurz sah er ihr hinterher, dann atmete er tief durch und machte sich auf den Weg zum Parkdeck. Wie ferngesteuert löste er das Ticket, fand sein Auto und stieg ein. Der Duft hatte ihn völlig aus der Spur geworfen, aber nun sah er seine Theorie endgültig bestätigt.

Christoph folgte den Hinweisschildern, und zwanzig Minuten später befand er sich auf der A7. Er betätigte den Fensterheber und ließ etwas frische Luft herein. Ihm war übel, und er hatte pochende Kopfschmerzen. Donielles Parfum hatte den gleichen Duft wie der Rest Flüssigkeit aus der Flasche mit dem Veilchen-Etikett, da war er sich nun sicher. Wenn seine Ex-Freundin dieses Parfum auch getragen hatte, als sie sich gestritten hatten und sie von der Treppe gestürzt war, hatte er gerade womöglich erneut ein Flashback erlebt. Seine Psychologin hatte ihn darauf vorbereitet, dass es womöglich Auslöser – sie sagte »Trigger« – gab, die seine Erinnerungen an die Oberfläche holen würden. Das konnten Worte, Gesten oder Situationen sein. Er wusste nicht, ob Gerüche auch dazugehörten, aber eigentlich war das nur logisch. Langsam hatte er das Gefühl, dass sich einige Puzzleteile in seinem Kopf zusammensetzten, auch wenn er wahrscheinlich noch lange nicht am Ende seiner Suche angelangt war.

Er stellte das Radio leiser. Die aufgedrehten Wortwechsel des Moderators und der Moderatorin gingen ihm auf die Nerven. Vor ihm stockte der Verkehr, es gab eine Baustelle, die Autos mussten sich auf eine Spur einreihen. Früher hätte er eine solche Situation als stressig empfunden, doch mittlerweile konnte ihn im Straßenverkehr nichts mehr aus der Ruhe bringen. Letztlich brachten schnelles Fahren und Drängeln auch nichts, die Zeitersparnis war gering. Dennoch überholte er, als die Fahrbahn wieder zweispurig wurde, einen Jeep, der von einer dunkelhaarigen Frau gelenkt wurde, die ihm bekannt vorkam. Als er in den Rückspiegel sah, schlug sein Herz schneller. In dem Auto saßen Sophia und eine Frau, die wohl ihre Schwester sein musste, auf dem Rücksitz zwei weitere Personen und ein Kind. Konnte es sein, dass sein Gefühl ihn nicht getäuscht hatte und die Schwestern im Café auf dem Flughafen gewesen waren? Wenn das zutraf, war er Sophia eine Erklärung schuldig.

28. Kapitel

Der Altar war mit Wildblumen geschmückt. Sie trug ein spitzenbesetztes weißes Kleid mit langer Schleppe, ihre Haare waren zu einer kunstvollen Frisur hochgesteckt. Sie spürte die Nähe ihres Vaters, der sie zu ihrem Bräutigam am Ende des Ganges geleitete. Rechts und links erhoben sich die festlich gekleideten Gäste von den Bänken, alle Blicke waren auf sie gerichtet. Der Organist spielte die ersten Töne von Richard Wagners Hochzeitsmarsch, und sie setzte im Takt der Musik einen Fuß vor den anderen. Als sie den Altar erreichte, drehte sich der Mann um, der dort auf sie wartete – aber es war nicht Christoph, sondern eine Blondine mit Sonnenbrille, die ihr entgegenblickte …

Sophia riss die Augen auf. Es dauerte einen Moment, bis ihr bewusst wurde, dass sie nur geträumt hatte. Sie griff nach dem Wecker, der neben dem Sofa lag, drückte die »Aus«-Taste, zog die Decke bis zu ihrer Nase und ließ die Bilder noch einmal Revue passieren. Seit sie am Vortag Christoph mit dieser Frau gesehen hatte, spukten die immer gleichen Fragen in ihrem Kopf herum. Wer war diese auffallend schöne Blondine, und warum traf er sich mit ihr im Flughafen-Café? Sie hatte sich gestern wie die allerletzte Idiotin verhalten. Hitze breitete sich in Sophias Brust aus, als sie sich daran erinnerte, wie sie sich auf die Bank gelegt hatte, damit Christoph sie nicht entdeckte. Sie hätte auch entspannt zu seinem Tisch gehen können – »Hi, ich bin Sophia, und wer sind Sie?« –, aber dazu war sie nicht in der Lage gewesen. Was zur Folge hatte, dass sie nicht wusste, mit wem sich Christoph getroffen hatte. Er hatte ihr jedenfalls nichts von dem Date erzählt. Natürlich hatte sie keinen Anspruch darauf. Aber sie waren sich in dem Reetdachhaus seiner Eltern sehr nahegekommen. Genau genommen hatte sie mit Christoph, ihrer ersten großen Liebe, die Nacht verbracht – und zwar nicht nur kuschelnd und Händchen haltend, wie es von ihrer Seite eigentlich geplant gewesen war, sondern leidenschaftlich und ohne Tabus. Sophia schloss die Augen und spürte, wie seine kräftigen Hände über ihren Körper geglitten waren. Als sie damals das erste Mal miteinander erlebt hatten, waren sie beide unerfahren gewesen. Christoph hatte sich in der Zwischenzeit zu einem erfahrenen und einfühlsamen Liebhaber entwickelt, der ihre Lust vollkommen neu entfacht hatte. Allein der Gedanke an seine Berührungen ließ sie erschaudern. Sie schob die Decke beiseite und reckte sich. Sophia hörte, wie es in ihrer Küche klapperte. Bestimmt war Amelie ebenfalls wach und brühte bereits Kaffee auf. Sie schlug die Decke zur Seite und hüpfte vom Sofa. In einer knappen Stunde war sie mit Ulli verabredet. Ihre Chefin hatte mit Sven Winkelmann einen Termin in der Bank vereinbart. Das war Sophias Vorschlag gewesen.

Vielleicht fand sich im persönlichen Gespräch eine Lösung. Sophia würde sie nach Kappeln fahren und vor der Bank auf sie warten. Sie hoffte sehr, dass sich noch alles zum Guten wenden ließ. Ulli führte den Hof wirtschaftlich, es musste eine Lösung geben. Der Strandrosenhof war nicht nur ihr Arbeitsplatz, sondern auch ihr Zuhause, und sie würde mit ihrer Chefin darum kämpfen, dass dies auch in Zukunft so blieb.

In der Küche hatte Amelie bereits den Tisch gedeckt, Mia saß in ihrem Kinderstuhl. Sophia hatte geduscht und sich ein leichtes Sommerkleid übergezogen, denn auch heute sollte es wieder bis zu dreißig Grad warm werden.

»Moin«, begrüßte sie ihre Schwester, die barfuß in Shorts vor dem Herd stand und eine Kelle hellen Teig in die Pfanne goss. »Mmh, was bäckst du denn?«

Amelie deutete mit dem Kopf zum Tisch. »Setz dich, es gibt Pancakes.«

Amelie stellte einen Teller mit den kleinen dicken Pfannkuchen in die Mitte des Tisches. »Lass es dir schmecken.«

Sophia träufelte etwas Ahornsirup auf ihr Gebäck und betrachtete die schön geformte Flasche mit dem kleinen Henkel.

»Wo hast du die denn gefunden?«

»In deinem Vorratsschrank«, erwiderte ihre Schwester. »Vielleicht musst du den mal aufräumen.«

Sophia ließ die Kritik an ihrer Haushaltsführung dieses eine Mal gelten. Sie war nun mal nicht wie Amelie, die bereits als Kind ihrer Mutter in der Küche geholfen hatte. Sie ließ sich den ersten Bissen des Pancakes auf der Zunge zergehen. »Himmlisch«, lobte sie ihre Schwester. »Du musst mir unbedingt das Rezept aufschreiben.«

»Ich schicke dir einen Screenshot.« Amelie nippte an ihrem Kaffee. »Thorsten will heute Nachmittag vorbeikommen, ist das okay für dich?«

»Na klar.« Sie hob den Löffel vom Boden auf, den ihre Nichte fallen gelassen hatte. »Soll ich in der Zeit verschwinden?« Sie strich sich eine Strähne aus dem Gesicht. »Ich könnte mit Mia zu den Tieren gehen?«

Amelie streckte die Hand aus und berührte ihre Finger. Die Augen ihrer Schwester füllten sich mit Tränen, als sie dankbar nickte.

Eine gute Stunde später blickte Sophia Ulli hinterher, die ihr noch ein letztes Mal zuwinkte, bevor sich die automatische Schiebetür der Bank öffnete und sie in dem Backsteingebäude verschwand. Für das Gespräch mit Sven Winkelmann waren vierzig Minuten vorgesehen, so lange wollte Sophia auf Ulli warten und sie dann wieder mit zum Strandrosenhof nehmen. Sie ging ein paar Schritte, zog ihren Thermobecher aus der Umhängetasche, ließ ihn an einem kleinen Kaffeemobil mit frischem Kaffee auffüllen und setzte sich auf einen der Stühle, die unter dem Kastanienbaum auf dem großen Platz standen. Ihre Gedanken kehrten zu der unerwarteten Begegnung mit Christoph zurück, der unbekannten Schönheit und dem Traum der vergangenen Nacht. Vielleicht war das die Frau, in die er sich in Amerika verliebt hatte und die womöglich wieder den Kontakt zu ihm suchte? Das Beste wäre es, wenn sie ihn einfach darauf ansprechen würde, auch wenn sie dann ihr lächerliches Verhalten im Café erklären müsste. Sie nahm einen Schluck Kaffee und stellte fest, dass ihr Leben etwas aus dem Ruder lief. Seit Christoph und Jan die Ferienwohnung auf dem Strandrosenhof bezogen hatten, war es mit der Ruhe und Vorhersehbarkeit ihrer Tage vorbei. Zum einen war das schön, weil sie viele Momente mit Christoph sonst nicht erlebt hätte, aber zugleich fühlte sie sich, seitdem er hier wohnte, immer etwas angespannt. Sie wünschte sich eine Partnerschaft fürs Leben, der Traum war nur ein weiteres Zeichen dafür, dass sie langsam, aber sicher wieder bereit war, darüber nachzudenken, sich zu binden. Nach dem Vorfall in Berlin hatte sie sich darüber lange Zeit keine Gedanken mehr gemacht, zu beschäftigt war sie damit gewesen, den Alltag zu bewältigen. Sie hatte gearbeitet, ihren Haushalt erledigt, Wildblumen gesammelt und gepresst und hin und wieder mit Murmel gekuschelt. Und dann war Christoph in ihr Leben getreten. Er hatte ihr seine Familiengeschichte offenbart – und war das nicht ein großer Vertrauensbeweis? Andererseits war das, was er ihr erzählt hatte, nur ein weiterer Grund, an seiner Bindungsfähigkeit zu zweifeln. Darüber hinaus war Christophs Job mit ständigen Ortswechseln verbunden, sicher stand das nächste Ziel bereits fest. Sie durfte sich selbst nicht verlieren, deshalb war es höchste Zeit, dass sie die Reißleine zog. Ein schmerzhaftes Ziehen ging ihr durch die Brust, als dieser Gedanke ihr Herz erreichte. Doch es gab keine andere Möglichkeit. Sophia blickte auf die Zeitangabe ihres Handys und schreckte hoch. Ullis

Termin war in fünf Minuten beendet. Sie musste sich beeilen, wenn sie rechtzeitig vor Ort sein wollte. Sie trank den Kaffee in einem Zuge, schob sich den Henkel ihrer Tasche über die Schulter und lief los. Ein wenig außer Atem erreichte sie die Bankfiliale. In diesem Moment erschienen Ulli und der Bankberater im Eingang, wo sie einander zugewandt stehen blieben. Sophias Blick blieb an dem Mann hängen, die Frisur mit dem kurzen Pony war unverwechselbar. Das war der Typ vom Mittsommerfest, mit dem sich auch Christoph vor Kurzem getroffen hatte, und instinktiv fragte sie sich, ob es einen Zusammenhang gab.

»Perfektes Timing!«, begrüßte sie Ulli, die nun mit geröteten Wangen auf sie zukam. »Ist es gut gelaufen?«

Ihre Chefin machte eine abwehrende Handbewegung. »Ich muss mich erst einmal berappeln.«

Sophia nickte. »Selbstverständlich.« Sie strich ihr kurz über beide Arme. »Lass uns einfach nach Hause fahren.«

Auf dem Weg zurück saß Ulli mit im Schoß gefalteten Händen neben ihr. Sophia schaltete das Radio ein und konzentrierte sich auf den Verkehr. Noch immer waren viele Urlauber unterwegs, obwohl sich die Ferienzeit in allen Bundesländern langsam dem Ende näherte. Sophia stellte fest, dass immer mehr Wohnmobile unterwegs waren. Die Schleiregion war für diese Form des Reisens besonders beliebt, es gab hier viele Camping- und Standplätze inmitten der Natur. Schließlich erreichten sie die Einfahrt zum Strandrosenhof. Sophia fuhr bis vor die Treppe des Gutshauses, bremste und schaltete den Motor ab. »Da wären wir«, durchbrach sie die Stille.

»Herr Winkelmann lässt leider nicht mit sich reden«, platzte es nun aus Ulli heraus, und ihre Stimme klang belegt. »Er verlängert den Kredit nicht. Wenn ich nicht fast hunderttausend Euro aufbringe, wird mein Hof zwangsversteigert.«

Sophia schnappte nach Luft. »Das können die doch nicht machen!« Sie verschränkte die Arme vor der Brust. »Vielleicht könntest du bei einer anderen Bank die Summe als Kredit aufnehmen?«

Ulli schüttelte den Kopf. »Kein Geldinstitut der Welt verleiht Geld ohne Sicherheiten.« Sie seufzte tief. »Ein überschuldeter Bauernhof kommt dafür jedenfalls nicht infrage, und etwas anderes kann ich nicht bieten.« Sie drehte den Kopf zu Sophia. »Ich könnte noch Privatinsolvenz beantragen«, sagte sie mit zittriger Stimme. Sie schlug die Hände vor das Gesicht. »Das wäre dann aber wirklich das Ende. Was soll ich nur tun?«

»Warum hat dein Bankberater dich überhaupt zu einem Gespräch eingeladen, wenn er dir sowieso nicht helfen will?«

Ulli schniefte. »Es gibt einen Interessenten für den Strandrosenhof«, erwiderte sie leise. Sophia reichte ihrer Chefin ein Taschentuch. »Der wäre bereit, mir eine marktübliche Summe zu zahlen, sodass ich den Kredit ablösen könnte.«

»Das kommt mir alles merkwürdig vor«, erwiderte Sophia stirnrunzelnd. Das Bild von Christoph und dem Bankberater flackerte vor ihrem inneren Auge auf. »Lass uns später noch einmal darüber sprechen. Ich muss mich jetzt sowieso erst einmal um den Verkaufsstand kümmern. Ich melde mich bei dir.«

Nachdenklich sah Sophia Ulli hinterher, als diese aus dem Auto ausstieg und über den Hof ging. Je länger sie über alles nachdachte, desto mehr hatte sie das Gefühl, dass Christoph und Jan eine zentrale Rolle in dem Drama spielten, das sich abzeichnete. Die beiden suchten ein Grundstück für ihr Bauprojekt und hatten sich auch Flächen in der Gemeinde Brodersby angeschaut. Vielleicht steckten sie sogar mit der Bank unter einer Decke.

29. Kapitel

Sophia hievte die beiden Stoffbeutel mit Lebensmitteln in den Kofferraum. Seit Amelie und Mia bei ihr wohnten, reichte ein wöchentlicher Einkauf bei Weitem nicht mehr aus, aber das war kein Problem. Sie war sehr froh, dass die beiden noch bei ihr waren, so war sie abgelenkt, und ihre Gedanken kreisten nicht ständig um Christoph. Sie drückte die Heckklappe ins Schloss, öffnete die Fahrertür und ließ sich seufzend auf den Sitz fallen. Am Vormittag hatte sie drei Tierführungen absolviert, nun war sie erschöpft. Sie startete den Motor und verließ den Parkplatz des Supermarkts in Kappeln. In Brodersby gab es nur einen kleinen Laden in der Strandstraße, der aber in erster Linie ein Sortiment für Touristen bereithielt, deshalb fuhr sie meist in die Stadt.

Auf dem Rückweg dachte sie über Ullis finanzielle Misere nach. Es war schlimm, dass Sven Winkelmann eine langjährige Kundin derart unter Druck setzte, zumal er ja wusste, dass nicht Ulli selbst, sondern ihr Ex-Mann dafür verantwortlich war, dass der Strandrosenhof finanziell schlecht aufgestellt war. Sie fragte sich allerdings auch, ob es möglich war, die Betriebsabläufe des Strandrosenhofs noch zu verbessern. Vielleicht waren die Kosten für die hofeigenen Maschinen zu hoch? Sophia hatte gehört, dass es Firmen gab, die bestimmte Arbeiten wie zum Beispiel das Mähen einer Weide oder das Ausbringen des Düngers auf die Felder mit Leihmaschinen und Lohnarbeitern anboten.

Sophia erreichte den Strandrosenhof, holte ihre Einkäufe aus dem Kofferraum und lief mit einem Beutel in jeder Hand zum Eingang. Sie drückte die Klinke herunter und schob mit der Schulter die Eingangstür auf. Dabei stieß sie fast mit Christoph zusammen, der aber im letzten Moment zurückwich. »Hoppla!« Er ließ sie eintreten. Sophia hatte nicht mit der Begegnung gerechnet und war nicht darauf vorbereitet, Christoph mit ihren Gefühlen zu konfrontieren. Doch er war ihr eine Erklärung schuldig.

Sie blieb vor ihm stehen. Die Luft zwischen ihnen schien zu knistern. Sophia verlor sich in den blaugrauen Augen, die sie fragend musterten.

»Ist alles in Ordnung?«

Sophia stellte die Einkaufstaschen ab und gab sich einen Ruck. Es stand zu viel Ungesagtes zwischen ihnen, sie musste die Frage einfach loswerden. »Wer war die Frau am Flughafen?« Sie sah ihn mit festem Blick an.

Christophs rechter Mundwinkel zuckte amüsiert. »Dann warst du also dort?«

Sophia nickte. »Zusammen mit Amelie und Mia. Wir haben für Ulli Gäste abgeholt.« Sie legte den Kopf schief. »Hast du uns gesehen?«

Er lachte kurz auf. »Nein, ich hatte nur die ganze Zeit

das Gefühl, dass ich beobachtet werde.« Er streckte die Hand aus und strich ihr sanft über die Wange. »Und ich habe euch auf dem Rückweg überholt.«

Sophia wich seiner Hand aus, woraufhin er sie sinken ließ. Sie atmete tief durch und sah ihn unverwandt an, bis er schließlich langsam nickte. »Donielle Watkins ist die Frau, in die ich mich damals verliebt habe.«

Sophia spürte, wie ihre Augen brannten, kaum dass er den Satz beendet hatte. Weinen war jetzt allerdings keine gute Option. Sie presste die Lippen aufeinander. »Sie ist eine sehr schöne Frau.«

Christoph verzog keine Miene. »Stimmt«, erwiderte er schließlich, ohne den Blick von ihr abzuwenden. »Donielle ist außerdem klug, erfolgreich, humorvoll, warmherzig und, nicht zu vergessen, sexy.«

Sophia griff nach ihren Beuteln mit den Einkäufen. Das musste sie sich nicht länger antun. Christoph kam ihr jedoch zuvor, umfasste ihre Handgelenke und zog sie an sich. »Aber Donielle ist nur noch eine gute Freundin, mehr nicht«, sagte er schließlich leise, aber mit Nachdruck, bevor er sie küsste.

Nach einer Weile lösten sie sich atemlos voneinander.

»Wann kann ich dich wiedersehen?«, fragte Christoph leise.

»Ich melde mich bei dir, sobald ich kann. Jetzt muss ich aber nach oben. Amelie und mein Schwager sprechen sich heute aus.«

Sophia hauchte ihm einen Kuss auf die Wange und beugte sich zu ihren Einkaufstaschen.

»Gut, dass du da bist«, begrüßte Thorsten sie, als sie die Tür zu ihrer Wohnung erreicht hatte. »Deine Schwester öffnet mir nicht, obwohl wir doch verabredet sind.« Er strich sich mit einer fahrigen Bewegung durchs Haar. »Ich muss unbedingt mit ihr reden.« Er legte die Hand auf Sophias Schulter. »Amelie und Mia können schließlich nicht ewig hier bleiben.«

Thorsten trat einen Schritt zurück und sprach leise weiter. »Ich liebe Amelie, auch wenn wir zurzeit Probleme haben. Sie wird mir verzeihen, schon Mias wegen.«

Kaum hatte er seinen Satz zu Ende gesprochen, öffnete sich die Tür zu ihrer Wohnung, und Amelie erschien mit Mia auf dem Arm. Ihre Augen waren gerötet, doch sie rang sich ein Lächeln ab und bat Thorsten hinein. »Ich habe einen Käsekuchen gebacken.«

Zwei Stunden später begleitete Sophia ihren Schwager, Amelie und Mia zum Auto. Während Thorsten seine Tochter im Kindersitz anschnallte, nutzte Sophia die Zeit und drückte ihre Schwester fest an sich. »Du kannst mich jederzeit anrufen«, flüsterte sie ihr ins Ohr. »Lass dir nicht alles gefallen, versprichst du mir das?«

Amelie nickte. »Ich verspreche es dir.« Sophia zweifelte, ob es wirklich die richtige Entscheidung war, dass Amelie zu Thorsten zurückkehrte. Sie hatten am Abend zuvor lange darüber gesprochen, aber ihre Schwester wollte vor allem wegen Mia an ihrer kleinen Familie festhalten.

Sophia verweilte an ihrem Platz, bis das Auto den Strandrosenhof verlassen hatte. Erst dann kehrte sie in ihre Wohnung zurück. Sie ging in die Küche, räumte das Geschirr ab und stellte es in die Spülmaschine. Als sie damit fertig war, nahm sie den Besen in die Hand und fegte den Küchenboden, warf die gebrauchten Geschirrtücher in die Waschmaschine, die damit aber nur halb gefüllt war, weshalb sie auch gleich noch die gesamte Bettwäsche und auch die Laken abzog. Sie stellte die Programmauswahl auf sechzig Grad und drückte den Startknopf, bis das Gerät surrend die Arbeit aufnahm. Sophia blieb stehen und beobachtete, wie die Wäsche ihre Runden drehte.

Die Stimmung beim Kaffeetrinken war angespannt gewesen. Amelie hatte sie gebeten, dabei zu sein, weil sie sich sonst dem Gespräch mit Thorsten nicht gewachsen gefühlt hätte. Natürlich hatte sie ihrer Schwester beiseitegestanden. Ihr Schwager hatte sich noch einmal ausdrücklich entschuldigt und Amelie um Verzeihung gebeten. Er hatte sehr reumütig ausgesehen, deshalb hoffte Sophia, dass er Amelie in Zukunft treu bleiben würde.

Sophia ließ sich im Wohnzimmer aufs Sofa fallen und streckte die Beine von sich. Nun, da der Trubel vorbei war, konnte sie wieder tun und lassen, was sie wollte – zumindest in ihren eigenen vier Wänden. Doch die beiden würden ihr fehlen. Es war laut gewesen und auch bisweilen anstrengend, aber nun musste sie sich an die Stille erst wieder gewöhnen.

Sophia ging zum Schreibtisch, auf dem ihre Utensilien zum Blumenpressen lagen, und setzte sich auf den Stuhl. Die Kleine Braunelle, die sie am Feldrand auf ihrer Joggingstrecke gepflückt hatte, war getrocknet und gleichmäßig gepresst. Sie löste die auf den ersten Blick so unscheinbare Blume vorsichtig vom Löschpapier und schob sie auf eins ihrer Blätter mit dem umrankten Feld zur Bestimmung ihres Fundes. Sophia betrachtete die Pflanze, die auf Wiesen, Weiden und in Parks wuchs, mit ihrem Vergrößerungsglas. Die kleinen purpurvioletten Blüten bildeten eine Art Helm, die Wildblume erinnerte sie an einen kleinen Soldaten. Sie befestigte die Pflanze mit Klebestreifen und füllte das Beschreibungsfeld aus.

Name der Pflanze: Kleine Braunelle, Gewöhnliche Braunelle
Wissenschaftlicher Name: Prunella vulgaris
Pflanzenfamilie: Lippenblütengewächse (Lamiaceae)
Fundort: Feldweg in Brodersby
Datum: 6. August

Sophia lehnte sich zurück und betrachtete ihr Werk. Als sie an die kurze Begegnung mit Christoph im Flur dachte, schlug ihr Herz schneller. Seine Augen hatten gefunkelt, und sein Kuss hatte ein Feuerwerk in ihrem Körper ausgelöst. Sophia war froh, dass sie ihn direkt auf die Frau vom Flughafen angesprochen hatte. Donielle also. Sophia wiederholte den Namen mehrmals hintereinander. Ihretwegen hatte er damals den Kontakt abgebrochen. Sie spürte ein schmerzhaftes Ziehen in der Brust, als sie sich das Kennenlernen der beiden vorstellte. Sophias Fantasie lieferte ihr eine filmreife Szene nach der anderen, schließlich hatte sie unendlich viele amerikanische Liebesfilme gesehen und war dementsprechend konditioniert: Attraktiver junger Student trifft blonde Schönheit, die beiden streiten sich wie die Kesselflicker, liefern sich jede Menge geistreiche Wortgefechte und haben zu jeder passenden oder unpassenden Gelegenheit Sex.

Sophia biss sich auf die Unterlippe. Eifersucht flammte in ihr hoch, am liebsten hätte sie diesem Luxusweib hier und jetzt die Meinung gesagt. Mit Sicherheit war er für sie nur einer von vielen gewesen. Sophia betrachtete das Blatt mit der getrockneten Wildblume. Vielleicht war aber auch alles ganz anders gewesen, gestand sie sich schließlich innerlich zähneknirschend ein. Sie hatte sich in Berlin in Robert verliebt und dabei auch nicht an Christoph gedacht. Das alles gehörte aber nun der Vergangenheit an. »Nur noch eine gute Freundin«, hatte er gesagt. Und sie hatte das Funkeln in seinen Augen gesehen. Vielleicht gab es für sie und Christoph doch eine gemeinsame Zukunft?

30. Kapitel

Christoph saß am Tisch in der Ferienwohnung und studierte einen Geschäftsbericht, als auf seinem Handydisplay »Eltern« aufleuchtete. Der Anruf kam für ihn überraschend, denn er hatte erst vor zwei Wochen mit ihnen telefoniert. Normalerweise war nach solchen kurzen Gesprächen erst einmal wieder wochenlang Funkstille zwischen ihnen. »Wir sind auf dem Rückweg nach Dänemark und möchten einmal in unser …« Er hielt einen Moment inne, dann fuhr er fort. »Hättest du etwas dagegen, wenn wir deinem Haus einen kurzen Besuch abstatten?«

»Wir bleiben auch nicht über Nacht«, ergänzte seine Mutter aus dem Hintergrund.

»Das kommt jetzt aber ziemlich plötzlich«, erwiderte Christoph zögerlich.

»Wenn du das nicht möchtest, ist es für uns auch in Ordnung.«

Es rauschte, und Christoph hatte für einen Moment das Gefühl, als ob die Verbindung getrennt worden war, doch dann räusperte sich sein Vater. »Bist du noch dran?«

»Ja. Ich arbeite derzeit in Brodersby.« Christoph gab

sich einen Ruck. »Wenn ihr möchtet, könnt ihr vorbeikommen. Sagen wir, in einer Stunde?«

Als Christoph auf das Grundstück fuhr, sah er einen weißen T3-VW-Bus auf dem Parkplatz. Auf den ersten Blick war der Oldtimer in einem Top-Zustand. Er hielt neben dem Fahrzeug, dessen Lack in der Sonne glänzte, stieg aus und sah schon von Weitem seine Eltern vor dem Eingang stehen. Während er auf sie zulief, bemerkte er, dass die Stockrosen im Garten zum großen Teil verblüht waren und Samenkapseln gebildet hatten. Ein süßlicher Geruch lag in der Luft, und das Summen der Bienen drang in seine Ohren.

Als Christoph nur noch einige Meter von den beiden entfernt war, wäre er am liebsten umgedreht, aber seine Mutter, die sehr dünn geworden war und eine weite weiße Baumwollhose und ein flatterndes Oberteil trug, kam ihm schon entgegen. »Christoph, wie schön!«

Er versteifte sich, als sie ihn umarmen wollte. Sie bemerkte die Abwehr, sah ihn mit traurigen Augen an und strich ihm stattdessen über den Oberarm. Ihr Gesicht hatte sich in der Zeit, in der er sie nicht gesehen hatte, kaum verändert, das war ihm bereits während des letzten Online-Treffens aufgefallen. Mit den hohen Wangenknochen, den kräftigen Augenbrauen und dem hellen Teint wirkte sie immer noch jugendlich, obwohl sie mittlerweile auf die sechzig zuging. Sein Vater reichte ihm förmlich die Hand. »Danke, dass du gekommen bist.« Auch er war leger gekleidet. Christophs Augen huschten über knielange Shorts, blaue Sportschuhe und ein T-Shirt mit der Aufschrift *Hard Rock Café.*

Er schob den flachen Stein beiseite, nahm den Schlüssel in die Hand, öffnete die Tür, ließ seinen Eltern den Vortritt und stellte sich vor, dass er ein Immobilienmakler war, der mit einem älteren Ehepaar eine Besichtigung vereinbart hatte.

»Hast du Kaffee im Haus?«, fragte seine Mutter und verschwand, als er nickte, in der Küche. Für einen Moment blieb er mit seinem Vater allein.

»Lange nicht gesehen«, sagte Christoph schließlich.

»Ja, leider.«

»Was verschafft mir die Ehre?«

Sein Vater trat von einem Fuß auf den anderen. »Ehrlich gesagt, hatten wir gehofft, dich zu treffen. Wir haben von deiner Tante Ingrid gehört, dass du zurzeit hier bist. Deine Mutter und ich sind sehr traurig darüber, dass du uns immer noch ablehnst.«

Die Schwester seiner Mutter hatte also mal wieder nicht dichthalten können, nachdem er vor einiger Zeit mit ihr telefoniert hatte, und seinen Eltern verraten, wo er sich gerade aufhielt. Trotzdem konnte er ihr nicht böse sein, denn sie war nun einmal seine absolute Lieblingstante.

Sein Vater streckte die Hand nach ihm aus, aber als Christoph nicht darauf reagierte, zog er sie wieder zurück. »Bestimmt haben wir einiges falsch gemacht.«

Christoph spürte, wie etwas in ihm zerbarst. »Nicht ihr, sondern du«, brach es aus ihm heraus. Er blickte seinem Vater direkt in die Augen. »Deine ständigen Affären haben unser Leben zerstört, und das weißt du ganz genau.« Christoph spürte, wie Adrenalin durch seinen Körper schoss. »Mama und ich waren dir doch immer vollkommen egal«, schleuderte er seinem Vater entgegen. »Wir waren dir nie genug, du brauchtest immer wieder einen neuen Kick …« Er sog Luft in seine Lungen. »Ich habe dich damals gesehen«, presste er schließlich hervor. Er deutete mit der Hand auf die Treppe, die in den oberen Stock führte. »Dort hast du gestanden mit der Frau.« Er hielt inne und spürte die Angst von damals tief in seinem Herzen. »Und dann ist sie wegen mir die …«

»Kommt ihr?« Seine Mutter stand mit einem Tablett in der Tür zur Küche. Sein Vater ging auf sie zu und hob die Hand. »Ich glaube, es ist besser, wenn wir uns erst einmal setzen.« Er deutete mit dem Kopf in Richtung Wohnzimmer. »Dort ist es vielleicht am gemütlichsten.«

Christophs Herz pochte bis zum Hals, doch er nickte. Kurze Zeit später drückte er den Rücken gegen die Lehne des Sessels. Seine Mutter verteilte drei Keramikbecher auf rostroten Untersetzern und stellte die Thermoskanne auf den Couchtisch. »Leider gibt es hier nur löslichen Kaffee.« Umständlich drehte sie den Deckel auf und wartete, bis er und sein Vater ihr die Becher entgegengehalten hatten, erst dann schenkte sie sich selbst ein. Dieses kleine Ritual versetzte Christoph einen Stich in der Brust. Als er das erste Mal Kaffee hatte trinken dürfen, war er sehr stolz gewesen. Es war kurz nach seinem 13. Geburtstag gewesen. Seit diesem Tag hatte er an der Nachmittagspause seiner Eltern teilgenommen. Manchmal hatte seine Mutter sogar einen

Kuchen gebacken, ihr Pflaumenkuchen hatte ihm besonders gut geschmeckt. Sie hatte ein Händchen für Hefeteig.

»Du hast etwas angesprochen, über das wir schon viel früher mit dir hätten reden müssen.« Sein Vater stellte den Becher ab und faltete die Hände. Er wartete auf ein Zeichen seiner Frau, dann fuhr er fort. »Ich hatte Beziehungen zu anderen Frauen, das stimmt«, sagte er ruhig. »Ich weiß, dass es für euch nicht leicht war, aber ich habe mich immer wieder verliebt.«

Christoph presste die Lippen aufeinander. »Das ist doch keine Entschuldigung«, brauste er auf. »Dann hättest du Mama nicht heiraten dürfen!«

Die Gesichtszüge seines Vaters wurden weich. »Als ich erfuhr, dass Iris schwanger ist, habe ich selbstverständlich die Verantwortung übernommen …«

Seine Mutter seufzte. »Lass es gut sein, Achim.« Sie wandte sich an ihren Sohn. »Ich habe immer gewusst, dass dein Vater ein Mann ist, der nicht treu sein kann, aber ich habe mich trotzdem in ihn verliebt, und als ich dann mit dir schwanger war, habe ich gehofft, dass er sich ändern könnte.«

Christoph schüttelte den Kopf. »Hat er aber nicht.«

»Nein«, erwiderte seine Mutter. »Doch ich kann damit mittlerweile gut leben.«

Christoph glaubte ihr kein Wort, aber das alles war nicht sein Problem, seine Eltern waren erwachsen, ihr Liebesleben ging ihn nichts an. Das Einzige, was ihn interessierte, war, was auf der Treppe geschehen war.

»Was ist mit dieser Frau passiert, die mit Papa ein neues

Leben beginnen wollte?«, platzte es aus ihm heraus. »Ich habe euch gesehen.« Er stand auf und riss die Tür zum Flur auf. Es piepte in seinen Ohren, als er die erste Stufe erreichte. »Dort oben.« Seine Eltern waren ihm gefolgt und standen hinter ihm. Er drehte sich abrupt um. »Also?«

»Gesa …« Sein Vater rang nach Worten. »Sie wollte an jenem Abend, dass ich mit ihr nach München gehe.«

»Also doch …«

Sein Vater hob beide Hände. »Ich hatte ihr niemals irgendwelche Hoffnungen gemacht.« Er schluckte hart. »Dann bist du die Treppe hochgekommen. Es war dunkel, ich habe mich zum Lichtschalter gedreht, und in diesem Moment hat sie das Gleichgewicht verloren und ist die Treppe runtergestürzt.« Er machte eine kurze Pause, dann fuhr er fort. »Sie lag leblos hier unten. Ich habe sofort den Notarzt gerufen, aber es war zu spät.«

»Dann bin ich schuld an ihrem Tod …« Christoph schlug die Hände vor dem Gesicht zusammen. Es war alles noch viel schlimmer, als er vermutete hatte.

»Nein!« Sein Vater schüttelte den Kopf. »Sie ist nicht durch den Sturz gestorben, sondern an einem Aneurysma.« Er nahm Christoph in den Arm und drückte ihn an sich. »Als Gesa fiel, war sie bereits tot.« Sein Vater löste sich von ihm. »Natürlich gab es eine Untersuchung. Nachdem der Notarzt festgestellt hatte, dass er nichts mehr für sie tun konnte, hat er zunächst die Polizei gerufen …«

»Es war der reinste Albtraum«, fügte seine Mutter hinzu, die immer noch neben ihnen stand. »Sie haben uns mitgenommen und verhört – wie Verbrecher.«

»Natürlich verbreitete sich das alles wie ein Lauffeuer im Dorf.« Sein Vater rieb sich die Augen. »Eine Zeit lang dachten wir, dass unsere Nachbarn irgendwann alles vergessen würden, aber dem war nicht so.«

»Nichts hält sich hartnäckiger als ein Gerücht«, ergänzte seine Mutter.

»Wir haben gewartet, bis du dein Abi in der Tasche hattest«, fuhr sein Vater fort. »Als du dann nach Amerika gegangen bist, haben wir alles hinter uns gelassen. Aber es vergeht kein Tag, an dem du uns nicht fehlst.«

Eine Stunde später verabschiedeten sich seine Eltern. Christoph küsste seine Mutter auf die Wange, seinem Vater reichte er die Hand, der sie lächelnd annahm und dann fest zudrückte. Schließlich stiegen sie in ihren VW-Bus und ratterten davon. Christoph winkte den beiden nach, bis sie aus seinem Blickfeld verschwunden waren, dann kehrte er ins Haus zurück. Er schenkte sich den Rest Kaffee ein und ging mit dem Becher die Treppe hinauf. Oben angekommen, blieb er stehen und blickte hinunter. Endlich hatte er seine Antworten. Er konnte es kaum glauben. Christoph ging ins Gästezimmer und öffnete das Fenster. Er atmete die frische Luft ein, die durch den Spalt hineindrang, und schloss die Augen. Die Gespenster der Vergangenheit waren unschädlich gemacht. Natürlich wäre es besser gewesen, wenn seine Eltern früher mit ihm über den Sturz gesprochen hätten, aber nach diesem Tag wusste er, dass sie ihn bloß hatten schützen wollen. Ihre offene Beziehung war für ihn als Kind ein Rätsel gewesen, das er nicht lösen konnte. Die Eltern seiner Freunde und Freundinnen lebten fast alle in klassischen Partnerschaften, und deshalb hatte er immer das Gefühl gehabt, in einem falschen Leben zu stecken.

Christoph kehrte ins Wohnzimmer zurück und trug das Geschirr und die Thermoskanne in die Küche. Er spülte ab und reinigte die Arbeitsfläche mit einem feuchten Lappen. Dann verließ er das Haus, schloss die Tür ab und legte den Schlüssel ins Versteck.

Auf dem Weg zurück zum Strandrosenhof ließ er die Worte seines Vaters noch einmal Revue passieren. Seine Eltern hatten geheiratet, weil er unterwegs gewesen war. Schön war dieser Gedanke nicht, aber immerhin wusste er nun, dass seine Mutter sich bewusst darauf eingelassen hatte. Er war sich sicher, dass keine Beziehung der Welt perfekt war, aber das hatte er auch nie erwartet. Trotzdem war seine Bindungsangst mit Sicherheit ein Resultat seiner Kindheitserfahrungen. Er hatte immer gespürt, dass die Ehe seiner Eltern scheitern könnte, und das hatte ihn maßlos verunsichert.

Christoph lenkte das Auto durch die Hofeinfahrt und winkte Sebastian zu, der ihm auf einem Traktor entgegenkam. Auf ihn wartete noch sehr viel Arbeit – das Projekt Strandrosenhof befand sich auf der Zielgeraden. Zum ersten Mal in seinem Berufsleben hatte er jedoch Gewissensbisse. Er redete sich zwar ein, dass sich der Verkauf des Hofes ohnehin nicht vermeiden ließ, trotzdem kam er sich vor wie der allerletzte Verräter. Er hatte mit Jan die Nacht zuvor erneut heftig darüber diskutiert, und sein Assistent hatte zu Recht darauf bestanden, das Projekt wie geplant durchzuziehen. Nachdem Sven Winkelmann ihnen die entsprechenden Informationen geliefert hatte – natürlich unter dem Siegel der Verschwiegenheit –, blieb ihnen tatsächlich keine andere Wahl, zumal es keine sichere Alternative zum Strandrosenhof gab. Und wer weiß, vielleicht war ein Verkauf zu einem fairen Preis nicht das Schlechteste, was Ulli passieren konnte, redete er sich wider besseres Wissen ein. Christoph schaltete den Motor aus. Sie würden Ulli ein Angebot machen, und er hoffte inständig, dass die Hofchefin ihn danach nicht hassen würde.

31. Kapitel

Über den Gartenparzellen lagen Nebelschwaden, die wie dünne Seidentücher übereinanderschwebten. Es roch nach feuchter Erde, Gras und etwas Würzigem. Sophia vermutete, dass es der überreife Knoblauch war. Die Knollen sahen aus, als würden sie jeden Moment zerbersten. Es war acht Uhr morgens, die Sonne stand noch tief am Himmel. Der August neigte sich langsam dem Ende zu, und bald würde die Ernte auf dem Strandrosenhof abgeschlossen sein. Ulli wollte zu diesem Anlass am Sonnabend ein kleines Fest für die Mitarbeiterinnen und Mitarbeiter veranstalten. Auch Jan und Christoph hatte sie eingeladen. Als Sophia an ihre erste große Liebe dachte, fühlte sie ein Kribbeln im Körper. Er hatte ihr am Vorabend noch eine WhatsApp-Nachricht geschickt und ihr eine schöne Nacht gewünscht.

Sophia sehnte sich danach, mit ihm allein zu sein, zum Beispiel in dem wunderschönen Reetdachhaus, in dem er aufgewachsen war. Sie hatte sich dort vom ersten Moment an wie zu Hause gefühlt. Der Ort strahlte eine ganz eigene Behaglichkeit aus. Am liebsten hätte sie sich dort sofort in eine Decke gekuschelt auf das Sofa gesetzt und stundenlang einfach nur aus dem Fenster in den Garten geschaut.

Sophia knipste mit der Gartenschere ein Büschel Schnittlauch und etwas Kerbel ab und legte die Kräuter in ihren Korb. Sie hatte schlecht geschlafen, war um fünf Uhr aufgewacht, hatte sich einen Kaffee gemacht und sich mit ihrem Herbarium beschäftigt, bis sie Lust auf Rührei mit Toast bekam. Dafür brauchte sie aber ein paar Kräuter, deshalb war sie hierhergekommen.

Sie pflückte noch ein paar Tomaten, dann schlenderte sie zurück zum Gutshaus. Seit der Nacht mit Christoph konnte sie nicht anders, als sich immer wieder eine gemeinsame Zukunft vorzustellen. Das Reetdachhaus und der wunderschöne Garten spielten dabei auch eine Rolle. Dieser Ort wäre für Kinder ein Paradies. Die Kleinen könnten dort behütet aufwachsen, fernab von Straßen und anderen Gefahren, die in der Stadt auf junge Menschen lauerten. Wenn sie allein an den Verkehr in Berlin dachte, bekam sie Herzklopfen. Als sie noch dort lebte, hatte sie die Mütter, die ihren Nachwuchs auf Lastenrädern oder mit Handwagen in die Kindergärten und Schulen brachten, immer bedauert.

Sie und ihre Schwester waren bereits in den Kindergarten allein gegangen, der nur ein paar Meter von ihrem Elternhaus entfernt lag. Einen Moment hing sie ihren Erinnerungen nach. Es war schön gewesen, in einer kleinen Stadt wie Kappeln aufzuwachsen, zumindest bis zur Pubertät. Als Jugendliche hatte sie den Ort gehasst, denn jeder Konzert- oder Clubbesuch war mit einer Weltreise verbunden gewesen. Zum Glück hatten sich die Mütter und Väter ihrer Freundinnen und Freunde mit den Fahrdiensten abgewechselt, sodass sie auch in dieser Hinsicht auf ihre Kosten gekommen waren.

Sophia erreichte den Innenhof und schließlich ihre Wohnung. Sie ging in die Küche, stellte den Korb mit den Kräutern auf dem Tisch ab und machte sich an die Arbeit. Als ihr der Duft des Rühreis in die Nase stieg, knurrte ihr Magen laut und vernehmlich. Sie schnitt sich ein Stück Dinkelbrot ab, platzierte es auf einem Teller und ließ die gestockte Masse daraufgleiten. Schließlich streute sie die frischen Kräuter darüber. Der gefüllte Kaffeebecher stand bereits auf dem Tisch vor dem Fenster. Sophia ließ sich ihr Frühstück schmecken. Als sie fertig war, griff sie nach ihrem Handy, entsperrte das Display und las ein weiteres Mal Christophs Nachricht. Sie bewegte unschlüssig beide Daumen, denn sie wollte ihm einen guten Start in den Tag wünschen, aber dann überlegte sie es sich anders. Mittlerweile war es neun Uhr geworden, und so konnte sie genauso gut an die Tür der Wohnung gegenüber klopfen. Sie stellte das Geschirr in die Spüle, ging ins Bad und wusch sich die Hände. Als sie im Spiegel ihre geröteten Wangen sah, spritzte sie sich Wasser ins Gesicht und trocknete ihre Haut sorgfältig ab. Sie nahm einen Pinsel, tupfte etwas Puder auf die Wangen und ihre Stirn. Schließlich tuschte Sophia sich die Wimpern und bürstete sich die Haare. Zufrieden mit ihrem Anblick machte sie sich auf den Weg und überlegte, wie sie Christoph begrüßen würde. Ehe sie zu einem Ergebnis gekommen war, stand sie auch schon vor der Tür des Apartments der beiden Männer. Die Tür war nur angelehnt. »Hallo?«

Sophia blieb stehen und horchte, aber als niemand antwortete, betrat sie den Flur. »Christoph?«

Sie ging ins Wohnzimmer und rief ein weiteres Mal. Als immer noch keine Antwort kam, zuckte sie mit den Schultern und wandte sich zum Gehen. Dabei fiel ihr Blick auf ein Dokument, das zusammen mit mehreren Stapeln anderer Unterlagen auf dem Tisch lag:

Kaufvertrag Strandrosenhof, Brodersby …

Sophias Herz klopfte bis zum Hals, als sie das Schriftstück in die Hand nahm. Sie überflog die ersten Seiten, und mit jedem weiteren Satz schoss ihr Puls weiter in die Höhe. Sie hatte ja bereits einen Verdacht gehabt. Doch es war etwas ganz anderes, das nun schwarz auf weiß vor sich zu haben. Sie nahm ihr Handy und fotografierte einige Seiten, insbesondere den Passus mit den Vertragsparteien: *Ulrike Petersen und InVestim, vertreten durch den Geschäftsführer Dr. Matthias König.*

Eine Visitenkarte war mit einer Büroklammer an dem Dokument befestigt:

Sven Winkelmann, Leitung Geschäftskunden, Bank Kappeln

Natürlich. Christophs Besuch bei der Bank. Christoph und Jan hatten es von Beginn an auf den Strandrosenhof abgesehen und steckten mit Sven Winkelmann unter einer Decke.

Sie war fassungslos. Wie konnte Christoph Ulli das antun? Und wie konnte er *ihr* das antun, nach allem, was zwischen ihnen passiert war?

32. Kapitel

Zwei Stunden später saß Sophia mit Ulli und Georg in dem ehemaligen Zirkuswagen in Brodersby. Das ausgedruckte Bild der ersten Seite des Kaufvertrags lag vor ihnen.

»Schweinerei«, sagte Georg. »Ich habe diesen Frankfurter Typen die ganze Zeit nicht über den Weg getraut.«

»Ich weiß davon nichts.« Ulli runzelte die Stirn. »Morgen habe ich aber einen Termin in der Bank. Sven Winkelmann hat mich gestern angerufen.«

Sophia legte die Hand auf Ullis Unterarm. »Ich begleite dich, wenn du möchtest.«

»Das ist lieb von dir«, erwiderte Ulli und warf ihr einen traurigen Blick zu. »Aber ich glaube, es ist besser, wenn ich das allein mache.« Sie ließ den Kopf hängen. »Wie kann man sich in Menschen nur so täuschen.«

Sophia lag eine Erwiderung auf der Zunge, aber sie schwieg lieber und füllte stattdessen Ullis Glas erneut mit Wasser. Ihre Chefin nahm einen kleinen Schluck. »Vielleicht ist Verkaufen wirklich die beste Lösung.« Sie strich sich eine Strähne ihres dunkelblonden Haares aus dem Gesicht. »Ich könnte mir von dem Geld ein kleines Haus kaufen und mir einen vernünftigen Job suchen.«

»Das wäre ja noch schöner«, mischte sich Georg ein. Nun beugte er sich mit erhobenem Zeigefinger nach vorn. »Wir lassen uns das nicht gefallen! Das hier ist unser Land und kein Spekulationsobjekt irgendwelcher Stadtheinis.«

Er griff in den Baumwollbeutel, den er neben dem Stuhl abgestellt hatte, und zog einen Stapel mit Flugblättern heraus, von denen er zwei an Sophia und Ulli weitergab.

Uns reicht's! Schluss mit dem Ausverkauf unserer Heimat! Darunter war ein kleiner Wikinger gezeichnet, der ein Schwert in der Hand hielt und ein bisschen wie der kleine Kerl aus der Trickfilmserie aussah, die sie als Kind mit ihrer Schwester so gern geguckt hatte.

Auch wenn die Figur nicht neu war, gefiel ihr der Bezug zu der Region, in der sie aufgewachsen war. Der bedeutendste Seehandelsplatz der Wikinger in Haithabu lag an einer Engstelle zwischen der Ostsee und der Schlei. Auf dem Gelände vor den Toren Schleswigs erinnerten deshalb sieben Häuser und eine Landebrücke an diese Zeit, die nach originalen Funden rekonstruiert worden waren. In der Ausstellung, die in einem Museum auf dem Gelände angesiedelt war, wurden darüber hinaus Schmuckstücke, Waffen und Haushaltsgegenstände der Wikinger in Schaukästen präsentiert. Sophia hatte das Museum schon mehrfach besucht, das erste Mal mit ihren Eltern und Amelie und später im Rahmen der Klassenfahrten.

»Der kleine Wikinger gefällt mir«, sagte sie, woraufhin ein kleines Lächeln über Georgs Gesicht huschte. Und täuschte sie sich oder wurde er unter seiner Sonnenbräune ein ganz klein wenig rot? »Das freut mich, ich habe unser Logo selbst entworfen.«

Er schob sich mit dem Zeigefinger die Brille zurecht. »Ich werde heute von Tür zur Tür gehen und die Flugblätter verteilen.« Er beugte sich nach vorne und sprach leiser weiter. »Außerdem habe ich für morgen etwas geplant.«

Kurze Zeit später radelte Sophia neben Ulli zurück zum Strandrosenhof. Dunkle Wolken zogen über sie hinweg, und es war sehr viel kühler als noch vor wenigen Stunden. Wenigstens passte das Wetter zu ihrer Stimmung. Am Morgen auf der Gartenparzelle hatte sie noch von einer gemeinsamen Zukunft mit Christoph geträumt, doch nun hatte sich das Blatt vollkommen gewendet. Wie konnte er Ulli nur so etwas antun? Sein Plan übertraf ihre schlimmsten Befürchtungen. Er hatte die ganze Zeit ein falsches Spiel getrieben. Als sie an den Kuss auf der Liebesinsel und die Nacht im Stall des Reetdachhauses dachte, schnürte sich ihr die Kehle zusammen.

Der Innenhof wirkte verlassen. Der Wind wirbelte ein paar Strohhalme durch die Luft, einige Schwalben flogen niedrig über ihre Köpfe hinweg.

»Das gibt Regen«, sagte Ulli. »Gut, dass wir mit der Ernte durch sind.«

»Für die Gartenparzellen kommt der Wetterumschwung gerade richtig. Die Erde ist viel zu trocken.« Sophia bremste, woraufhin sich Ulli in ihre Richtung drehte. »Soll ich noch auf einen Kaffee mit reinkommen?«

»Ein anderes Mal sehr gern«, erwiderte ihre Chefin.

»Ich werde mir jetzt ein heißes Bad gönnen, und ein Glas Rotwein dazu.« Sie nickte Sophia zu. »Danke, dass du an meiner Seite bist. Ich melde mich, sobald der Termin in der Bank vorbei ist.«

Sophia sah ihr hinterher und wartete, bis Ulli die Treppe zum Gutshaus erreicht hatte, dann setzte sie ihre eigene Fahrt fort. Zum Glück stand das Auto von Christoph und Jan nicht auf dem Parkplatz. Wenn sie jetzt ihrer ehemaligen großen Liebe begegnet wäre, hätte sie für nichts garantieren können.

Als die Tür zu ihrer Wohnung ins Schloss fiel, atmete sie auf. Sophia kickte die Sneaker in die Ecke und pinnte das Flugblatt an die Küchenwand. Sie stemmte die Hände in die Hüfte, las noch einmal den Slogan und blieb an dem Wort »Heimat« hängen. Natürlich wirkte dieser Begriff wie aus der Zeit gefallen, aber wahrscheinlich konnte sich jeder Mensch auf der Welt darunter etwas vorstellen. Die Menschen, die hier groß geworden waren, hatten noch eine Heimat im ursprünglichsten Sinne. Hier waren sie geboren und aufgewachsen, oft lebte die ganze Familie in der Nähe. Die gemeinsame Sprache, die Traditionen und Gewohnheiten gehörten ebenfalls dazu, aber auch das Gefühl, Teil einer Gemeinschaft zu sein, die seit vielen Jahrhunderten bestand und sich immer weiterentwickelte.

Sophia holte sich eine Flasche Rhabarber-Schorle aus dem Kühlschrank und ging in ihr Wohnzimmer. Sie ließ sich aufs Sofa fallen und trank in kleinen Schlucken. Seit Amelie und Mia wieder zu Thorsten zurückgekehrt waren, ließ sich die Stille in ihren Räumen nicht mehr so gut ertragen. Sophia zog ihr Handy aus der Gesäßtasche ihrer Jeans. Morgens hatte sie eine WhatsApp-Nachricht von Amelie erhalten, dass es ihr und Mia gut ging und Thorsten sich alle Mühe gab, damit wieder Normalität in ihr Leben einzog. Ihre Worte hatte sie allerdings mit einem Teufel-Emoji versehen.

Sophia hatte noch gar nicht darauf reagiert und tippte schnell eine Antwort: *Ihr seid jederzeit willkommen!* ☺

Kaum hatte sie die Nachricht abgeschickt, sah sie, dass Amelie online und schon dabei war, eine Antwort zu verfassen. Kurze Zeit später erschien der Text auf ihrem Display: *Danke! Vielleicht komme ich auf dein Angebot zurück … LG*

Sophia schickte ihr noch ein Herzchen hinterher, als sie sah, dass Christoph ihr schrieb: *Ich muss dir etwas Wichtiges sagen. Können wir uns sehen?*

Sophia antwortete in Blitzgeschwindigkeit: *Spar dir deine Erklärungen. Ich fasse es nicht, dass ich schon wieder auf dich reingefallen bin.*

Dann schaltete sie das Handy auf lautlos und legte es weg.

Sie hatte genug von Christoph und seinen Spielchen. Das passte doch alles nicht zusammen: romantische Ausflüge, Küsse, Hausbesichtigungen, Offenbarungen – und dann die eiskalte Übernahme eines Hofes, auf dem er und Jan die vergangenen Wochen wie Familienmitglieder behandelt worden waren!? Sophia hoffte inständig, dass Ulli den Strandrosenhof behalten konnte. Ansonsten würde auch sie ihr Zuhause und ihre Arbeit verlieren, und diese

Vorstellung versetzte sie in Panik. Sie dachte an die bevorstehende Verhandlung in Berlin, die sie durchstehen musste. Hier fühlte sie sich sicher und geborgen, und nur deshalb sah sie dem Termin im September einigermaßen gelassen entgegen – aber das konnte sich, wie alles im Leben, von einem Tag auf den anderen schlagartig ändern.

33. Kapitel

Christoph stand am Fenster im Besprechungsraum der Bank und schaute hinaus. Ulli parkte gerade ihr Auto auf dem Kundenparkplatz, sie würde gleich bei ihnen sein. Gut, dass er sich auf den Moment hatte vorbereiten können. Sie war sicher nicht gut auf ihn zu sprechen. Jan war in der Ferienwohnung geblieben. Von Dr. König hatten sie bereits das Briefing für das Folgeprojekt in Dubai erhalten, und er musste ein Exposé schreiben. Sven Winkelmann betrat den Konferenzraum, wenig später folgte Christophs Gastgeberin, die ein dunkelblaues Kostüm trug. Ihre Haare waren hochgesteckt, und sie war dezent geschminkt. Sie reichten sich die Hände und begrüßten sich kurz angebunden.

Sein ehemaliger Klassenkamerad machte eine einladende Handbewegung. »Da wir uns bereits kennen, entfällt die Vorstellungsrunde, und wir können gleich zur Sache kommen.« Christoph bemerkte, dass Ulli vermied, ihn anzusehen. Nachdem jeder einen Platz an dem runden Holztisch gefunden hatte, übergab Sven Christoph und Ulli jeweils eine Akte. Sein eigenes Exemplar lag bereits aufgeschlagen vor ihm. Er faltete die Finger und stützte sein breites Kinn darauf ab. »Alles, was hier besprochen wird, bleibt natürlich unter uns«, begann er und ließ seinen Blick von Christoph zu Ulli wandern. Beide nickten. Aufmerksam hörten sie den Ausführungen Sven Winkelmanns zu, der überzeugt zu sein schien, dass ihm das Geschäft seines Lebens bevorstand. Christoph hatte über ein Vorstandsmitglied der Bank, mit dem er seit vielen Jahren immer wieder zusammengearbeitet hatte, erfahren, dass sein ehemaliger Klassenkamerad unbedingt InVestim als Kunden gewinnen wollte. Vor diesem Hintergrund seien ihm Ullis finanzielle Schwierigkeiten wie ein Wink des Himmels erschienen.

»Wir befinden uns also in einer Win-win-Situation«, schloss er seinen Vortrag ab und strich sich den Pony, der in der Zwischenzeit etwas nachgewachsen war, aus der Stirn. Sven Winkelmann richtete den Blick auf Ulli. »Wenn Sie den Strandrosenhof an InVestim verkaufen, wird die Firma den Kredit ablösen und Sie können sich mit dem restlichen Geld eine neue Existenz aufbauen.«

Ulli straffte die Schultern und hob den Kopf. Sie sah aus wie eine Mutter, die sich die Eskapaden ihres Sohnes lange genug angeschaut hatte. »Ich denke, dass …«, begann sie, und der scharfe Unterton in ihrer Stimme jagte Christoph einen Schauer über den Rücken.

Plötzlich drang durch das halb geöffnete Fenster ein lautes Pfeifen, sodass sie ihre Antwort unterbrach.

»Was ist da los?«

»Stoppt den Ausverkauf unserer Heimat!«, skandierten mehrere Menschen, die offenbar vor der Bank standen.

Christoph bemerkte, wie von einer Sekunde auf die andere alle Farbe aus Sven Winkelmanns Gesicht wich. Er sprang auf und stürzte zum Fenster. »Ruhe da unten!«

Doch seine Worte fanden kein Gehör, stattdessen schwoll das Pfeifen weiter an. Christoph und Ulli waren dem Bankberater gefolgt. Vor dem Eingang hatten sich bestimmt hundert Menschen versammelt, die Trillerpfeifen um den Hals trugen und Banner mit Aufschriften wie *Nieder mit dem Kapitalismus* und *Keine Macht den Spekulanten* in die Luft hielten. In der Menge erkannte er auch Sophia. An ihrer Seite war Amelie, die ihre Faust unentwegt in die Luft stieß.

Christoph hatte genug gesehen. Er drehte sich zu Ulli um. »Lass es uns hinter uns bringen.«

34. Kapitel

Sophia stand in ihrem Wohnzimmer am Fenster und beobachtete, wie Christoph und Jan ihre Taschen im Kofferraum ihres Autos verstauten. Offenbar war ihre Mission erfüllt, und sie würden demnächst aufbrechen und weitere Menschen unglücklich machen. Sophias Augen füllten sich mit Tränen. Wie hatte sie sich nur so von ihm täuschen lassen können? Wahrscheinlich war sein ganzes Verhalten ihr gegenüber nur ein Teil des Planes gewesen. Sicher lachten er und sein Partner sich jetzt ins Fäustchen. Vorhin hatte er es gewagt, an ihrer Tür zu klopfen, aber sie hatte ihm nicht aufgemacht. Sophia wollte nichts mehr mit ihm zu tun haben. Sie trat einen Schritt vom Fenster zurück, als sie sah, wie Christoph einen hoffnungsvollen Blick zu ihr nach oben warf, bevor er in den Wagen stieg. Tränen schossen ihr in die Augen, die sie mühsam versuchte zu unterdrücken. Zum Glück fand heute das Erntefest statt. Sie konnte sich ein wenig ablenken und zu dem Leben zurückkehren, das sie geführt hatte, bevor Christoph alles durcheinandergebracht hatte. Doch sie brauchte sich nichts vorzumachen – nichts war mehr, wie es gewesen war, schließlich war der

Strandrosenhof verloren, und das war allein Christophs schuld.

Sophia zog die Quiche aus dem Ofen, die mit Auberginen, Tomaten, Zucchini und Möhren aus ihrer Gartenparzelle belegt war. In ihrer Küche breitete sich sofort der würzige Duft aus, und sie freute sich, dass ihr die französische Spezialität so gut gelungen war. In einer halben Stunde begann das Erntefest, das vor dem Unterstand auf der Weide stattfinden sollte, auf der die Schafe grasten. Sophia war überzeugt, dass es keinen besseren Ort für die Zusammenkunft aller Mitarbeiterinnen und Mitarbeiter gab, und sie freute sich trotz allem auf den Abend. Am Morgen hatte sie, nachdem sie eine Tierrunde mit einer Grundschulklasse aus Eckernförde beendet hatte, kurz bei Ulli vorbeigeschaut. Es war richtig gewesen, mit Amelie an der Demonstration vor der Bank teilzunehmen, aber sie bezweifelte, dass sie sich in irgendeiner Weise positiv ausgewirkt hatte. Doch ihre Chefin hatte sie, für sie ganz untypisch, auf das spätere Zusammentreffen vertröstet. »Ich werde euch nachher allen etwas Wichtiges mitteilen«, hatte Ulli gesagt. Dann wollte sie also allen gemeinsam das Ende des Strandrosenhofs verkünden, mutmaßte Sophia, und tiefe Traurigkeit erfüllte sie. Was würde nun aus ihnen allen werden? Niemals hätte sie gedacht, dass es so schlimm kommen würde. Bald würde sie sich nach einem neuen Job und einer anderen Wohnung umsehen müssen.

Sie stellte die Quiche auf den Küchentisch und ging

ins Wohnzimmer zu ihrem Schreibtisch, auf dem das fertige Herbarium lag, das sie Ulli zur Feier des Tages schenken wollte. Bis Mitternacht hatte sie daran gearbeitet. Mit Schönschrift hatte sie *Wildblumen vom Strandrosenhofhof* auf das roséfarbene Deckblatt geschrieben und den Schriftzug mit einer Ranke verziert. Sie wickelte ihr Geschenk in geblümtes Seidenpapier, das sie in einem Lädchen in Kappeln gekauft hatte, und fixierte die Enden mit gepunktetem Klebeband. Sophia nahm das Päckchen mit in die Küche und legte es neben die Quiche, die in der Zwischenzeit abgekühlt war, sodass sie ein Wachstuch zum Abdecken mit einem Gummiband darüberspannen konnte. Sie ging ins Bad, fuhr sich mit der Bürste noch einmal übers Haar, dann war sie startklar.

Kurze Zeit später erreichte sie die Schafsweide, auf der die Vierbeiner unter einem Baum dösten. Sebastian rammte gerade Pfähle für den provisorischen Zaun in den Boden, damit die Tiere nichts vom Büfett stibitzen konnten, das Ulli und Nicole bereits vor dem Unterstand aufgebaut hatten.

»Danke für die nette Einladung«, sagte Sophia.

Ulli strahlte über das ganze Gesicht, als Sophia ihr die Quiche überreichte. »Lieben Dank, dass du dir solche Mühe gemacht hast.« Ulli platzierte ihren kulinarischen Beitrag neben einer großen Schüssel Melonen-Feta-Salat mit schwarzen Oliven, den Sophia besonders liebte.

»Ich möchte dir auch noch dieses Herbarium schenken«, sagte Sophia, nachdem sich Ulli wieder zu ihr gedreht hatte. »Du kannst es später auspacken.«

»Das ist aber lieb von dir!« Ullis Augen füllten sich mit Tränen. »Ich wusste gar nicht, dass du ein Faible für so etwas hast«, fügte sie hinzu. Sie zog ein Taschentuch hervor und tupfte sich damit die Augenwinkel ab. »Ich schaue mir das in Ruhe an, okay?« Sophia strich Ulli mitfühlend über die Oberarme. Sie bewunderte ihre Chefin dafür, dass sie sich nach dem gestrigen Termin bei der Bank derart zusammenreißen konnte. An ihrer Stelle hätte sie bestimmt schon die ganze Zeit geweint.

Mit dem Kopf deutete Ulli auf den Unterstand. »Nicole und Leonie holen gerade Strohballen zum Sitzen.«

»Ich gehe mal rüber und helfe den beiden.«

Sophia lief an Sebastian vorbei, grüßte kurz und betrat die Holzhütte. Die beiden Frauen hatten bereits gute Vorarbeit geleistet, und so konnten die ersten Gäste es sich gleich auf den provisorischen Sitzgelegenheiten gemütlich machen. Nach und nach trudelten immer mehr Leute ein. Sophia begrüßte Jörg, der mit einer Schlinge um den Arm auf sie zukam. »Wie schön, dich zu sehen.« Er grinste schief und zupfte mit der gesunden Hand an seiner Krawatte, die er zu einem karierten Flanellhemd trug. »Ganz meinerseits.« Jörg erzählte, wie es ihm in den vergangenen Wochen ergangen war. Seine Oberarmverletzung sei gut ausgeheilt, aber es würde noch etwas dauern, bis er wieder der Alte sei. »Ich muss jede Woche zweimal zur Physiotherapie.« Er verzog das Gesicht, als ob er Schmerzen hätte. »Dörte macht es Spaß, mich zu quälen.« Sophia nickte verständnisvoll, sie hatte die Dienste der Frau, die eine Praxis in Brodersby betrieb, auch schon mehrmals in

Anspruch genommen und wusste nur zu genau, wovon er sprach.

»Aber sie versteht ihr Handwerk.«

Ein junger Mann in Arbeitskleidung, der Ulli bei der Strohernte unterstützt hatte, zündete die Kohle an. Rauchschwaden zogen über die Köpfe der Gäste hinweg, und kurze Zeit später stieg Sophia der Duft von Gegrilltem in die Nase. Es würde bestimmt noch dauern, bis es etwas zu essen gab, deshalb krabbelte Sophia unter dem Zaun hindurch und ging zu der Schafherde. Als sie nur noch zwei Meter von den Tieren entfernt war, kam Murmel bereits auf sie zugelaufen. »Na, du!«, begrüßte sie ihren vierbeinigen Freund, der sie fröhlich anstupste. Sophia kramte ein Stück trockenes Brot aus der Tasche ihrer Shorts und hielt ihm den Leckerbissen auf der flachen Hand unter die Nase. Als er fertig gefressen hatte, legte er den Kopf schief. »Ich habe nichts mehr«, sagte Sophia. »Tut mir leid.« Murmel schüttelte sich, dann trottete er zu seiner Herde zurück.

Sophia hörte Musik aus der Ferne und lief zur Festwiese. Sie ließ den Blick über die Köpfe der Gäste wandern, als plötzlich Leonie neben ihr stand. Sie hielt ihr ein Tablett unter die Nase. »Möchtest du etwas trinken?« Ihre großen blauen Augen leuchteten im Halbdunkeln. Sie deuteten auf eine Hälfte der Gläser. »Der Sekt ist ohne Alkohol.«

Sophia griff sich zwei von der anderen Seite. Leonie schmunzelte. »Gute Wahl.« Sie kräuselte die glatte Stirn. »Hör mal … Ich war oft ganz schön doof zu dir.« Sie seufzte tief. »Das tut mir wirklich leid.«

»Darf ich trotzdem den Grund dafür erfahren?«, fragte Sophia erstaunt.

Leonie presste die Lippen aufeinander. »Ich glaube, ich war einfach eifersüchtig auf dich, weil du so ein gutes Verhältnis zu meiner Mutter hast.« Sie ließ für einen Moment den Blick in die Ferne schweifen.

»Danke, dass du Mama in der letzten Zeit so viel geholfen hast«, sagte sie schließlich.

Leonie ging weiter, und Sophia blickte ihr noch einen Moment hinterher. Die Idee, dass Ullis Tochter sie als Konkurrentin gesehen hatte, war ihr ja auch bereits gekommen. Aber dass Leonie das so klar sah und das Thema ihr gegenüber sogar so offen angesprochen hatte, machte einen Neuanfang leicht. Vielleicht würden sie sogar noch Freundinnen werden. Sophia stellte ihr Glas ab und ging zum Büfett, um sich einen kleinen Snack zu holen. Sie ließ ihren Blick über den Nudelsalat, die Käsestangen, die mit Fleischsalat gefüllten Tomaten und die Frikadellen gleiten. Außerdem gab es noch Honigmelone mit Schinken, ihre Quiche und ein großes Blech mit Pizza. Sophia nahm sich von allem ein kleines bisschen und kehrte dann mit ihrem gefüllten Teller zu ihrem Platz zurück, denn es war Zeit für Ullis Ansprache.

»Liebe Gäste«, begann sie, woraufhin es kurz rauschte, aber dann war der Ton in Ordnung, und alle Mitarbeiterinnen und Mitarbeiter verstummten. Die Chefin bedankte sich bei ihrem Team für die gute Arbeit. »Ich bin sehr glücklich darüber, dass ich mich auf euch verlassen kann, denn ich weiß, dass eure Loyalität in diesen Zeiten nicht selbstverständlich ist.« Alle klatschten, sodass Ulli ihre Ansprache kurz unterbrechen musste.

»Doch jetzt möchte ich etwas zur Zukunft des Strandrosenhofs sagen.« Ein Raunen ging durch die Menge, und auch Sophia spürte, wie sich ihr Herzschlag beschleunigte. Der Moment war nun also gekommen.

»Ich weiß, dass die Buschtrommeln hier bei uns auf dem Land sehr gut funktionieren, und die meisten von euch werden mitbekommen haben, dass meine finanzielle Situation angespannt ist. Viele von euch wissen auch, dass mein Ex-Mann unsere gesamten Ersparnisse verspielt hat, bevor er sich in eine andere verliebte.« Ihre Stimme stockte. Sophia hatte das Gefühl, als ob sie gleich in Tränen ausbrechen würde, aber Ulli hatte sich schnell wieder gefangen. »Das alles spielt für mich jetzt aber keine Rolle mehr.«

Sie ließ ihre Augen suchend über die Gäste schweifen. »Christoph, komm doch bitte mal her.«

Überraschung machte sich in Sophia breit. Ihr verräterisches Herz machte einen Satz, als sie Christoph entdeckte.

Alle machten Platz, als er sich durch die Menge schob und auf den zweiten umgedrehten Bierkasten stieg. Sie sah, wie er seinen Blick suchend über das Publikum wandern ließ. »Christoph Toneich und sein Assistent Jan Paasch sind seit einigen Wochen meine Gäste.« Sie hielt einen Moment inne und wartete, bis alle Anwesenden wieder zur Ruhe gekommen waren. »Die beiden sind für eine Firma tätig, die Immobilienprojekte auf der ganzen Welt realisiert.« Sie drehte den Kopf zur Seite, und als Christoph nickte, fuhr sie fort.

»Ihr Auftrag war es, hier ein geeignetes Grundstück für ein luxuriöses Urlaubsresort zu finden.«

Sophia bemerkte, dass Jan in die erste Reihe der Besucher vorgerückt war. An seiner Seite stand Leonie, die ihren Kopf an seine Schulter gelehnt hatte.

Christoph hielt jetzt das Mikrofon in der Hand und sah mit seiner sportlichen Statur und den markanten Gesichtszügen aus wie jemand, der aus dem Stegreif die Welt retten konnte. Angespannt nahm Sophia einen Schluck aus ihrem Glas und wappnete sich innerlich für das, was ihr Ex-Freund sagen würde.

»Vielen Dank, Ulli. Ich hatte einen Auftrag, das stimmt«, begann er und ließ seinen Blick über die Gäste gleiten. »Der Strandrosenhof bedeutet mir aber mittlerweile sehr viel mehr, denn alle Menschen, die hier leben und arbeiten, sind mir ans Herz gewachsen.« Er hielt einen Moment inne und fuhr dann mit weicher Stimme fort. »Besonders eine Frau, die ich schon fast mein halbes Leben kenne und die ich hier wiedergetroffen habe, hat mir die Augen geöffnet.« Er machte eine kleine Pause, und ihre Blicke begegneten sich. »Sophia!« Als er ihren Namen aussprach, hielt sie die Luft an. »Durch dich ist mir bewusst geworden, wie wunderbar dieser Ort ist und dass man ihn erhalten sollte, so wie er ist.« Er unterbrach seine Rede für einen kurzen Moment. Dann nickte er ihr lächelnd zu. »Ich habe mich daher entschlossen, die Geschäftsführung des Strandrosenhofs zu übernehmen.«

Ungläubig sah sie ihn an. Dann wurde ihr schwarz vor Augen.

35. Kapitel

Christoph schrie auf, als er Sophia fallen sah. Er drückte Ulli das Mikrofon in die Hand, sprang mit einem riesigen Satz vom Bierkasten und sprintete los. Mit den Ellenbogen bahnte er sich einen Weg durch die Menge, bis er Sophia erreichte, die ausgestreckt auf dem Boden lag. Er beugte sich über sie und tätschelte ihre Wange. Die Angst, dass mit ihr etwas Schlimmes passiert war, überrollte ihn.

Er zog in Windeseile die Jacke aus, rollte sie zusammen und schob sie unter ihren Kopf. Dann blickte er in die Runde der Umstehenden. »Was ist passiert?«

Ein Jugendlicher mit Schirmmütze trat vor und deutete auf einen Mann im Publikum. »Ich habe gesehen, wie der Typ dahinten ihr etwas ins Glas geschüttet hat.« Ein Raunen ging durch die Menge.

»Sie hat ihren Sekt ausgetrunken und ist einfach umgekippt«, bestätigte eine kräftige Frau im grünen Overall.

Christoph bemerkte aus den Augenwinkeln eine Bewegung und sah, wie sich ein Mann mit schnellen Schritten von der Gruppe entfernte. »Kümmert euch um sie!«, rief er den Umstehenden zu, sprang auf und rannte los.

Der Kerl, dessen Umrisse Christoph nur schemenhaft

erkannte, rannte nun ebenfalls. Er lief in Richtung Feldweg, aber Christoph folgte ihm auf dem Fuße. Das regelmäßige Joggen hatte sich gelohnt, der Abstand zu dem Mann verringerte sich von einer Sekunde zur anderen, bis er nur noch einen knappen Meter hinter ihm war. Christoph setzte zum Sprung an, packte ihn an der Schulter, riss ihn zu Boden und drehte ihn auf den Rücken.

»Sebastian?« Christoph musste zweimal hingucken, doch dann hatte er Gewissheit: Es war tatsächlich Ullis Mitarbeiter, der Jörg die vergangenen Wochen vertreten hatte. Er packte ihn am Kragen und zog ihn nach oben. »Du kommst jetzt mal schön mit.«

Kurze Zeit später erreichten sie den Unterstand. Ulli löste sich aus der Menge, die sich um Sophia versammelt hatte, und kam schnellen Schrittes auf sie zu.

»Unter den Gästen ist ein Arzt, er kümmert sich um Sophia! Was ist hier los?«

Christoph drückte Sebastian auf einen Strohballen, nahm ihm seine Tasche ab und reichte sie Ulli, die eine Plastikflasche daraus hervorzog. Sie las die Beschriftung des Etiketts. »GBL?« Sie schüttelte den Kopf. »Was soll das sein?«

»Das ist die Abkürzung für Gamma-Butyrolacton, besser bekannt als K.-o.-Tropfen«, erwiderte Christoph.

Ulli schnappte nach Luft und warf Sebastian einen bitterbösen Blick zu. »Hast du Sophia etwa das Zeug in den Sekt geschüttet?«

»Sie hat es nicht anders verdient«, zischte er mit gesenktem Kopf.

»Ich wette, du warst es auch, der die Treppenstufen mit Seife eingeschmiert hat, oder?«

Sebastian reagierte nicht, sondern blickte nur stur nach vorne.

Christoph schüttelte den Kopf. »Keine Antwort ist auch eine Antwort.«

»Sie ist schuld, dass mein Bruder im Knast sitzt«, platzte es schließlich aus Sebastian heraus. »Sie soll gefälligst ihre Aussage zurücknehmen.«

Allmählich dämmerte es Christoph, worum es hier eigentlich ging. »Du sprichst von der Berufungsverhandlung in Berlin?«

Als Sebastian zögernd nickte, blieb für Christoph dennoch eine Frage offen: »Der Angeklagte heißt Vincent Höfer, aber dein Nachname ist doch Klein?«

Der Mann beugte sich nach vorne, legte die Ellenbogen auf den Oberschenkeln ab und nuschelte: »Wir sind Halbbrüder.«

»Ich denke, wir haben genug gehört«, mischte sich Ulli ein. »Ich rufe jetzt die Polizei.«

36. Kapitel

Christoph reichte Sophia ein Glas Wasser, das sie dankend annahm. Sie lag auf dem Sofa in ihrem Wohnzimmer, in das er sie mit Ullis Hilfe gebracht hatte, nachdem Sebastian abgeführt worden war. Stundenlang hatte er neben ihr im Sessel ihre Hand gehalten, bis sie schließlich endlich aufgewacht war. Nachdem sie ein paar Schlucke getrunken hatte, strich er ihr zärtlich über die Wange. »Du machst vielleicht Sachen.«

»Mir geht es schon wieder besser«, erwiderte sie, während sie nach einem Kissen griff. Christoph kam ihr zuvor und platzierte es hinter ihrem Nacken. »Du musst dich trotzdem noch ausruhen.« Er nahm die Wolldecke, die er zuvor über sie ausgebreitet hatte, in die Hand und schüttelte sie erneut aus. »Wahrscheinlich bist du erst morgen wieder richtig fit.«

Sophia klopfte auf den Platz neben ihr. Christoph setzte sich und umschloss ihre Hand, die sich eiskalt anfühlte. »Du willst also wirklich hier auf dem Strandrosenhof bleiben?« Ihre Stimme klang erschöpft, aber ihre Augen leuchteten. Wärme breitete sich in seinem Körper aus.

»Bist du dir wirklich sicher?«, setzte sie nach. Er bemerkte, dass sie gegen den Schlaf ankämpfte, um sich mit ihm zu unterhalten.

»Ich war mir noch nie in meinem Leben so sicher«, erwiderte er daher schnell.

Sophia seufzte. »Das ist schön.«

Er beugte sich zu ihr hinunter und küsste sie. Dann durchfuhr ihn unvermittelt das schlechte Gewissen, als er sich daran erinnerte, wie sie sich am Hamburger Flughafen von ihm verabschiedet hatte. »Es tut mir leid, dass ich mich damals nicht mehr gemeldet habe«, flüsterte er ihr ins Ohr.

»Ich habe dir doch schon lange verziehen ...«

Drei Tage später ging es Sophia wieder deutlich besser. Christoph hatte sie begleitet, als sie das erst Mal wieder eine Tierrunde übernommen hatte, und dabei wieder einiges über die Schweine, Schafe und Gänse, die auf dem Strandrosenhof lebten, gelernt. Es war schön, dass auch diese Bewohner ihr Zuhause behalten würden.

Er saß am Tisch in der Gutsküche und widmete sich konzentriert den Unterlagen, die Ulli ihm vorbeigebracht hatte. Mittlerweile hatte er sich schon gut in die Thematik eingearbeitet, aber es lag noch jede Menge Arbeit vor ihm. Bestimmt würde er auch noch einiges lernen müssen, denn bislang hatte er mit landwirtschaftlichen Betrieben nur wenig zu tun gehabt. Allerdings konnte er mit Ullis Unterstützung rechnen, das hatte sie ihm fest zugesagt. Christoph lehnte sich in seinem Stuhl zurück. Er wollte sich zunächst einen Überblick über die Ausgaben und Einnahmen verschaffen und hatte dazu eine Excel-Tabelle angelegt. Ullis Kredit bei der Bank hatte er bereits abgelöst, woraufhin Sven Winkelmann ihn mehrfach angerufen und ihm eine weitere Finanzierung für den Strandrosenhof angeboten hatte. Jedes Mal hatte er höflich abgelehnt, doch er ging davon aus, dass sein ehemaliger Klassenkamerad nicht lockerlassen würde. In gewisser Weise imponierte ihm das sogar, deshalb hielt er es nicht für ausgeschlossen, dass er in Zukunft doch eine Finanzierung mit der Bank realisieren würde. Innerlich musste er jedoch grinsen, wenn er an Sven Winkelmanns entrüsteten Gesichtsausdruck dachte, als er Ulli bei ihrem gemeinsamen Banktermin mit einem Plan zur Rettung des Strandrosenhofs überrascht hatte.

Dr. König hatte auf Christophs Kündigung äußerst verschnupft reagiert, womit er auch gerechnet hatte, denn schließlich verlor InVestim durch sein Handeln ein lukratives und prestigeträchtiges Projekt in der Schlei-Region. König hatte ihn am Telefon mit den Worten »Ich bin sehr enttäuscht von Ihnen« entlassen. Christoph hoffte, dass sich die Wogen dennoch irgendwann wieder glätten würden.

InVestim hatte eine kurze Pressemitteilung formuliert, die als Nachricht in einigen Zeitungen erschienen war. Daraufhin hatten ihn zahlreiche alte Geschäftspartner und Weggefährten kontaktiert, was ihn sehr gefreut hatte. Ole Kaspereit hatte sich zudem in der Zwischenzeit von dem Urlaubsresort-Projekt der Luxusklasse an der Schlei verabschiedet, da ihm die Region doch zu »provinziell«

war. Jan sollte stattdessen ein Grundstück in der Schweiz ausfindig machen, was allerdings so gut wie unmöglich war, doch sein ehemaliger Assistent freute sich auf die Herausforderung. Christoph war froh, dass sie sich auf diese Weise im Guten trennen konnten, denn mittlerweile waren sie nämlich nicht nur Geschäftspartner, sondern auch richtige Freunde geworden.

❀

Die Wildblumen wogten im Wind, der jetzt Anfang Herbst langsam frischer wurde. Sophia stand inmitten des Feldes, das sich neben dem Verkaufswagen befand. Dieser war bereits geschlossen, da die Saison nun vorbei war. Sie pflückte eine Kleine Braunelle, deren purpurviolette Blüten fast verwelkt waren. Die Kornblumen sahen allerdings noch so schön aus wie im Sommer, genauso wie der Wiesenkerbel, der sich in den vergangenen Wochen sogar noch einmal üppig verbreitet hatte. Auch von diesen Pflanzen schnitt sie einige mit ihrem Messer ab, denn sie wollte einen letzten Strauß daraus binden. In wenigen Tagen würde Jörg die Wiese mähen, und sie würde bis zum kommenden Jahr warten müssen, bis sie wieder frische Blumen pflücken konnte.

Kurz flackerte die Erinnerung an das Mittsommerfest auf. Sie hatte mit Christoph getanzt und war dann mit Nicole hierhergekommen, um sieben verschiedene Wildblumen zu finden, die sie unter ihr Kopfkissen gelegt hatte. Seit sie Christoph hier wiedergetroffen hatte, waren viele

Wochen vergangen. Auf der Liebesinsel in der Schlei hatten sie sich das erste Mal geküsst, nachdem sie sich viele Jahre aus den Augen verloren hatten, und etwas später hatten sie eine wunderschöne Nacht auf dem Heuboden des Reetdachhauses seines Elternhauses verbracht. Sie war sehr glücklich darüber, dass Christoph die Seiten gewechselt hatte und in Zukunft die Geschicke des Strandrosenhofs mitgestalten würde. Für Ulli hätte sich alles nicht besser fügen können, ab sofort würde sie sich nicht mehr mit dem »elenden Papierkram«, wie sie sich auszudrücken pflegte, herumschlagen müssen. Stattdessen würde sie sich mit voller Kraft um das kümmern, was sie am meisten liebte: nämlich die Landwirtschaft und alles, was dazugehörte.

Der bevorstehende Berufungstermin in Berlin lag Sophia auf der Seele, aber mit Christoph an ihrer Seite würde sie auch diesen Tag überstehen. Sebastian würde wahrscheinlich mit einer Geldstrafe davonkommen, da er zuvor noch nicht mit dem Gesetz in Konflikt geraten war. Das war zwar nur ein schwacher Trost, aber sie war froh, dass für sie alles glimpflich ausgegangen war und dank Christoph alles aufgeklärt werden konnte.

Sophia hielt sich den Strauß mit geschlossenen Augen unter die Nase.

»Hast du damals, mit den sieben Wildblumen unter deinem Kopfkissen, eigentlich von mir geträumt?«

Sophia zuckte kurz zusammen, ehe sich ein Lächeln auf ihrem Gesicht ausbreitete und sie sich umdrehte. Christoph kam über das Feld auf sie zu. Wie immer, wenn sie ihn sah, klopfte ihr Herz schneller. »Du hast mich vielleicht erschreckt …«

»Das wollte ich nicht«, erwiderte er leise, ohne den Blick von ihr abzuwenden. Er trat auf sie zu, bis nur wenige Zentimeter sie trennten und sie seinen Atem auf ihrer Haut spürte. Seine Augen loderten, als er ihr zärtlich über die Wange strich. »Also, hast du?«, wiederholte er seine Frage. Schließlich nickte sie lächelnd.

»Du weißt, was das bedeutet?« Er sah ihr tief in die Augen.

»Was denn?« Sie konnte sich die Frage einfach nicht verkneifen.

»Dass wir beide zusammengehören. Ich liebe dich!«

Sophia hatte das Gefühl, als ob die Welt um sie herum stehen blieb. Wie sehr hatte sie sich nach diesen Worten gesehnt. Ihr Herz platzte vor Glück, als sie die Arme um Christophs Hals legte und lächelnd erwiderte: »Ich liebe dich auch!«

Ein Jahr später

Sophia konnte es kaum abwarten, endlich nach Hause zu kommen. Paul lag neben ihr und strampelte mit den Beinen. Er trug dunkelblaue Leggins und ein dazu passendes Hemdchen, das ihre Mutter am ersten Tag nach der Geburt ihres Enkels vorbeigebracht hatte. Die vergangenen Tage hatte sie mit Stillen, Wickeln und wieder Stillen verbracht, aber mittlerweile hatte sie sich an den neuen Rhythmus in ihrem Leben gewöhnt, obwohl der Mangel an Schlaf ihr zu schaffen machte. Endlich kamen die Ärzte und Schwestern zur letzten Visite und gaben ihr ein paar Ratschläge mit auf den Weg. Dann betrat Christoph das Zimmer, mit einer dunkelblauen Babyschale fürs Auto in der Hand. Genau die Farbe, die sie sich gewünscht hatte. Er küsste sie zur Begrüßung und betrachtete Paul liebevoll. Sophia legte ihren Sohn vorsichtig in die Schale, und Christoph schnallte ihn an. Dann verließen sie Hand in Hand die Station, und als sie schließlich draußen vor der Tür des Krankenhauses standen, durchströmte sie ein kribbeliges Glücksgefühl. Bald würde sie mit ihrer kleinen Familie zu Hause sein!

Als sie das Reetdachhaus erreichten, strich Sophia ihrem

Sohn zärtlich übers Gesicht. »Wir sind da, mein Kleiner.«

Christoph stieg aus, half ihr aus dem Auto und öffnete die Haustür. »Es ist schon alles für euch vorbereitet.« Sophia brachte ihren Sohn in das ehemalige Elternschlafzimmer, das sie in den vergangenen Wochen in ein kuscheliges Nest für ihn verwandelt hatten, denn sie und Christoph schliefen weiterhin im ehemaligen Gästezimmer. Sophia legte Paul an ihre Brust, und als er zufrieden nuckelte, spürte sie, wie die Glücksgefühle sie plötzlich überwältigten und Tränen ihre Wangen hinunterliefen.

»Ist alles in Ordnung mit dir?« Christoph stand in der Tür und blickte besorgt auf sie herab. Ihr Ehemann war im Bruchteil einer Sekunde an ihrer Seite. »Mein Schatz …« Er strich ihr übers Haar und küsste seinen Sohn auf die Stirn. »Ich bin so glücklich, dass ihr endlich hier seid.«

Sophias Augen leuchteten. »Und ich erst. Ich freue mich so sehr, dass wir jetzt eine richtige Familie sind.«

Christoph reichte Sophia lächelnd die Hand. »Komm mit, ich habe eine Überraschung für dich.«

Mit ihrem Sohn im Arm folgte sie Christoph die Treppe hinunter. Der Kleine war nach der Mahlzeit an ihrer Brust in einen Tiefschlaf gefallen. Vorsichtig legte sie Paul in den Kinderwagen, der im Flur stand, und drehte ihn auf die Seite. Dann schob sie ihn aus der Tür, die Christoph für sie aufhielt, und folgte ihm durch den Garten bis zu dem Stall. Als sie das Häuschen betrat, spürte sie sofort, dass sich in ihrer Abwesenheit etwas verändert hatte. Ehe sie genauer darüber nachdenken konnte, hörte sie ein Schnauben, das aus der Box drang, an der das Schild mit den Namen Lotte und Toni befestigt war. Sie lugte hinein und sah zwei Ponys, deren Fell struppig und grau war. Die beiden Vierbeiner sahen ansonsten noch fit aus und kauten mit halb geschlossenen Augen das Heu, das sie sich aus zwei Netzen zogen, die an Ringen befestigt an der Wand hingen. »Sind das …«, begann Sophia und blinzelte dann zweimal, denn sie hatte das Gefühl, als ob sie träumte.

»Genau«, erwiderte Christoph mit einem verschmitzten Lächeln. »Das sind Lotte und Toni. Ich habe die beiden zurückgeholt. Nach Hause.«

ENDE

Danksagung

Manchmal muss ich mich zwicken: Ich bin tatsächlich Romanautorin, und das habe ich vor allem euch, meinen Leser*innen, zu verdanken! Ein großes Dankeschön auch an alle Buchhändler*innen und Blogger*innen, die meine Bücher bestellen, lesen, bewerten und weiterempfehlen – das bedeutet mir sehr, sehr viel!

Ich bin sehr gespannt darauf, wie euch *Der Strandrosenhof* gefällt. Die Region zwischen der Ostsee und der Schlei in Schleswig-Holstein, die der Schauplatz meiner neuen Reihe ist, liebe ich besonders. ☺ Im August verbrachte ich eine Woche schreibend auf Hof Eckhorst in Güby, und diese Stunden dort habe ich besonders genossen. Der morgendliche Blick aus meiner Ferienwohnung über die hügeligen Pferdeweiden ließ mein Herz jedes Mal höherschlagen, und die Inspiration für die nächsten Seiten des Manuskriptes stellte sich quasi von selbst ein.

Meine Lektorin und Agentin Dr. Dorothee Schmidt ist weiterhin immer an meiner Seite, worüber ich sehr glücklich bin. Laura Lichtenwalter, meine Lektorin vom Penguin Verlag, hat wieder jede Ungereimtheit aufgespürt und dem Showdown des Romans im besonderen Maße auf die Sprünge geholfen. Danke, liebe Laura, für dein Engagement und Feingefühl!

Vielen, vielen Dank auch an meine externe Lektorin Hanne Reinhardt für ihre sorgfältige Arbeit und die wertvollen Hinweise und Anregungen.

Meine Familie und meine Freunde haben mit viel Verständnis erneut meinen »Schreibmarathon« ertragen und mich immer unterstützt. Ich danke euch von ganzem Herzen!

Lesen Sie weiter >>

1

Dieser Moment war schön und schrecklich zugleich. Leni seufzte, als sie aus dem Fenster der Werkstatt blickte. Natürlich freute sie sich, dass sie eines ihrer Werke verkaufen konnte, andererseits schmerzte es sie zu wissen, dass sie es nun höchstwahrscheinlich niemals wiedersehen würde.

Die zwei Männer der Spedition trugen den von ihr gestalteten Schrank über den Innenhof bis kurz vor die Toreinfahrt, wo sie ihren Transporter geparkt hatten. Die Laderampe war bereits heruntergelassen. Der kleinere der beiden hielt einen Moment inne, um sich mit dem Handrücken den Schweiß von der Stirn zu wischen. Sein dürrer Partner, der den Schrank von unten hielt, kam ins Wanken, und das Möbelstück rutschte gefährlich nach rechts. Leni schnappte nach Luft und rannte nach draußen.

»Vorsicht, passen Sie doch auf!«

»Keene Angst, allet rodscha«, erwiderte der Dürre und schob den Schrank stöhnend auf die Ladefläche.

Leni atmete erleichtert aus.

Die beiden nickten ihr zu, hoben die Laderampe hoch, kletterten in den Transporter und brausten vom Hof. Leni strich mit den feuchten Handflächen über den rauen Stoff ihrer grauen, mit Farbspritzern gesprenkelten Arbeitslatzhose. Ihr Freund Jannik, der sich gerade auf der anderen Seite des Innenhofs von der Käuferin verabschiedete – einer dünnen Blondine mit einer riesigen Sonnenbrille auf der Nase –, hatte den Schrank bei einer Haushaltsauflösung im Wedding ergattert. Das wahrscheinlich aus den Sechzigerjahren stammende Möbelstück hatte Leni anschließend mit matten Farben in Grau in Kombination mit Altweiß und Violett in ein richtiges Schmuckstück verwandelt.

Sie ging kurz in die kleine Küche direkt neben der Werkstatt und schenkte sich eine Tasse Kaffee aus der Thermoskanne ein.

»Ah, hier steckst du also!« Jannik lehnte sich an den Türrahmen und musterte sie von oben bis unten. Er war fast zwei Köpfe größer als sie und durchtrainiert, da er viermal die Woche ins Fitnessstudio ging. Seine markanten Gesichtszüge und das Gewinnerlächeln ließ jedes Frauenherz höherschlagen – das hatte Leni immer wieder erlebt, wenn sie zusammen unterwegs waren.

»Hat 'nen Tausender gebracht«, sagte er und fingerte eine Zigarette aus der Schachtel.

»Was, so wenig? Ich meine …«

Sie bemerkte, dass sein Blick die Küchenablage absuchte. Also kramte sie ein Feuerzeug aus der Schublade und hielt ihm die Flamme unter die Nase.

»Danke!« Er inhalierte tief und strich mit der freien Hand durch sein wie immer perfekt frisiertes Haar. »Mehr war leider nicht drin«, fuhr er fort. »Aber ist doch gut, dass das Ding endlich weg ist. Stand eh nur im Weg rum.«

Leni zuckte innerlich zusammen, sagte aber nichts, sondern nippte stattdessen an ihrer Tasse.

»Wir brauchen unbedingt neue Ware«, fuhr er fort und wischte sich einen unsichtbaren Fussel von der Jeans. »In drei Wochen ist doch das Straßenfest, da müssen wir echt mehr im Angebot haben.«

»Ich kann ja noch mal im Internet gucken?«

Jannik schnippte die Asche auf den Fußboden. »Ja, mach das, gute Idee. Ich muss los, okay? Wir sehen uns morgen.« Er beugte sich zu ihr herunter und hauchte ihr einen Kuss auf die Wange.

Ehe Leni etwas Passendes erwidern konnte, war er auch schon verschwunden. Eigentlich hatte sie gehofft, dass sie heute etwas zusammen machen würden, aber wahrscheinlich hatte er noch Termine. Sie waren jetzt seit fast zwei Jahren ein Paar, und fast genauso lange war sie bei ihm angestellt. Sie setzte sich an den kleinen Schreibtisch, der in einer Ecke der Werkstatt hinter einem mit Papageien und großen, bunten tropischen Blumen bemalten Paravent stand. Während ihr Laptop hochfuhr, klickte sie sich durch die Fotos von ihr und Jannik, die sie auf ihrem Handy gespeichert hatte. Eins gefiel ihr besonders gut. Ihre Freundin Lisa hatte es auf ihrer Geburtstagsfeier gemacht: Sie saßen beide einander zugewandt auf einem Sofa, und Jannik hatte den Arm um sie gelegt. Sie schob ihr Handy beiseite und nahm den runden Briefbeschwerer in die Hand, den sie auf einem Flohmarkt in Friedrichshain entdeckt hatte. Mit dem Zeigefinger strich sie über das polierte Millefioriglas, das wahrscheinlich in den Sechzigerjahren in einer Glashütte in Murano in Italien geformt worden war. Mehrere bunte kleine Glasstäbe waren zu einem größeren zusammengeschmolzen worden, wodurch ein Blumenmeer in Kobaltblau, Karmesinrot, Maulbeerviolett und Mandarinenorange entstanden war.

Behutsam setzte sie das Sammlerstück zurück auf die Tischplatte und rief die eBay-Kleinanzeigen-Seite auf. Während Jannik meistens auf Flohmärkten, Messen und bei Haushaltsauflösungen für Vintage Dream einkaufte, stöberte sie überwiegend online nach geeigneten Objekten, weil Jannik dazu keine Lust hatte. Auf der Startseite wurden ihr bereits eine Reihe von Anzeigen empfohlen: ein alter Spiegel für fünfzehn Euro, eine angeblich antike Vase für zehn und drei *original Arne Jacobsen 3107 Fritz Hansen Stühle* für hundertfünfzig Euro. Das hörte sich interessant an. Sie rief die Anzeige auf. Die Sitzflächen der dunkelbraunen Holzstühle aus gebogenem Verbundsperrholz waren zerkratzt, und die Stuhlbeine sahen verrostet aus, aber der Originalaufkleber schien echt zu sein: *Made in Denmark 0366 by Fritz Hansen.* Bei dem Stuhl handelte es sich also um den dritten von insgesamt sechsundsechzig. Der Anbieter verkaufte nur an Selbstabholer. Sie müsste also selbst bis ganz runter nach Baden-Württemberg fahren. Das konnte sie vergessen.

Leni suchte weiter, und schließlich fiel ihr Blick auf ein weiteres vielversprechendes Angebot: *Verschiedene Möbel, Fünfziger- bis Achtzigerjahre, Lampen, landwirt-*

schaftliche Geräte usw. zu verkaufen. Ort: Gut Schwansee, Waabs in Schleswig-Holstein. Nur Abholung! Landwirtschaftliche Geräte … Vielleicht gab es dort auch ein paar schöne alte Kutschenräder. Die waren als Dekoration für den Garten vor allem in Potsdam zurzeit sehr beliebt. Oder ein paar alte große Milchkannen? Solche Raritäten ließen sich wundervoll bemalen und dann als Schirmständer für den Flur nutzen.

Leni spürte ein Kribbeln im Bauch, die Vorfreude, vielleicht ein paar ungewöhnlichen Fundstücken auf die Spur gekommen zu sein. Okay, auch hierfür würde sie ein paar Stunden Autofahrt in Kauf nehmen müssen, aber es war nicht so weit weg wie Baden-Württemberg, und wenn Jannik sie begleitete, könnte daraus ein richtig schöner Ausflug werden. Sie schrieb dem Anbieter eine Mail und ging in die Küche, um sich noch eine Tasse Kaffee zu holen. Als sie zurück an ihren Schreibtisch kam, hatte sie bereits eine Antwort in ihrem Mailordner. Sie vereinbarte mit dem Verfasser der Anzeige, Bernhard Cornelius, einen Besichtigungstermin am kommenden Nachmittag um siebzehn Uhr. Jetzt musste sie nur noch Jannik überzeugen, sie zu begleiten, aber der war ja nicht mehr da. Auch ihre Aushilfe Jasmin konnte sie nirgends entdecken. Also löschte sie überall das Licht und schloss ab. Jannik hatte Glück gehabt, dass er so ein hübsches Geschäft mitten im angesagten Wrangelkiez in Kreuzberg hatte ergattern können. Es befand sich in einem gemütlichen Innenhof, und von dort wehte Leni nun ein milder Wind entgegen. Sie stellte fest, dass die Pfingstrosen, die sie im vergangenen

Jahr in dem kleinen Beet schräg vor dem Eingang eingepflanzt hatte, jetzt Anfang Mai schon zu blühen begonnen hatten. Wie schön! Sie beugte sich hinunter, um an einer Blüte zu schnuppern. Dabei fiel ihr Blick auf einen Zigarettenstummel, den jemand in die Erde gesteckt hatte. Unmöglich! Wie gedankenlos musste man sein, um seine Kippe in einem Blumenbeet zu entsorgen? Sie warf den Stummel in den großen Müllcontainer, der mitten auf dem Innenhof stand und einen unangenehmen Geruch verbreitete.

Auf dem Weg zu ihrer Wohnung in der Oderbergerstraße kam sie wie jeden Tag an der Kleinen Kaffeerösterei vorbei und ließ sich durch den Duft, der durch das halb geöffnete Fenster auf die Straße wehte, zum Kauf einer kleiner Packung Biokaffee verleiten.

»Alles klar bei dir?«, fragte Lukas, dem der Laden gehörte und der das frisch gemahlene Pulver direkt von der Mühle in die Tüte rieseln ließ. Er blinzelte ihr freundlich zu und strich sich über seinen perfekt gestutzten Vollbart.

»Jetzt schon. Du kennst mich doch: Gebt mir Kaffee, und niemand wird verletzt!«

Er grinste. »Ich war schon immer gut darin, das Schlimmste zu verhindern.« Er schob ihr das Glas mit den selbst gebackenen Cookies entgegen, das auf dem Holztresen stand. »Kaffee allein reicht nicht. Man braucht auch noch Cookies dazu, viele Cookies, wenn du mich fragst.«

Leni griff beherzt ins Glas. »Darf ich mir zwei nehmen?«

»Na klar, bist ja unsere liebste Stammkundin.« Lukas stellte das Glas zurück an seinen Platz. »Jannik war vorhin auch kurz hier.«

»Echt? Hat er mir gar nicht gesagt.«

»Er hat einen Espresso getrunken.«

Die Tür zum Café, das nebenan war, öffnete sich, und ihre Aushilfe Jasmin steckte den Kopf durch den Spalt. »Schreib mir bitte den Kaffee an, okay?«

Die Worte waren an Lukas gerichtet, doch als sie Leni erblickte, nickte sie ihr zu. »Hi!«

»Hi! Ich habe dich vorhin gesucht...«

»Ich habe früher Schluss gemacht.«

Sie schob die Tür auf, und Leni stellte fest, dass sie sich umgezogen hatte und nun statt Jeans und Pulli eine knallenge Lederhose und darüber einen golden schimmernden, eng anliegenden Rolli trug.

Da Leni nicht reagierte, fügte sie schnell dazu: »Habe ich mit Jannik abgesprochen.« Sie hob die Hand. »Ich bin dann mal weg!«

Auf dem Weg zu ihrer Wohnung ging Leni diese kurze Begegnung nicht aus dem Kopf. Sie wusste auch nicht, warum, aber automatisch verglich sie ständig ihr Äußeres mit dem ihrer Aushilfe. Jasmin war aber auch ein echter Hingucker, und das, obwohl sie in diesem Jahr erst siebzehn geworden war und noch zur Schule ging. Für die meisten Männer war sie aber bestimmt schon als Frau interessant, mit den großen blauen Augen und der blonden Mähne.

Leni öffnete ihre Wohnungstür, zog die Jeansjacke aus, hängte sie an die Garderobe und musterte sich kurz in dem bodentiefen Spiegel, den sie bei einer Haushaltsauflösung geschenkt bekommen hatte, weil das Glas in der rechten oberen Ecke einen Sprung hatte. Okay, so unzufrieden war sie mit ihrem Aussehen aber nun auch wieder nicht. Immerhin fielen ihre dunklen Locken in schönen Wellen auf die Schultern und bildeten einen hübschen Kontrast zu dem hellen Teint. Leni klopfte mit dem Zeigefinger auf ihr rechtes Ohr, weil sie dort plötzlich ihren Herzschlag spürte: bum-bum, bum-bum, bum-bum …

Pling! Leni fingerte das Handy aus ihrer Korbtasche. Jannik hatte ihr endlich zurückgeschrieben. *Kann morgen nicht mitkommen, sorry. Das kriegst du doch auch allein hin. J.* Ohne ihn hatte sie gar keine Lust loszufahren, aber andererseits hatte sie sich nun schon mit Bernhard Cornelius verabredet, und vielleicht würde ihr eine kleine Auszeit auch einmal guttun.

2

Leni öffnete das Handschuhfach ihres Sprinters. Die Papiere waren leider nicht dort, also musste sie noch einmal zurück ins Büro. Schließlich entdeckte sie die kleine Ledertasche mit dem Fahrtenbuch und dem Fahrzeugschein in der Ablage auf Janniks Schreibtisch unter einem Stapel Papier. Als sie sie herausziehen wollte, segelte ein kleiner Zettel zu Boden, den Leni noch schnell in der Luft auffing. Als sie zufällig das Wort *Shabby-Chic-Schrank* darauf las, runzelte sie die Stirn. Das war die Quittung über den Schrank, den Jannik am Tag zuvor an die Blondine verkauft hatte – für »'nen Tausender«. Genau das hatte er gesagt, da war sie sich hundertprozentig sicher. Auf der Quittung stand aber ein ganz anderer Betrag: stolze fünftausend Euro!

Sie benötigte einen Moment, um zu begreifen, was das bedeutete oder bedeuten könnte. Da sie immer vom Guten im Menschen ausging, nahm sie zunächst an, dass sich Jannik einfach versprochen hatte. Als sie dann aber im Auto saß und über die Stadtautobahn in Richtung Norden fuhr, kreisten ihre Gedanken immer noch um die Quittung. Konnte es sein, dass Jannik ihr nicht die Wahrheit gesagt hatte? Dass er sie betrog? Ihr Gehalt war provisionsabhängig, das hatten sie gleich zu Beginn ihres Arbeitsverhältnisses so festgelegt, und das hatte sie auch nie hinterfragt. Bislang hatte sie von Jannik nie eine Auflistung der Verkäufe eines Monats im Vintage Dream verlangt, sondern immer darauf vertraut, dass alles seine Richtigkeit hatte. Nach ihrer Rückkehr würde sie ihn zur Rede stellen, und sie hoffte inständig, dass sich alles als ein großes Missverständnis herausstellen würde. Aber die Zweifel blieben.

Nach knapp vier Stunden verließ sie die Autobahn und bog auf die B77 in Richtung Kiel ab. Laut Navi würde sie ihr Ziel in Waabs um 16.45 Uhr erreichen, sie war also auf jeden Fall pünktlich. Sehr schön! Sorge bereitete ihr nur das Wetter. Dunkle Wolken waren am Horizont aufgezogen, und eine halbe Stunde später prasselten auch tatsächlich dicke Regentropfen auf die Windschutzscheibe. Leni drehte den Hebel des Scheibenwischers auf die höchste Stufe. Sie fuhr am Hafen von Eckernförde vorbei und ließ den Blick kurz über die graue Ostsee gleiten. Ein Fischkutter fuhr gerade in den Hafen ein, umkreist von einer Schar Möwen. Es folgte eine scharfe Linksbiegung, und dann breitete sich die sanft hügelige Landschaft vor ihr aus. Rechts und links wiegten sich dichte Laubbäume im Wind, dahinter sah Leni Raps- und Weizenfelder, so weit das Auge reichte. Sie drosselte das Tempo, weil die Straße sehr kurvenreich war. Schließlich senkte sie den Blick, um zu sehen, ob sie vielleicht eine WhatsApp-Nachricht von

Jannik erhalten hatte … Es dauerte nur den Bruchteil einer Sekunde, aber als sie wieder hochsah, überquerte direkt vor ihr ein Rudel Rehe die Straße. Sie reagierte prompt und riss das Lenkrad nach links, nach rechts und wieder nach links, um den Tieren auszuweichen. Doch plötzlich erschien ein Reh genau vor ihrer Motorhaube. Sie sah das Weiße in den Augen des Tieres, die weit aufgerissen waren. Ein dumpfer Knall ließ sie aufschreien: »NEIN!«

Wie in Zeitlupe realisierte sie, dass der Sprinter zu schlingern begann und sie von der Straße abkam. Ihr Auto ruckelte heftig, machte zwei kleine Hüpfer, und Leni trat reflexartig auf die Bremse. Sie wurde im Sitz nach vorne katapultiert, und der Gurt grub sich schmerzhaft in ihre linke Schulter. Ihr Herz pochte bis zum Hals, und sie bekam keine Luft. Wie konnte ihr das nur passieren? Sie fuhr seit über zehn Jahren Auto und hatte noch nie einen Unfall gebaut. Leni löste ihre rechte Hand vom Lenkrad, massierte ihre Schulter, dann atmete sie dreimal tief ein und wieder aus. Ihr war nichts passiert, aber was war mit dem Reh, das sie angefahren hatte? Ihre Augen füllten sich mit Tränen: Womöglich hatte sie ein Tier umgebracht, nur weil sie einen Moment abgelenkt gewesen war? Nein, das durfte nicht sein. Sie ballte ihre Hände zu Fäusten. Sie musste sich zusammenreißen. Wo war sie eigentlich? Ihr Atem kondensierte an der kalten Windschutzscheibe, und sie rieb mit der Handfläche die Feuchtigkeit beiseite, um besser sehen zu können – leider ohne Erfolg.

Leni stieß die Fahrertür auf. Sie stand mit ihrem Auto mitten auf einem matschigen Grasstreifen, nur wenige

Zentimeter von einer steilen Böschung entfernt. Als sie ausstieg, sackte sie mit ihren grünen Wildlederstiefeln sofort im weichen Boden ein. Das quatschende Geräusch, das dabei entstand, ließ sie erschaudern. Ungefähr fünfzig Meter von ihr entfernt erkannte sie die Umrisse eines Körpers auf dem Boden. Sie rannte los. Das durfte einfach alles nicht wahr sein – am liebsten hätte sie die vergangenen zehn Minuten zurückgespult. Ob es hier irgendwo einen Tierarzt gab? Oder besser noch: eine Tierklinik?

Außer Atem erreichte sie das Reh, das kraftlos den Kopf hob, als es Leni sah. Erfolglos versuchte es, sich aufzurappeln. Leni kniete sich in ungefähr einem Meter Entfernung neben das Tier.

»Ganz ruhig, ich tue dir nichts.«

Das Reh atmete nur noch stoßweise, und sie sah, dass Blut aus dem halb geöffneten Maul lief.

»Das habe ich nicht gewollt«, flüsterte sie.

Tränen flossen ihre Wangen hinunter und vermischten sich mit dem Regenwasser, das von ihren Haaren tropfte. Sie schniefte und hätte am liebsten geschrien. Das alles war wie in einem schlimmen Albtraum.

In diesem Moment kam ein Auto auf sie zugefahren. Leni hielt sich die Hand vor die Stirn, rappelte sich auf und winkte dem Fahrer zu, der tatsächlich den Blinker setzte und seinen Jeep mit einem flachen Anhänger am Rand der Straße zum Stehen brachte.

Die Tür wurde aufgestoßen. Ein Mann – ungefähr ein Meter neunzig groß, breite Schultern – kam auf sie zu.

»Was ist denn hier passiert?« Seine Stimme klang dunkel und ein wenig rau.

»Ich habe ein Reh angefahren«, erwiderte Leni und zeigte auf den Boden. »Dahinten liegt es. Ich glaube, es stirbt.«

Der Mann musterte sie kurz, dann schob er sie grob beiseite. »Sie warten hier!«

Nach wenigen Augenblicken kam er zurück, ging an ihr vorbei, ohne sie eines Blickes zu würdigen, öffnete die Tür seines Wagens und zog ein Gewehr heraus.

»Steigen Sie ins Auto!«

Leni ließ den Kopf sinken: »Was ... was haben Sie denn vor?«

»Na, wonach sieht es denn aus?«

Leni beeilte sich, in den Jeep zu steigen. Als sie saß, drückte sich plötzlich etwas Feuchtes in ihren Nacken. Sie schrie auf, drehte sich dann um und blickte in die bernsteinfarbenen Augen eines großen graubraunen Hundes mit struppigem Fell.

»Na, du hast mich vielleicht erschreckt.«

Das Tier legte seinen Kopf schief und jaulte kurz auf. Ein warmes Gefühl breitete sich in Lenis Magengegend aus, aber im selben Moment ließ ein lauter Schuss von draußen sie zusammenzucken. Dann war alles still.

»Alles klar bei Ihnen?«

Wie durch eine Nebelwand erkannte sie, dass der Typ mit dem Gewehr zurückgekommen war.

»Ich werde das Reh gleich mitnehmen«, sagte er und setzte sich auf den Fahrersitz.

Leni nickte nur und rieb sich mit den Händen die Oberarme.

»Wo wollen Sie eigentlich hin?« Er drehte den Schlüssel im Zündschloss, und als der Motor ansprang, fand Leni die Sprache wieder.

»Nach Gut Schwansee.« Sie hatte sich zwar wieder etwas gefangen, fühlte sich aber hundeelend. Was für ein beschissener Tag.

»Okay, ich nehme Sie mit.«

»Aber was ist mit meinem Auto? Das brauche ich doch.«

Er legte den Rückwärtsgang ein, hielt den Jeep an, stieg aus und sagte: »Darum kümmere ich mich später.«

Dann war er auch schon wieder weg. Kurze Zeit danach hörte Leni ein dumpfes Geräusch. Offensichtlich hatte der Typ das tote Reh einfach auf die Ladefläche des Anhängers verfrachtet. Wie herzlos! Sie spürte unendliches Mitleid mit dem armen Tier.

»So, das war's.« Der Rehmörder – Leni schätzte sein Alter auf Anfang dreißig – hatte wieder auf dem Fahrersitz Platz genommen. »Ich habe mir gerade noch Ihr Auto angesehen. Das steckt total fest.« Er runzelte die Stirn. »Es schüttet ja auch schon wieder.«

Leni verschränkte die Arme vor der Brust. »So, wie Sie das sagen, hört sich das wie eine Katastrophe an.« Sie merkte selbst, dass ihr Tonfall unfreundlich klang, aber dieser gefühllose Landbursche hatte keine andere Behandlung verdient. Knallte einfach ein verletztes Reh ab!

»Ist es ja auch. Die totale Katastrophe für den Raps.«

Leni sah aus dem Fenster. Tatsächlich: Links und rechts von der Straße waren bis zum Horizont Rapsfelder zu sehen. Durch den Regen kam das Gelb allerdings nicht richtig rüber. Alles wirkte eher grau in grau. Irgendwie trostlos.

Der Mann legte den Rückwärtsgang ein, setzte zurück und seufzte tief. »Okay, wir holen noch Ihre Sachen aus dem Auto, und dann besorge ich Ihnen jemanden, der es aus dem Graben zieht.«

Sie nickte und befahl sich zu schweigen, aber dann platzte es doch aus ihr heraus: »Mussten Sie das Reh denn erschießen?«

Ihr Fahrer sah sie stirnrunzelnd an. »Was hätte ich denn Ihrer Meinung nach sonst tun sollen? Es in die Tierklinik fahren?«

»Zum Beispiel. Vielleicht hätte man es noch retten können.«

»Mit einer Bluttransfusion, oder was?«

»Was weiß ich, ich bin ja keine Tierärztin. Aber einfach so erschießen …«

»Ich hatte keine Wahl. Das Reh hat gelitten, und ich habe es von seinem Leid erlöst. So einfach ist das.« Er schwieg einen Moment. Dann setzte er nach: »Wir sind hier nicht in einem verdammten Disneyfilm!«

Leni schnaubte verärgert. »Ich meine ja nur. Wir hätten es doch wenigstens zum Tierarzt bringen können.« Allmählich wurde ihr das alles zu dumm. Mit diesem Menschen konnte man nicht reden. Der Typ war roh und gefühllos. Hoffentlich war dieser Bernhard Cornelius nicht vom gleichen Schlag. Sie erreichten ihr Auto, und Leni atmete erleichtert aus. Der Mann half ihr, ihre Sachen im Jeep zu verstauen. Sie stieg wieder ein und legte den Sicherheitsgurt an. Dabei versuchte sie, nicht an das tote Reh hinten im Anhänger zu denken. Für den Mann neben ihr schien die ganze Angelegenheit schon Schnee von gestern zu sein.

»Sie kommen aus Berlin?«

Überrascht schaute sie ihn an.

»Ihr Autokennzeichen …«

Sie verschränkte die Arme vor ihrer Brust. »Genau.«

»Wollen Sie Urlaub auf Gut Schwansee machen?«

»Nein, nein«, erwiderte sie zögernd und starrte demonstrativ aus dem Seitenfenster. »Ich bin beruflich hier.«

»Ach ja?« Seine Stimme klang ruhig und selbstsicher, und als er den ersten Gang einlegte, musterte Leni ihn kurz von der Seite. Er hatte ein geradezu klassisches Profil: eine gerade Nase, buschige, aber nicht wildwuchsmäßige Augenbrauen, ein kräftiges, markantes Kinn und dunkelblondes Haar. Er trug ein kariertes Hemd und darüber eine beigefarbene dicke Weste mit mehreren Taschen. Wenn er sich nicht so unmöglich verhalten würde, hätte sie ihn vielleicht sogar attraktiv gefunden. Rein objektiv betrachtet natürlich.